MARIE SAND

Ein Kind namens Hoffnung

DIE GESCHICHTE EINER HEIMLICHEN HELDIN

ROMAN

DROEMER

Besuchen Sie uns im Internet:
www.droemer.de

Aus Verantwortung für die Umwelt hat sich die Verlagsgruppe Droemer Knaur zu einer nachhaltigen Buchproduktion verpflichtet. Der bewusste Umgang mit unseren Ressourcen, der Schutz unseres Klimas und der Natur gehören zu unseren obersten Unternehmenszielen. Gemeinsam mit unseren Partnern und Lieferanten setzen wir uns für eine klimaneutrale Buchproduktion ein, die den Erwerb von Klimazertifikaten zur Kompensation des CO_2-Ausstoßes einschließt. Weitere Informationen finden Sie unter: www.klimaneutralerverlag.de

FSC www.fsc.org MIX Papier | Fördert gute Waldnutzung FSC® C083411

Originalausgabe Oktober 2022
Droemer Taschenbuch

Ein Imprint der Verlagsgruppe
Droemer Knaur GmbH & Co. KG, München

Ein Projekt der AVA International
Autoren- und Verlagsagentur
www.ava-international.de
Covergestaltung: Kristin Pang
Coverabbildung: Hayden Verry / Arcangel Images,
Joanna Czogala / Arcangel Images
Satz: Adobe InDesign im Verlag
Druck und Bindung: CPI books GmbH, Leck
ISBN 978-3-426-30909-4

2 4 5 3 1

»Sei die Heldin deines Lebens,
nicht das Opfer.«

Nora Ephron

PROLOG

MÜNCHEN, AUGUST 1957

Reihenweise zählte sie Männer in Grau. Elly mochte die Farbe nicht, auch nicht in diesem Festsaal. Sie drückte sich in den Plastikstuhl und atmete schwer. *Man sollte mal die Fenster öffnen und die Sonne reinlassen,* dachte sie und vermisste ihre gemütliche Eckbank zu Hause. Normalerweise saß sie um diese Zeit in Kittel und Wollsocken in der Küche, einen dampfenden Hagebuttentee auf dem Tisch und dazu einen Keks. Aber heute wollte sie vornehm sein. Den kleinen Hut trug sie schräg auf dem Kopf, und für das blaue Kostüm hatte sie ein Vermögen ausgegeben. Nun schwitzte sie unter den Armen, und die Nylonstrümpfe rutschten. Elly beugte sich nach vorne, um die Falten wieder glatt zu ziehen, dabei stieß sie gegen die Schulter eines Mannes vor ihr. Missmutig drehte er sich um. Sie nickte verträglich und lehnte sich wieder zurück. Immerhin war sie Gast. Eine unter fünfhundert, um dem Redner zu lauschen.

Er sprach zu leise. Seit dem Luftangriff 1944 war Elly das Gehör zum Teil abhandengekommen. Geplatztes Trommelfell, schlecht verheilt, vermutlich vernarbt mit den Jahren. Dummerweise hatte sie das Hörgerät vergessen; es lag auf dem Nachttisch in diesem feinen Hotel rechts der Isar. Elly kniff die Augen zusammen, als könnte sie dadurch besser verstehen, was der Mann auf der Bühne erzählte. Irgendetwas von Erfolg, von Siemens' Aufbruch in Argentinien, vom Zusammenrücken Deutschlands mit dem Ende der Welt. Er lachte über seine eigenen Worte, bevor er die Arme wie ein Sieger zur Decke hob und fortfuhr: »Nicht nur der Tango beschreibt das Lebensgefühl dort. Nein, es ist auch der Stolz auf eine ganze Epoche. Siemens hat sie mit seiner Nachrichtentechnik geprägt.« Der Redner klopfte sich gegen seine Brust und rief laut in den Saal: »Viva Argentina!«

Elly stupste ihre Tochter an. »Ich mag keine Jubelrufe.« Statt zu antworten, hob Mathilda den Zeigefinger an ihre gekräuselten Lippen.

»Ist doch wahr«, bekräftigte Elly, und da kam Beifall auf, erst zaghaft in der vorderen Reihe, dann wogte er durch den Saal. In ihn hinein verneigte sich der Redner wie ein UFA-Star.

Elly klatschte nicht, sondern fingerte nach ihrem umhäkelten Taschentuch. Sie schnäuzte kräftig. Mathilda drehte sich verlegen zur Seite, und Elly dachte, dass es gut sei, hier neben ihr zu sitzen. Zum Anbeißen schön sah sie in diesem gelben Seidenkleid aus. Ja, Helligkeit brauchte die Welt, bunte Muster – ohne Grau.

»Noch was im Programm?«, fragte Elly.

»Ein Klavierstück.«

»Welches?«

»Du kennst dich doch nicht aus. Hier steht: Klaviersonate in h-Moll von Franz Liszt.«

»Wer spielt es?«

»Keine Ahnung«, antwortete Mathilda und drehte das mit einer Kordel versehene Büttenpapier um. »Mehr schreiben die nicht. Da steht kein Name.«

»Das wurde vor hundert Jahren in Berlin uraufgeführt. Dafür baute der alte Bechstein einen unzerbrechbaren Flügel. Auf dem konnte Liszt stampfen, während er spielte. Ja, das hat er getan. Auf das Gehäuse ist er gestiegen, hat die Gefühle rausgelassen, als hätte er Fieber. Da fielen die Frauen sogar in Ohnmacht! Wie heute bei Elvis.«

»Mama, woher weißt du das denn?«

»Niemals kann das eine von Siemens spielen.«

Dann wurde es dunkel im Saal. Nur ein Spot auf der Bühne, der Bechstein-Flügel stand im Lichtkegel. Was für eine Eleganz unter dem Lack, fand Elly. Sie vernahm die hohl anmutenden Oktaven. Töne, die durch die Hitze im Saal aufstiegen und grollten wie ein Donnerschlag. Die aufbarsten, zu Wasserperlen wurden, spritzig, plätschernd, leiser wurden – und zur Stille mahnten. Halb war die Pianistin aufgesprungen, ein Tanz im Spiel, mitten hinein in die Fontäne aus Tönen, hatte mit dem ganzen Körper Akzente gesetzt, um im Ausklang die Tasten zärtlich zu streicheln. Und Elly atmete nicht, legte beide Hände auf ihr rasendes Herz. Solch eine Kunst in diesem Saal?

Da fiel ein Sonnenstrahl durch den Spalt der Vorhänge, hin zur Frau auf der Bühne, die mit durchgestrecktem Rücken auf dem Hocker saß. Das Kinn gehoben, die Haare im Nacken zusammengesteckt. Sie hielt die Hände in der Luft, berührte mit dem Daumen die Fingerspitzen, als wollte sie Staubkörner fühlen.

Elly schloss die Augen. Öffnete sie wieder. Die Frau auf der Bühne war keine Erscheinung. Die Frau auf der Bühne war aus Fleisch und Blut, war lebendig. Und Elly bildete sich ein, den schweren Duft von Maiglöckchen zu riechen.

Als die Sonate noch in der Luft hing, stand die Frau auf und schritt zum Bühnenrand. Dort verweilte sie, zwei Sekunden, drei Sekunden, mit selbstbewusstem Lächeln und gefalteten Händen.

Auch wenn Ellys Gehör Schaden erlitten hatte, so waren ihre Augen wie die eines Adlers: Fünfzehn Meter entfernt von ihrem Plastikstuhl stand *sie*. Auf der Bühne. In Schönheit gealtert. Neunzehn Jahre hatte das Schicksal gerafft.

Hatte Elly seit damals das Betteln um Glück vermieden, hatte sie sich nicht auf den Himmel verlassen, sondern auf ihre eigene Kraft – jetzt hob sie die Augen: Danke. Danke, Gott, für dieses Wunder.

Dann schlug sie hart auf den Boden. In der Ferne hörte sie das Raunen. Und ihr letzter Gedanke war: Nun habe ich ihr den Applaus geklaut.

Teil I: 1938

1

Die einen übertrugen Noten auf die Tasten, erzeugten Musik. Die anderen öffneten mit ihrem Talent eine Tür, hinter der alles möglich war. Letzteres unterschied den gewöhnlichen Klavierspieler von einem Künstler. Und Sara war eine Künstlerin von Gottes Gnaden. Wenn Sara am Bechstein-Flügel saß, geriet Elly ins Träumen. Sie nahm die Melodie in sich auf, ihr gesamter Körper folgte Saras Spiel. Sie stellte sich vor, wie es wäre, gemeinsam davonzuschweben, irgendwohin, wo es mehr Licht als Schatten gäbe.

Wie jeden Morgen um neun stand Elly im Türrahmen des Musikzimmers und lauschte. *Unser Rendezvous* nannte sie diese Treffen insgeheim. Schon vor dem Aufstehen kribbelte die Freude darauf in der Magengegend. Nicht, dass sie keine anderen Aufgaben hätte! Nein, daran mangelte es nicht. Einkaufen, Kochen, Servieren und dann noch Spielen mit dem Kleinen im Park, auch der Dackel brauchte Pflege. Es wäre vernünftig, eine zusätzliche Hilfe einzustellen. Aber Elly wollte das nicht. Erstens wusste man nie, wen man sich ins Haus holte. Zweitens würde die Morgenroutine gestört. Sara würde nicht mehr nur für sie spielen wie jetzt an diesem tristen Dezembermorgen, wenige Tage vor Weihnachten. Hanns forschte in der Praxis, Leon war in der Schule, die schweren Vorhänge hingen noch zugezogen. Zwei Frauen allein im großen Haus. Die eine Köchin, die andere Pianistin. Die eine derb in der Bewegung, die andere wie eine Lichtgestalt.

Unentbehrlich hatte Sara gesagt. Elly sei für die Familie Sternberg unentbehrlich. Seither hielt sie das Wort mit den Fingerspitzen fest, obwohl die dick und schwielig geworden waren. Das kam vom Schälen und Schnippeln und vom Tunken der Hände in Seifenlauge. Doch sie tat das gern. Es gab kein Kochen ohne Vorbereitung. Besonderes entstand nie ohne Schmerz. Und manchmal, wenn ihr das Essen gut gelang, wenn der Geschmack eine Weile auf der Zunge lag, empfand auch sie sich als Künstlerin. Keine, die sich forttragen ließ. Solche Höhenflüge strebte sie nicht an. Sie hätte Angst, nicht mehr zurückzufinden in die Beständigkeit der Sternberg'schen Villa. Daran mochte sie gar nicht denken.

Die Standuhr im Flur schlug zehn Mal, Zeit, den Salon herzurichten. Besuch hatte sich angekündigt. Nur war der Tisch noch nicht gedeckt. Aber Elly rührte sich nicht, sie würde Saras Musizieren nicht unterbrechen. Auch wenn Sara nie vor Publikum spielte, sich nie vor fremden Menschen verbeugte, auch wenn sie sich um Auszeichnungen so wenig kümmerte wie um das Durcheinander in dem Kellerregal, so nahm sie ihr Üben am Flügel sehr ernst.

Die Klingel am Gartentor störte. Ein Dauerton.

»Schon so spät? Das ist unser Gast«, sagte Sara und verlangsamte das Spiel.

»Es ist nichts vorbereitet.«

»Sie bringt ihren eigenen Kuchen mit.«

»Warum? Schmeckt ihr nicht, was ich backe?«

»Nicht ärgern lassen.«

Elly drehte sich um, ging in den Garten, um der alten Bechstein zu öffnen, und dachte: *Rattengift*.

* * *

Ohne Gruß schob sich Helene Bechstein an Elly vorbei und marschierte ins Haus. Irritiert sah Elly ihr nach. Weder trat die Bechstein die Füße auf der Matte ab, noch hängte sie den Mantel an die Garderobe. Der wehte hinter ihr her wie ein zu schwer geratener Schleier. Unwillkürlich legte Elly die Arme um sich, die kalte Ausstrahlung der Bechstein war unangenehmer als der Dezemberwind. Die kroch durch die wollene Wäsche bis unter die Haut. Elly schüttelte sich, um die Kälte abzuwehren, und ging ins Haus zurück. Dort stand der Gast bereits im Salon, sah nach oben in den ersten Stock, drehte sich um sich selbst, ließ den Blick über die Salonwände gleiten und bewegte sich auf das Musikzimmer zu. Auf dem Boden zeigten sich Matschflecken. Elly eilte ihr nach und bat sie darum, die Schuhe auf dem feuchten Tuch im Eingangsbereich abzuputzen. Aber die Bechstein wedelte nur mit der Hand durch die Luft, ein Zeichen dafür, dass Elly schweigen und verschwinden solle. Elly blieb. Wiederholte ihre Bitte und wies vorwurfsvoll auf die Flecken auf dem hellen Holz. Die Augen der Bechstein rollten hin und her wie kleine Kieselsteine, die ihren Platz im Gesicht noch nicht gefunden hatten. *Diese Augen,* dachte Elly, *sind kein Tor zur Seele.*

»Das Personal wird immer frecher«, befand die Bechstein. Mit heruntergezogenen Mundwinkeln übergab sie Elly einen Karton und mahnte zur Vorsicht, darin sei eine Torte, eine ganz besonders feine Kreation aus Sahne und Schokoboden. Ob Elly das verstanden habe. Sie wandte sich wieder ab und rief mit ihrer kehligen Stimme: »Liebes, niemand da?«

Als sie Sara in der Tür des Musikzimmers entdeckte, breitete sie die Arme aus. »Lass dich einfach nur drücken.« Sie lachte, und ihr ansonsten grobes Gesicht leuchtete auf. »Gut siehst du aus. Wie immer, meine bezaubernde junge Freundin.«

Die beiden Frauen umarmten sich, die eine verschwand in der Fülle der anderen. Sie hätten Mutter und Tochter sein können, so groß war der Altersunterschied. Dabei wirkte Sara mit ihren sechsundzwanzig Jahren reifer als das Trampel, in dessen Arme sie sich schmiegte. Und Elly überlegte, was die beiden miteinander verband, während sie schlampig den Tisch deckte. *Eigentlich verbinden die beiden nur Noten auf dem Papier. Eigentlich nur die wenigen gemeinsamen Schritte in der Welt der Musik. Mehr nicht. Ich könnte den Kaffee dünner aufgießen als üblich und kein Holz im Kamin nachlegen. Denn eine wie die Bechstein sollte hier nicht sein.*

Das Porzellan nicht das beste und die Servietten schräg gefaltet, keine Blumen, nur fast abgebrannte Kerzen, auch kein Silberbesteck lag neben den Tellern. In der Mitte die Schwarzwälder Torte mit Dellen am Rand, vermutlich durch den Transport entstanden.

»Fertig gedeckt!«, rief Elly den beiden zu und unterbrach die für ihren Geschmack viel zu innige Begrüßung. Die Bechstein löste sich zuerst. Abrupt drehte sie sich um, dabei wischte sie sich über die Augen. Mechanisch griff Elly in ihre Schürze und hielt ihr ein Taschentuch entgegen.

»Sind Sie erkältet?«

»Na ja, ich habe schon schönere Tafeln gesehen«, bemerkte Helene Bechstein und fügte an: »Das Rezept ist von Wölfchen. Setz dich, Liebes, und probier mal.« Sie trat an den Tisch und lud mit Schwung ein Stück Torte auf Saras Teller, dabei zwinkerte sie verschwörerisch. »Er hat es mir am vorigen Wochenende auf dem Berghof verraten.« Dann nahm sie die Kaffeekanne und schenkte ein, als wäre sie die Gastgeberin. An Elly gerichtet entschied sie, das Personal könne sich endlich in die Küche zurückziehen. Sie habe ein Geheimnis mitgebracht. Ein strenger Zug um den Mund verriet, dass sie es nicht gewohnt war zu diskutieren. »Was ich zu sagen habe, ist höchst delikat. Das geht Fremde gar nichts an.« Damit nahm Helene Bechstein ihren Platz am Tisch ein und betonte, dass sie sich schon seit Stunden auf das Plaudern mit Sara freue.

Nicht mit mir, dachte Elly. Sie trat selbstsicher an den langen hölzernen Tisch, zündete die Kerzenstümpfe an. Sie durchquerte den Salon und zog dabei ein Staubtuch aus der Schürzentasche, um über das Vertiko an der Wand zu wedeln. Sehr leise summte sie die Melodie nach, die Sara zuvor gespielt hatte. Dann schob sie die beigen Samtvorhänge vor den Sprossenfenstern zurück. Es schneite seit Tagen. Ein Wintermärchen.

»Zum letzten Mal: Ich muss mit dir allein sprechen. Es ist wichtig. Schick deine Köchin in die Küche!«

Unsicher wandte Sara den Kopf vom Tisch zum Fenster und zurück. »Aber Elly gehört zur Familie.«

»Pass auf, Liebes, entweder das funktioniert jetzt, oder du erfährst es zu spät. Es wäre dein Schaden, dein wirklich großer, unabänderlicher Schaden.« Helene deutete mit dem Kinn auf Elly.

Einzig um Sara nicht in Verlegenheit zu bringen, zog Elly sich in das angrenzende Musikzimmer zurück. Es war durch eine doppelte Flügeltür aus Glas vom Salon getrennt. In anderen Zeiten, als Gäste noch unkontrolliert in der Villa ein und aus gehen durften, hatten sich hier Freunde zum gemeinsamen Konzert getroffen. *Vorbei, vorerst,* dachte sie und begann, den Lack des Klaviers zu wienern. Immer rundherum, nur auf einer Stelle, das Ohr zum Salon gerichtet. Hin und wieder drangen Wortfetzen durch den Türspalt.

»Wer ist Wölfchen?«, fragte Sara.

»Na, unser Führer.« Helene gluckste. »Ich habe ihm den Kosenamen gegeben. Hast du das nicht gewusst?«

»Man hält Hanns und seine Kollegen von der Arbeit ab. Sogar mein Musikkreis wird kontrolliert.«

»Ja, ja, da entwickelt sich was. Aus dir hätte was werden können. Ich hätte dich zum Star gemacht. Jetzt ist es zu spät.«

Mit Druck wischte Elly den Kreis auf dem Klavier. Rund und rund und ohne Anfang und ohne Ende. Schlieren entstehen, Schlieren vergehen. Helene, die Förderin. Helene, die

Grande Dame der Berliner Gesellschaft. Helene, die Mäzenatin für junge Musiktalente. Elly stoppte. Durchkreuzte mit dem Staubtuch den Kreis. Helene, die Ziehmutter von Hitler. Wie konnte sie es wagen, ihre Füße in dieses Haus zu setzen und Sara *Liebes* zu nennen!

Die Wortfetzen wurden eindringlicher. Elly faltete das Staubtuch, steckte es in die Schürzentasche. Sie öffnete die Tür mit Schwung, sah in den Salon. Beide Frauen saßen sich gegenüber, weit über den Tisch zueinander gebeugt.

»Wie gesagt, das Rezept ist von ihm. Aber das wollte ich gar nicht erzählen. Warum ich hier bin …«

»Was hat Hitler sich ausgedacht? Noch mehr Schikanen?«, unterbrach Sara ihren Gast zu laut, als wollte sie endlich ausspucken, was ihr schon lange bitter aufgestoßen war.

Da klatschte Helene in ihre großen Hände. »Schweig. Sprich nicht so über den Führer!«

»Für mich ist er einer, der sogar Kinder drangsalieren lässt. Leon hat Angst, in die Schule zu gehen. Mit dem Rohrstock wird ihm auf die Finger geschlagen. Mein Kleiner hält das nicht aus. Wenn du so einen guten Draht zur Partei hast, dann tu was. Er ist doch dein Patenjunge!«

»Und Wölfchen ist mir wie ein Sohn.«

Wie ein Donnerschlag grollte der Satz durch die Villa. Helene, die Heuchlerin. Auf der Stelle sollte sie das Sternberg'sche Haus verlassen. Wenn Sara nicht die Courage hatte, den Gast in den Vorgarten zu setzen, dann würde Elly selbst nicht länger zögern.

Sara fasste sich an die Schläfe, rieb mit dem Zeigefinger darüber. Sie kniff die Augen zusammen, als wäre das matte Winterlicht im Raum ihr eine Pein. Ihre Stimme wirkte ruhig, und doch hörte Elly ein leises Flattern darin, als sie weitersprach. Ihr liege die deutsche Kultur in den Genen. Sie gehe vor deutschen Komponisten wie Schumann oder Bach in die Knie. Sie verehre Carl Bechstein, der mit seinem Pianoforte solche Klangfülle geschaffen habe. Ein Genie. Sie selbst sei eine deutsche Künstlerin und vor allem eine deutsche Mutter. Sie spreche, fühle, singe, lese, schreibe Deutsch. Wie Helene. Und sie hoffe auf Frieden. Hitler hingegen sei ein Aufwiegler, in seinem Wahnsinn gebe es keinen Platz für die schönen Worte, überhaupt für die Kunst! Ein armseliger Emporkömmling aus Österreich sei er, und ein Schmarotzer der ältlichen Damen der Gesellschaft. Und mit ihrer tiefen Stimme fügte sie hinzu: »Dein Schwiegervater würde sich im Grabe umdrehen, wenn er wüsste, wie du seinen Namen beschmutzt! Bist doch nur eingeheiratet.«

Elly hielt inne. Das waren deutliche Worte, das hätte sie Sara gar nicht zugetraut. War sie ansonsten eher zurückhaltend, fast eine Träumerin in einer unheilvollen Zeit, so zeigte sie sich plötzlich entschlossen, Helene die Meinung zu sagen und damit dieser verblendeten Frau die Freundschaft zu kündigen. Elly erwartete nun ein Desaster. Sie tat einen Schritt vor die Glastür, bereit, Sara zur Hilfe zu kommen. Und als sie bemerkte, dass Sara sich wieder und wieder die Stirn massierte, dass ihre Hände dabei zitterten, da fand Elly es an der Zeit, die dicke Helene vor die Tür zu bitten.

Entschieden ging sie auf den Esstisch zu, verweilte an der Treppe, die in weit ausladendem Schwung ins obere Stockwerk führte und den Salon in zwei Teile trennte. Sie würde ihre Kompetenz nun überschreiten. Sara zuliebe. An der schmalen Seite des nachlässig gedeckten Tisches blieb sie stehen, stemmte die Hände in die Hüften, das tat sie immer, wenn sie nicht wusste, wohin damit.

»Frau Bechstein. Das Kaffeetrinken ist beendet«, erklärte Elly und ärgerte sich, dass ihre Stimme dünn klang.

Helene lachte auf. »Redet die schon wieder mit? Was ist das denn für eine verkehrte Welt?«

Aber Elly ließ sich nicht beirren. Zur Salzsäule erstarrt, stand sie da. Sie würde keine weitere Aufregung dulden! Seit Hanns ihr erklärt hatte, wie gefährlich Saras Migräne für das Gehirn war, passte sie auf. Denn Hanns musste es wissen, immerhin zählte er zu den bekannten Neurologen der Stadt. »Jeder heftige Schmerz hinterlässt weiße Flecken hinter der Stirn«, hatte er in seinem Studierzimmer gesagt und mit dem Stab gegen das Röntgenbild getippt. »Das ist gefährlich, denn an dieser Stelle wohnt die Seele.«

Elly hatte sich zur Leuchttafel an der Wand gebeugt. Sehr lange hatte sie das Röntgenbild betrachtet, um darauf den Eigensinn dieser Sara-Seele zu sehen. »Wie Schneeflocken«, hatte sie dann gesagt, und Hanns hatte hinzugefügt: »Nur schmelzen die nicht mehr.«

Das fiel ihr wieder ein, und deshalb dachte sie, sie müsse handeln, und zwar sofort: Sie begann, den Tisch abzuräumen, obwohl der Gast noch daran saß. Sie tat es, um Schneeflocken im Gehirn zu verhindern, um die Sara-Seele zu schützen. Zuerst nahm sie die Hitler-Torte. Mit einem lauten Klappern des Mülleimers in der Küche landete die im Sack. Sie leckte einen Rest vom Finger ab, stellte fest: Der Teig schmeckte vorzüglich, keine Frage. Vermutlich hatte Hitler die besten Nazi-Konditoren Deutschlands ans Rezept befohlen. Elly lutschte noch einmal am Zeigefinger, kostete nach: Rosen und Schokolade, einen Schuss Kirschwasser. Die Eier getrennt geschlagen. Sie schmierte den Rest an ihrer Schürze ab. Der Schlächter ein Feinschmecker? *Das passt nicht zusammen,* dachte sie und ging schleunigst in den Salon zurück, pustete die Kerzen aus. Und während sie sich über den Tisch beugte, während sie auf Höhe von Helenes üppigem Busen einen Moment verweilte, um Unruhe und Unbequemlichkeit zu erzeugen, da erblickte sie die Brosche: das goldene Abzeichen der NSDAP.

Diese Dreistigkeit verschlug Elly die Sprache. Da kam die Bechstein hier zu Besuch in die Sternberg'sche Villa und trug das Zeichen der Nazis in Gold an der Brust? In einem jüdischen Haushalt solch eine Beleidigung? Laut fragte Elly: »Haben Sie noch alle Tassen im Schrank?«

Helene sprang vom Stuhl auf. Mit der rechten Hand fummelte sie an der Brosche herum. Mit der linken fuhr sie sich durch die Haare, einige Strähnen stachen aus dem Dutt, dann lösten sich die Haare gänzlich und fielen in Wellen bis zur Schulter. Weich umspielten sie das Gesicht, schmiegten sich über den breiten weißen Kragen. Helene sah aus wie eine Madonna mit verrutschtem Lachen. »Das Goldene habe ich mir verdient. Und es ist mir eine Verpflichtung. Trotzdem bin ich hier, falle dem Wölfchen in den Rücken. Aber Gutmütigkeit wird ja selten honoriert. Schon gar nicht von euch Juden.«

»Was meinst du?«, fragte Sara, deren Lippen mittlerweile jegliche Farbe verloren hatten.

»Pah, es war nur ein Spiel, ein weinseliges Spiel auf der Berghof-Terrasse. Du weißt, wie das ist, man trinkt ein, zwei Gläschen zu viel, kommt in Laune, wird albern. Haben wir Spaß gehabt!« Helene ließ die Brosche los und trat dicht hinter Sara. »Und weil ich ein guter Mensch bin, verrate ich dir jetzt das Geheimnis. Aber ohne das Gesindel im Nacken«, sagte sie und warf den Kopf zurück. »Ich weiß, wo ich herkomme; ich weiß, wer ich bin.«

Helene neigte sich vor, hin zur sitzenden Sara.

Küsste sie auf den Scheitel.

Die Madonna und die Büßerin.

Ein Flüstern ins Ohr.

Schweigen.

Noch ein Kuss. Noch ein Flüstern.

Saras Schrei.

Für eine Sekunde überlegte Elly, ob sie die rechte Hand zur Faust pressen sollte, zum Haken ausholen sollte, wie es ihre Schwester Luise in solchen Situationen tat. Arm zurück und alle Kraft nach vorn. Zielschlag. Unterkiefer.

Aber da drehte sich die dicke Madonna weg. Sie hob den rechten Arm, stand stramm. »Heil Hitler!«

Sie rauschte durch die Diele, hinaus in den Garten. Am Tor drehte sie sich noch einmal um. »Ich habe nichts gesagt. Es war einer von den anderen.«

2

»Wann genau ist sie gegangen?«, fragte Hanns über seine gefalteten Hände hinweg. Wie jeden Abend saß er am Tisch, um zu beten, bevor das Essen aufgetragen wurde. Solange Elly sich erinnern konnte, pflegte er diese Geste der gefalteten Hände, auch wenn sie außerhalb der jüdischen Rituale stattfand. In den eigenen vier Wänden, so sagte er, dürften Konventionen bröckeln. Für ihn war das Falten der Hände wie die Einkehr bei Gott und damit das Schöpfen aus einer unendlichen Kraft. Um Punkt sechs hängte er abends seinen weißen Kittel im Studierzimmer an den Nagel, wie er es nannte, und zog seine grüne Strickjacke über das Hemd. Ein edles Stück, Kaschmir mit Seide. Auch wenn die mittlerweile in die Jahre gekommen war, so mochte er die Jacke. Überhaupt erklärte er gerne, dass Gewohnheiten die Stützpfeiler im Alltag seien. »Routine beruhigt das Gemüt«, so lautete sein Rat. Elly glaubte ihm das im Allgemeinen, immerhin erforschte er die Gedanken und vor allem das Verhalten von Menschen in herausfordernden Situationen. Nur hatte Elly für seine Gelassenheit jetzt kein Verständnis.

»Sie ist gerannt, nicht gegangen. Gegen halb zwölf ist Sara aus dem Haus gestürmt«, sagte sie patzig.

»Wahrscheinlich klärt sich alles in logischer Weise auf. Warten wir ab.«

Sie fühlte sich nicht ernst genommen. Und seine betenden Hände passten ganz und gar nicht in diesen Abend. Waren seine Finger ansonsten zielgerichtet, sogar fähig, die grauen Zellen unter einem Schädel auseinanderzuschieben, wenn dazwischen ein Geschwür wucherte, so blieben sie jetzt tatenlos. Er schloss die Augen, und damit gab er das Zeichen, dass für ihn das Gespräch beendet war.

»Sie hat sich nur den Mantel übergeworfen, keinen Schal, keinen Hut. Hat sich noch nicht mal verabschiedet.«

Hanns seufzte zum wiederholten Mal, löste die Fingerspitzen voneinander.

»Rufen wir Leon. Essen wir. Zum Gebet brauche ich Konzentration, das scheint nicht zu klappen.«

»Es gibt Bohnensuppe, die kann man warm halten.«

»Wir suchen jetzt nicht. Sara wird wissen, was sie tut.«

Hanns rief nach seinem Sohn, aber der antwortete von oben, dass er ohne seine Mama nicht komme.

Wieder seufzte Hanns.

Ungestüm rückte Elly den Stuhl zurecht, auf dem Sara gewöhnlich saß. Darauf ließ sie sich fallen und merkte an, sie werde nicht so tun, als wäre nichts geschehen. Etwas laufe schief, ganz und gar schief. Sie könne nicht verstehen, warum er hier sitze und bete und vielleicht ein Drama ignoriere. Auf den lieben Gott könne man sich nicht blind verlassen. Manchmal nämlich vergesse der einige seiner Schafe. Oder sei Hanns etwa ein Hiob? Die Hütte brenne, und man lösche nicht? Sie sagte das zu laut, zu schnell, sie schleuderte die Worte hinaus und wusste, dass ihr solch ein Ton nicht zustand. Sara war verschwunden! Womöglich in Not geraten. Ein Verbrechen. Das geschah. Täglich. Unerwartet und in einer brutalen Weise. Sie mussten etwas unternehmen. Sara suchen, irgendjemanden alarmieren. Sofort.

Aber seine hochgezogenen Augenbrauen zeigten anderes. Er würde sitzen bleiben und sie nicht ernst nehmen. Er würde denken, Elly habe sich vom Tratsch im Park anstecken lassen. Dabei hatte sie ihm in den letzten sieben Jahren wie eine Fee gedient; wenngleich sie auch die grazile Figur längst verloren hatte, so war sie doch immer darauf bedacht gewesen, leise, umsichtig zu sein, sich in einer unaufgeregten Art nahezu schwebend mit den Umständen der Familie zu verflechten. Und sie wollte, dass er nun ihre Sorge teilte. Er sollte nicht still dasitzen und beten! Deshalb fuhr sie mit dem Zeigefinger über den Tisch, suchte nach Worten, um ihm die Ohnmacht klarzumachen, in der sie seit Stunden steckte. Sie malte mit dem Finger einen Kreis auf das Holz des Tisches, wie sie es am Vormittag auf dem Flügeldeckel getan hatte. Ohne Ende und Anfang, immer rundherum. An dieser Stelle hatte die Schwarzwälder Kirschtorte gestanden – und hatte Unglück ins Haus gebracht. Aber wie sollte sie Hanns das erklären? Sie kratzte jetzt mit dem Fingernagel über das Holz, ein unangenehmes Geräusch.

Und endlich fragte Hanns: »Was willst du mir wirklich sagen?«

»Ich habe Schuld«, stieß sie aus.

»Dass Sara nicht da ist?« Er lachte laut auf. »Warum meinst du das?«

»Ich habe die Bechstein heute rausgeworfen.«

»Warum hast du das getan?«

»Sara hatte einen Migräneanfall.«

»Und daran war Helene schuld?«

»Sie hat sich herrisch verhalten. Sie nennt ihn Wölfchen.« Ellys Stimme klang aufgeregt.

Hanns umfasste ihren Oberarm. »Du hast alles richtig gemacht. Frau Bechstein wird sich beruhigen. Überall geraten Menschen wie sie mit Menschen wie uns aneinander.«

»Das macht es nicht besser!«, wandte Elly ein und fühlte sich unverstanden. »Ich hätte mit der Pfanne auf den Kaffeetisch knallen sollen«, ereiferte sie sich.

»Na, na, so aufbrausend habe ich dich noch nie erlebt.«

Elly zögerte, dann verriet sie ihm: »Da ist noch was: Ich habe diese Kälte gespürt, als ich ihr die Tür geöffnet habe.«

»Nun ja, bei minus vierzehn Grad ist das nicht verwunderlich«, witzelte Hanns, und er legte seine weiche, nahezu linienfreie Hand auf ihre. »Mach dir keine Vorwürfe. Und hör mit dem Gekratze auf dem Tisch auf, bitte.«

Vielleicht konnte er als analytischer Geist nicht um drei Ecken denken. Nur das Messbare hatte für ihn einen Wert. Aber die Welt war nicht schwarz oder weiß. Es gab diese diffusen, unberechenbaren Zwischenräume, und die entschieden, in welche Richtung das Schicksal fiel. Himmel oder Hölle, mittendrin tausend Möglichkeiten. So wagte sie noch einen Vorstoß.

»Die Kälte hatte nichts mit dem Wetter zu tun. Wie sie hier hereingeschneit ist. Rücksichtslos. Ja, so kennen wir Helene. Ich weiß. Aber da war noch was. Das klingt jetzt vielleicht komisch: Aber ich bin mir sicher, die hatte Angst. Und die Angst hat sie hinter ihrem schlechten Benehmen versteckt. Das habe ich gerochen.«

Hanns lächelte milde wie immer, wenn er anhob, um zu dozieren. »In der Wissenschaft gibt es drei Merkmale für Angst: Schweiß. Erhöhter Herzschlag. Erweiterte Pupillen. Fakten zum veränderten Geruch bei Menschen gibt es nicht. Wir sollten versuchen, keinen Hokuspokus in die Sache hineinzuinterpretieren.«

Elly öffnete den Mund, schloss ihn wieder, missbilligend sah Hanns sie an. Deshalb teilte sie ihm nicht mit, was sie im Park erfahren hatte. Er würde es sowieso in seine Kategorie *Unbestätigtes* einsortieren, nur, weil ihm Zahlen und Daten fehlten. Für Elly jedoch waren es furchtbare Wahrheiten, verhängnisvolle Entwicklungen. Die würden weitergehen und weiter, die würden wie Brandbeschleuniger des Hasses sein. Im Park erzählte man sich hinter vorgehaltener Hand, dass private Häuser nahe der Großen Hamburger Straße aufgebrochen, geplündert und ganze Familien hinausgetrieben worden waren. Einfach rausgeworfen aus ihrem Zuhause. In Berlins Mitte, wo Künstler und Denker, Wohlhabende und Ärmliche sich einrichteten, wo Berlin bunt war, dort hatte das Unheil seinen Lauf genommen.

Für Berlin war sie vor vielen Jahren aus dem Rheinland aufgebrochen. Wie eine laszive Dame hatte die Stadt Elly angelächelt, mit Arroganz hatte sie gelockt und Lebenslust all denen versprochen, die ihr zugetan waren, bereit, ihren Launen zu folgen. Fürsorge lag der Stadt nicht. Wer schwächelte, der fiel aus ihrer Gunst. Der landete in den schmutzigen Hinterhäusern mit undichtem Gemäuer und Ratten im Hof. Wer aber den Mumm hatte, über Dreck hinwegzusteigen und sich gleichsam nach dem Licht zu strecken, der wurde belohnt. Der fand den Weg zu seinem Traum, alles war möglich in Berlin. Sie hatte reingepackt ins Vergnügen, hatte sich mitreißen lassen von Party und Glitzer und den Attitüden der Reichen, die abstiegen, wo sie einst gekocht hatte, im Adlon. Und auch später, als sie längst die Köchin bei Sternbergs war, hatte sie die Nächte durchtanzt. Hatte Charleston gelernt in Kreuzberg und fand Gefallen am Flirten. Auch Tango mochte sie. Fühlte sich ein wenig verwegen. War auf der Suche nach einem, der ihr Herz erobern würde. Dann kam tatsächlich einer, Marçeau, der Maler. Ungestüm hatten sie sich in seinem Atelier ineinandergeschlungen, sich mit Farbe an den geheimsten Stellen bemalt, als wären sie ein Kunstwerk. All diese Erinnerungen würde sie immer in sich tragen, die würden ihr Bild von Berlin und von einem aufregenden Leben prägen.

Dann wurde Leon geboren, da war Elly ruhiger geworden, verantwortungsvoll wie eine Mutter mit kleinem Kind, auch wenn es das Kind von Hanns und Sara Sternberg war. Die Stadt veränderte sich, sie lockte Elly nicht mehr mit ihren Launen, nicht mehr mit ihrem Glanz. Ihre Stadt umspielte sie nun mit Geduld und Sanftheit, wurde auf gutmütige Weise zu Ellys Heimat.

Und dieses Berlin, ihr Berlin, merzte man aus! Von Mitte bis nach Charlottenburg, bis in ihre Nachbarschaft. Vorgestern war die Familie von gegenüber verschwunden. Verhaftet. Ganz unauffällig. Von der Gestapo. Man vermutete im Park, die Herrschaften samt Haushälterin säßen seither in einem Wartesaal in der Großen Hamburger Straße am Rande der Spree nahe der beschädigten Synagoge, eingeschlossen und bewacht.

Ging das alles an Hanns vorbei? Kannte er wirklich keine Angst? Hanns musste doch sehen, dass ein teuflischer Plan vollstreckt wurde, der Plan der Nazis.

»Warum handelst du nicht, Hanns? Vielleicht übertrete ich eine Grenze als deine Köchin, aber ich finde, du bist absolut ignorant. Du klammerst dich an eine heile Welt. Die gibt es nicht mehr. Du verschließt die Augen, und damit läufst du denen ins offene Messer. Soll ich dir Fakten nennen? Du erinnerst dich: Die haben dir vor wenigen Monaten die Approbation genommen. Darfst dich nicht mehr Arzt nennen. *Krankenbehandler* sollst du nur noch sein, und zwar im Studierzimmer. Was kommt als Nächstes?«

Hanns antwortete, dass sie nun in der Tat eine Grenze überschreite. Man solle kein Menetekel an die Wand werfen und damit ein Verhängnis betreiben. Hoffnung heiße das Pfand für eine Zukunft. Nur wer jetzt zu seinen Aufgaben stehe, nur wer seinen Alltag im Äußeren und seine Liebe im Inneren bewahre, der werde sich nicht verlieren.

Mit Schwung schob Elly den Stuhl zurück und sprang auf. »Sie hat mich Gesindel genannt – und dann etwas in Saras Ohr geflüstert.«

»Ein unverschämtes Benehmen«, fand auch Hanns.

»Darum geht es nicht. Da komme ich drüber. Fest steht

nur: Das Flüstern ist der Grund für Saras Verschwinden. Ich suche sie jetzt.«

Hanns blieb stoisch am Tisch, leicht bewegte er die Lippen. *Gepriesen seist du, Ewiger, unser Gott; du regierst die Welt. Du hast die Früchte des Erdbodens geschaffen …*

Elly bemerkte, dass seine kluge Stirn glänzte. Er war fähig, Sorgen zurückzuhalten, auch wenn ihn das enorme Kraft kostete. Ein Mann, der die Fassung nie verlor, stattdessen an einen Ausweg aus jedem Dilemma mit Gottes Hilfe glaubte. Fürsorglich strich sie über seine Schulter. Sie hätte sich auch gern in so eine weiche alte Wolle gekuschelt. Ein Kokon, um die innere Ruhe zu schützen. Sie würde ihm später einen Brennnesselsud bereiten.

»Ich bin jetzt weg!«

Er nickte, ohne sein Gebet zu unterbrechen. Und da öffnete sich die Haustür. Im Rahmen stand Sara. Die Arme um den dünnen Leib geschlungen. Sie atmete langsam ein und noch langsamer aus. Ihr Gesicht war nicht blass wie sonst, sondern grau, verlaufene Wimperntusche bis zum Kinn. Hinter ihr, im Freien, fiel das Mondlicht auf die dünne Schneedecke, der Wind stob hoch und bildete Linien darauf.

»Wir werden weiße Weihnachten haben«, bemerkte Elly und wusste nicht, warum ihr das wichtig war.

3

Wo ist Leon?«, fragte Sara, und Elly zeigte nach oben zum ersten Stock. »Sieh auf der Straße nach, ob mir jemand gefolgt ist. Verschließ das Haus. Mach die Lichter aus. Ich muss mit euch reden, mit euch beiden!«

Verblüfft über den Kommandoton stapfte Elly zum Gartenzaun. Sie lauschte auf Schritte im Schnee, ließ die Augen durch die Vorgärten schweifen, suchte nach einer Bewegung im Gebüsch. Kein Geräusch. Kein Licht drang aus den verhängten Fenstern der Villen in der Nachbarschaft. Würde es auch heute einen Überfall geben, niemand wäre Zeuge. Ein Gedanke, der sie beunruhigte. *Wir müssten uns einen Wachhund zulegen, einen abgerichteten deutschen Schäferhund,* dachte sie und fand diese Idee sehr klug. Und als sie wieder zurück im Haus war, da drehte sie den Schlüssel zweimal herum und schob mit Radau die Kommode davor. Sollte Hanns sie für hysterisch halten; sie würde tun, was sie für richtig hielt!

Hanns begrüßte seine Frau ohne Umarmung. »Du siehst müde aus, Flöckchen. Wo warst du?«

»Ich wollte Fahrkarten kaufen. Aber mit gelbem Stern an der Brust ist das verboten! Einfach verboten haben die das. Wir dürfen nicht weg! Was haben die vor?« Sara fasste sich an den Kopf, drückte zu, als wollte sie eine Erklärung herauszwingen. »Diese Migräne macht mich fertig.« Und dabei suchte sie seinen Blick.

Er legte einen Arm um ihre Hüfte. Mit der anderen Hand strich er ihre Locken zurück, sah ihr unverwandt ins Gesicht. Eine kleine Ewigkeit schwieg er, wie es seine Angewohnheit war, wenn er sich konzentrierte, um eine Lösung zu finden.

Mit dem Finger fuhr er weiter über ihre Brauen, ihre Nase, das Kinn entlang. »Du machst mir Sorgen.«

Aber sie entzog sich dieser Geste. »Hör bitte auf, Hanns. Wir müssen weg. Noch heute Nacht.«

»Wir haben oft genug darüber gesprochen. Wir bleiben. Wir haben Geduld. Wir sind in Gottes Hand.«

Er steckte die Hände nun in die Hosentasche. *Ein Mann ohne Entschlusskraft,* dachte Elly, während sie Saras Mantel entgegennahm. Gleichzeitig schämte sie sich für diese heimliche Kritik. Sie überlegte, was sie tun sollte, was angebracht wäre. Nie zuvor hatte sie die beiden streiten sehen, nie zuvor hatte sie Sara derart außer sich erlebt.

»Hanns, wach auf! Beten nutzt nichts mehr. Elly, setz dich endlich hin! Die bedrohen uns. Die transportieren Juden ab! Wir müssen weg.« Dann klopfte sie sich mit den Fäusten gegen die Schläfen, schrie durch den Salon: »Das belämmerte Weib! Sagt mir erst heute, dass jemand unsere Namen an Hitler verraten hat!« Da wusste Elly, dass es richtig gewesen war, die Bechstein vor die Tür zu setzen. Wieder dachte sie an die harten, kleinen Augen, an die Kälte dieser mächtigen Frau.

Oben öffnete sich eine Tür, und Leon rief weinerlich nach seiner Mama. Vermutlich hatte er den Streit mit angehört. Solch ein Benehmen der Eltern war ihm fremd, denn im Hause Sternberg ging es normalerweise mit einer gelassenen Heiterkeit zu. Hanns legte Wert darauf, dass mit dem Schließen der Haustür die Nöte draußen blieben. Sein Haus war sein Refugium, eine Festung gegen den politischen Mob.

»Lass uns aufpassen, dass unsere Emotionen nicht die Logik verdrehen. Das wäre falsch. Am Ende stünde die Psychose«, sagte Hanns in belehrendem Tonfall – damit war für ihn das Thema erledigt.

Saras Augen aber weiteten sich, wurden dunkel. Die bernsteinfarbenen Sprenkel darin verschwanden. *Würde sie jetzt weinen,* dachte Elly, *wären die Tränen schwarz.*

»Mama? Mama, ich will auf deinen Arm«, quengelte Leon von oben.

Normalerweise gehörte der Junge um diese Zeit ins Bett. Stattdessen kauerte er auf dem Treppenabsatz, wartete auf sein Essen, stützte den Kopf in die Hände, als würde er einem seltsamen Theaterstück vom Balkonplatz aus beiwohnen, einem Stück, das auf einen Höhepunkt zusteuerte. Zu viele schaurige Geschichten erfuhr er, wenn er nachmittags mit Elly und Dackel in den Park ging. Satzfetzen, die sich die Erwachsenen zuraunten, die er zu Geschichten reimte, zu Geschichten mit bösen Helden. Elly wusste, dass der kleine Junge alles aufnahm, alles speicherte in seinem Gehirn. Und nachts kamen die Träume, pusteten wieder raus, was für seine Kindergedanken belastend war. Seit wenigen Tagen schrie er im Schlaf und nässte das Bett ein. »Müssen wir weg?«, fragte er ängstlich von seinem Treppenplatz aus.

»Wir bleiben. Wir gehen nirgendwohin. Und du machst dich gleich nach dem Essen fertig fürs Bett«, bestimmte Hanns. An seine Frau gerichtet fügte er tröstend hinzu: »Alles wird gut. Es ist nur eine Episode. Das geht vorbei. Schlaf dich einfach mal aus, mein Flöckchen.«

Elly blickte zu Sara, und die sah zu Leon hin, lächelte ihren Jungen an. Ein kurzes Zittern in den Schultern. Als hätte man einen Schalter in Sara umgelegt, wurde sie wieder die besonnene, charmante Frau. Sie setzte sich rechts von Hanns an die Längsseite des Tisches. Sie schenkte sich ein Glas Wein ein, nahm seine Hand und küsste sie lange und zärtlich. Kein Wort mehr von Flucht und Gefahr, auch in ihre Augen kehrte der sanfte Schimmer zurück.

So bot Elly an, Leon nach unten zu tragen. Zu ihrer Überraschung protestierte er nicht. Sie nahm den Jungen auf den

Arm. Schmächtig war er für seine sechs Jahre, aber pfiffig im Kopf.

»Hast du Hunger auf Bohnensuppe?«

»Nein, gar nicht. Mama und Papa zanken«, widersprach er und zog an Ellys geflochtenem roten Zopf.

»Quatsch, das ist doch kein Zank«, antwortete sie und hielt sich mit einer Hand an dem Geländer der Holztreppe fest. »Und lass meine Haare los, oder ich werfe dich im hohen Bogen hier runter.«

Leon schrie »Mach doch!« und zog noch heftiger am Zopf. »Außerdem hast du Sommersprossen im Winter.« Er lachte übertrieben laut, obwohl er vielleicht lieber weinen würde.

Im Hintergrund knisterte der Kamin. Ein Hauch von Gemütlichkeit breitete sich im Raum aus, als wäre die Familienidylle nie gestört worden. Und während Elly das Essen auftrug, hörte sie, dass Hanns seine Frau beruhigte. »Die brauchen uns, unsere Forschung, unseren Fleiß. Da wird nicht mehr viel passieren.«

Sie dachte, dass dieser Satz himmelschreiend war.

* * *

Zuerst öffnete Elly das Küchenfenster weit. Sie lehnte sich bis zum Bauchnabel hinaus, lauschte in die Dunkelheit. Stille. Keine Straßenbahn, kein Auto zu hören, kein Fußgänger zu sehen. Nicht einmal eine streunende Katze sprang durch den Vorgarten. Zwar zählte Dahlem zu den ruhigen Gegenden der Stadt, aber heute Abend wirkte es, als hätte man ein Laken darüber gezogen. Atemlos, geräuschlos, selbst die hängenden Äste der Tanne schaukelten nicht wie sonst. Dennoch beschlich Elly das Gefühl von Gefahr, ein angeborener Alarm, trainiert über die Jahre. Der tickerte erst vorsichtig im hinteren Schädel, dann sandte er Signale ans Knie. Als

Kind schon konnte sie sich auf diesen Alarm verlassen, wenn es darum ging, dem Ledergürtel des Vaters zu entkommen. Der Vater konnte nett sein, verständnisvoll zuhören, um im nächsten Moment zum Teufel zu werden. So etwas schulte die Sinne. Elly schloss das Fenster, rieb sich ihr Knie. Würde sie jetzt das Familienessen stören, vom Feind erzählen, der irgendwo in der Nähe unsichtbar lauerte, so würde Hanns seine weiche Hand auf ihre Stirn legen, fragen, ob sie Fieber habe, und eine seiner Schlaftabletten aus dem Arztkoffer kramen. Dabei wusste sie: Sara hatte recht. Auch deren Antennen funktionierten.

Sie stieß die Küchentür auf, um den Nachtisch aufzutragen. Rote Grütze in Vanillesoße, mit Schokoflocken und Pistazien garniert. Die Familie Sternberg löffelte noch schweigend die Suppe, jeder seinen Kopf über den Teller gesenkt. Niemand sah auf, als Elly die Grütze abstellte, niemand antwortete, als sie fragte, ob es schmecke. Allein auf ihren Kommentar, dass es draußen seltsam leise sei, dass sie denke, so eine Stille gebe es nur vor einer Gefahr, denn da halte die Zeit quasi die Luft an, bevor Schlimmes hereinbreche, wies Hanns sie zurecht. »Nicht vor dem Jungen. Es ist jetzt auch mal gut!«

Und zum ersten Mal entschied Elly, dieses eindeutige mulmige Gefühl im Verstand und im Knie zu ignorieren. Sie versuchte, es mit Gedanken an Weihnachten, an Silvester, an die Vorbereitung in der Küche zu überlagern. Sie dachte, dass überhaupt Beschäftigung ein Mittel gegen Angst sei, und begann, den Herd zu schrubben. Im Anschluss rieb sie ihre rauen Hände mit Leinöl ein. Zwar stank das fischig, half aber gegen Risse in der Haut. Dann aß sie einen Teller Suppe. Das Geheimnis guter Suppen bestand darin, nur reife Zutaten zu verwenden. Im Übrigen kam es auf die Reihenfolge an. Ungeduldige Köchinnen kippten alles auf einmal ins kochende

Wasser: Gewürze, Gemüse, Fleisch, Kräuter. Welch ein Fehler, welch eine Sünde am Geschmack! Erst musste das Fleisch langsam bei mittlerer Temperatur über Stunden gegart werden, und in diesen Fond gab sie erst das Gemüse, dann die Kräuter und zum Schluss die Gewürze. Salz niemals während der Kochzeit, denn Salz verdarb das Aroma. Außerdem verwendete Elly grundsätzlich nur Kalb für Suppen. Dessen Knochenmark bot Kraft für die Brühe, das Bauchfleisch war die Einlage. Während die meisten Köche hier abschmeckten, kochte Elly weiter, und genau dieser letzte Schritt machte ihre Suppen zu einem Geheimrezept: Sie fügte ein geschlagenes Eigelb hinzu – und zwei Esslöffel rohes Kalbshirn. Das war, so nahm Elly an, der Grund für Leons Pfiffigkeit. Die besten Eigenschaften im Charakter nutzten nichts, wenn reichhaltige Ernährung fehlte. Vielseitig musste die sein, dazu ein wenig kommod, denn heutzutage hatte kaum jemand Zeit, um kompliziert zu kochen. Sie streichelte den Dackel und grinste. Wenn Hanns das wüsste, würde er sie feuern. Gehirne waren für ihn nichts Essbares, auch nicht die Hirne von Tieren. Man legte sie höchstens in Essigsäure ein, um ihre Farbe, Form und Struktur zu studieren und fortan auf Zersetzung zu prüfen. Beim Staubwischen schlich Elly um diese Gläser in Hanns' Studierzimmer herum. In einer hinteren Ecke auf dem Regal standen sie aufgereiht, ferngehalten von Sauerstoff und Licht, und auch von Bakterien. Sie hingegen kochte Hirne nur frisch, bewahrte sie nie länger auf, als der Weg vom Schlachter zum heimischen Herd dauerte. Plötzlich tippte es leise an der Küchentür, dann schlüpfte Sara durch den Spalt.

»Hast du eine Minute?«, flüsterte sie und setzte sich neben Elly auf die Eckbank, was verwunderte, denn normalerweise mied Sara diesen Raum. Weder mochte sie die Gerüche noch das Scheppern der Töpfe beim Spülen.

»Klar. Geht es dir besser? Ich muss sowieso mit dir reden, die Frauen im Park …«

»Egal, was die sagen. Egal, was Hanns denkt. Du musst mir helfen.«

Nie zuvor hatte sie mit Sara so nah auf der Eckbank gesessen. Schulter an Schulter und doch auf unterschiedlichen Stufen im Leben. Sara schön, jung und talentiert, glücklich mit Mann und Kind. Sie selbst robust, rundlich und nachts einsam. Seit Leons Geburt waren sie zu Freundinnen geworden.

Er war ein Schreikind gewesen. Sara hatte keine Nerven oder auch zu viel Mitleid gehabt, war zusammengebrochen in den ersten Wochen nach der Geburt. Von da an hatte Elly das Kind getragen, Stunde um Stunde, treppauf, treppab, hatte das immer gleiche Lied gesungen: *Ein Stern ist aufgegangen.* Sie hatte Respekt vor diesem Schreikind empfunden, wie es sich in die Welt kämpfte und gegen Krämpfe im Bauch und gegen den drohenden Tod, denn es war klein, dünn, vier Wochen zu früh geboren. Sie hatte ihm den Namen Leon, der Löwe, gegeben. Und Sara hatte diesem Namen zugestimmt, ja, bald würde dem Weinen der Stolz folgen, bald würde der kleine Junge ein Sieger sein.

Elly fasste sich ans Knie, das geschwollen war, auch im Rücken zog es. Plötzlich fand sie, dass ihre Schürze nach Schwaden stank, dass ihre Hände diese Risse nicht verdienten. Sie blickte zu Sara, sog den Anblick des klassischen Profils in sich auf, als müsste sie dieses Bild in ihrem Kopf verewigen. Da legte Sara ihre Hand auf Ellys Haar. Zwei, drei Mal streichelte sie darüber und raunte, als wäre es eine Liebkosung:

»Lass uns packen. Nur das Nötigste.«

»Jetzt?«

»Wenn Leon schläft. Und Hanns sich in sein Studierzimmer zurückzieht.«

»Er will bleiben?«

»Unter allen Umständen.«

»Soll ich mitkommen?«

»Erst mal nicht. Hanns braucht dich.«

»Wohin willst du?«

»Wir nehmen einen Wagen. Raus aus Berlin, Richtung Ostsee, erst an den Timmendorfer Strand. Ich habe eben unter einem Vorwand aus Hanns' Studierzimmer telefoniert. Mit wem, musst du nicht wissen. Nur so viel: Alles ist vorbereitet. Eine Gruppe Juden bricht heute Nacht auf, ich hänge mich mit Leon an sie dran. Wir werden dann mit dem Schiff nach Travemünde fahren und in drei Tagen mit der Fähre nach Schweden übersetzen.«

»Und Hanns?«

»Ich rufe dich morgen gegen Mittag an und sage dir, an welchem Strandabschnitt ich warten werde. Zu niemandem ein Wort, niemals!« Sara legte die flache Hand auf Ellys Lippen, als wollte sie sie versiegeln. Dabei drang Maiglöckenduft in Ellys Nase.

»Was ist, wenn Hanns nicht kommt, wenn er stur bleibt?«

»Es ist alles gesagt.« Sara streifte ihre Ohrringe ab, eine Kostbarkeit aus je einem roten Rubin, eingefasst mit Brillanten. Wie dicke Blutstropfen lagen sie in ihrer Handmulde. Sara betrachtete die Ohrringe und kniff die Augen zusammen. Vielleicht erinnerte sie sich an Leons Geburt, an die Liebeserklärung, die Hanns ihr mit diesem Schmuckstück gemacht hatte.

»Nimm du sie. Sie sind mein Dankeschön und mein Versprechen, dass wir uns wiedersehen.«

Elly wollte entgegnen, ein so teures Pfand könne sie unmöglich annehmen, aber Sara schüttelte ganz leicht den Kopf. Keine Zeit mehr für Worte. In Ellys Hand verloren die Rubine ihre Farbdichte, sahen durchlässig aus wie Schneekristalle.

Eine vollständige Umarmung.

Im Stehen.

Körper an Körper.

Nie hatte Elly die Stelle an Saras Schläfen berührt, auf der sich bläuliche Linien bildeten, wenn sie von etwas begeistert war. Jetzt drückte Elly unbeholfen mit den Lippen dagegen und merkte, wie heftig es darunter pochte.

* * *

Es war nicht schwierig, Leon mit aufs Zimmer zu nehmen. Allein das Versprechen »Kriegst was Schönes« ließ ihn aufspringen, denn er wusste, wenn Elly das sagte, gab es ein großes Glas Zuckerwasser. Das hatte Hanns vor dem Zubettgehen verboten, das bringe Zahnfäule. Elly entschied: Ein großes Glas Zuckerwasser vor dem Schlaf war Nervennahrung für die Nacht.

Und während Elly mit Leon an der Hand langsam die Stufen in den ersten Stock nahm, kam ihr ein flüchtiger Gedanke: Es war zu tonlos in diesem Haus. Die Familie nicht verbunden. Wie eine Pause zwischen Vergangenheit und Gegenwart. Auf dem mittleren Treppenabsatz drehte sie sich um, warf einen Blick auf Sara durch die halb offene Küchentür. Sie stand noch immer neben der Eckbank, ihr Rücken durchgedrückt, das Kinn angehoben. Die Hände hatte sie hinter dem Rücken verschränkt.

Auf der anderen Seite des Salons verschwand Hanns in seinem Studierzimmer. Elly sah auch seinen Rücken, bevor die Tür sich hinter ihm schloss. Ein breiter Rücken, etwas zu lang gezogen und deshalb zu früh gekrümmt. Die Hose saß locker am Gesäß. Erstmals fiel ihr auf, dass er an Gewicht verloren hatte. Und sie nahm sich vor, ab morgen besser auf ihn zu achten. Und da roch sie es. Ein Hauch seines Körpergeruchs wehte herüber. Das war nicht der übliche Duft von Hanns, nicht das Gemisch aus Tabak und Sandelholz. Es roch säuerlich, es roch nach Angst.

Instinktiv umfasste Elly die kleine Hand des Jungen. Sie versprach, ihm eine ganz besondere Geschichte vorzulesen, während sie nun zwei Stufen auf einmal nahm. Sie schloss die Tür ihres Zimmers, war außer Atem geraten und wusste nicht, warum. Sie knipste die Lampe neben dem Bett an. Der Schein fiel lediglich aufs Federkissen. Der Rest im Raum blieb dämmrig. *Gut so,* dachte Elly, *dann wird der Junge bald einschlafen, und ich kann mit Sara gemeinsam packen. Nur das Nötigste. Einen Koffer mit Kleidung, Geld, Schmuck und eine Tasche mit Lebensmitteln für die Reise.* Sie sah verstohlen auf den Wecker, halb neun. Vor Mitternacht würde alles erledigt sein, bis dahin arbeitete Hanns für gewöhnlich.

Und dann hörte sie ein Poltern in der Diele. Tritte gegen die Kommode, bevor Saras Schrei die Stille zerriss.

Für Sekunden blieb Elly atemlos, lauschte, starrte auf Leon. Der stand mit weit aufgerissenen Augen vor ihr. »War das Mama?«

Und diese Frage ließ ihr das Blut in den Adern weiterfließen, kurbelte erst den Atem, dann die Gedanken wieder an. Ihr war, als würde sie neben sich treten, sich selbst die Kommandos zum Handeln geben.

»Ist auf der Straße. Sei jetzt still, mucksmäuschenstill«, sagte sie und füllte ein großes Glas mit Wasser, rührte drei Esslöffel Zucker darin um. Sie schob einen Stuhl neben das Bett, setzte sich darauf, klopfte auf ihr Bein. »Komm auf mein rechtes Knie.« Das linke schmerze, sei dick wie ein Blumenkohl, hörte sie sich sagen und lachte. Leon kletterte folgsam auf ihren Schoß und umklammerte ihren Hals.

»Doch, das war Mama«, entschied er und zappelte, um wieder von ihrem Schoß hinunterzuspringen, nach unten zu laufen, zu seiner Mama.

Elly hielt ihn fest, aber er schlug nach ihr und rief: »Lass mich!«

»Papa kümmert sich«, flüsterte sie und legte den Zeigefinger auf den Mund, gebot ihm, keinen, gar keinen Ton von sich zu geben. Und als würde er ahnen, wie wichtig es war, zu gehorchen, ruckelte er sich auf ihren Knien zurecht.

Stimmen in der Diele.

Elly schlug das Struwwelpeter-Buch auf. Nahm das Glas Zuckerwasser vom Nachttisch, hielt es in der Hand. Sie begann vorzulesen, wie sie es jeden Abend tat. Hörte ihre Stimme wie durch Nebel.

Unten klackten Saras Absätze.

Männerstiefelschritte auf der Treppe.

Elly las weiter, lauter jetzt. Las noch, als man in ihr Zimmer stürmte und »Heil Hitler!« brüllte.

Statt zu grüßen, sah sie auf Leon. Der öffnete den Mund, setzte an zu weinen und drückte sich von Elly ab, um zu seiner Mama zu laufen, die zwischen den Männern stand, eingeklemmt und mit festem Griff gehalten. Aber Elly hielt ihn zurück, quetschte fast seine Rippen. Blitzschnell setzte sie das Glas an Leons Mund, schüttete das Zuckerwasser in seinen Hals. Er hustete, wollte rufen, verschluckte sich, kotzte in Ellys Schoß.

Sie betete zu einem Gott, den sie zuvor nie um Hilfe angefleht hatte: *Lass Leon weitertrinken. Lass meinen kleinen Jungen in Frieden.* Und sie schüttete mehr Wasser in Leons Kehle, obwohl er um Luft rang.

»Name?«, kommandierte einer der Männer.

Elly klopfte Leon auf den Rücken. »Der kann nicht schlucken, seit der Geburt hat der das Problem.«

»Name?«, wiederholte der graue Mann.

»Elisabeth Berger aus Bonn. Ich bin die deutsche Köchin, eigentlich eine Pfarrerstochter«, tat sie pflichtbewusst, während sie Leon den Rest des Wassers in den Hals zwang.

»Dein Sohn?«

»Ja, mein Ein und Alles.«

Da stießen die Männer Sara vor sich her. »Das Judenpack kommt mit. Und du verschwindest mit deinem Kind. Das Haus ist konfisziert.«

Noch einmal wandte Sara den Kopf, warf einen letzten Blick auf Elly.

Sara flehte ohne Worte: *Rette meinen Jungen! Rette ihn, bis ich wiederkomme. Versprich es mir.* Sehr langsam senkte und hob Sara die Lider. Verhüllte und öffnete die Wunde, die man ihr zufügte, warf all ihre Verzweiflung, all ihre Hoffnung zu Elly hin.

Elly verstand. Senkte und hob ebenso die Lider. Gab ihr Seelenversprechen an diese Frau, die sie bewunderte, auf ihre Weise gar liebte.

Als unten die Tür ins Schloss fiel, schluchzte Elly los. Ohne Tränen, ohne Stimme. Sie fühlte sich leer und verloren, hielt sich an dem japsenden kleinen Leon fest, als sei er ihr Bollwerk.

Da fand Leon seinen Atemrhythmus wieder, schlug um sich, hämmerte mit den Fäusten gegen Ellys Gesicht. Elly drückte ihre Hand auf den Mund des Jungen, sagte harsch, er solle still sein. Leon biss sie in die Hand. Wollte raus aus dem Zimmer, dem Haus, zu Mutter und Vater laufen.

»Du bleibst! Und ich auch. Wir zwei gehören jetzt zusammen.« Aber Leon verbiss sich weiter, bis sie blutete und ihr Blut sein Gesicht verschmierte.

4

Wer behauptete, jeder backe sein eigenes Glück, der irrte. Das Glück ließ sich nicht in eine Form streichen, es dehnte sich nicht je nach Geschmack und Vorlieben aus. Niemand konnte es kosten, wenn er danach begehrte. Glück war flüchtig – aus unzuverlässigen Zutaten zusammengerührt. Hatte Elly bislang geglaubt, in diesem Hause gäbe es Geborgenheit, Sicherheit, so war sie dieser Illusion nun beraubt, mehr noch: Vor ihr tobte das Kind und ließ sich nicht beruhigen, und die Bisswunde an ihrer Hand blutete. Sie hatte plötzlich Sehnsucht nach einem Hefeteig. Der war schon immer ihr Trost. Der würde den bitteren Geschmack in ihrer Speiseröhre runterdrücken. Sie schluckte heftig, dann übergab sie sich über der Waschschüssel, spuckte Bohnensuppe und Galle und das Entsetzen aus. Mit dem Ärmel ihres Kleides wischte sie sich den Mund. Jetzt nicht durchdrehen. Sie mussten verschwinden, und zwar sofort.

»Ich will zu Mama.«

»Ich habe dir gesagt, wir suchen sie. Aber erst packen wir. Außerdem brauche ich einen Verband.«

»Wo ist Papa?«

»Auch weg. Dreikäsehoch, bleib hier!«

Leon flitzte auf Strümpfen die Treppe hinunter durch den Salon. Die Kerzen brannten noch auf dem Esstisch, ansonsten war der Raum dunkel. Er stürmte zur Haustür, als müsste er sich vor dem Teufel höchstpersönlich retten. Immer wieder rief er: »Du bist schuld!«

Am liebsten wäre Elly unter die Bettdecke geschlüpft, hätte sich das Federkissen über den Kopf gezogen, nichts gehört, nichts gesehen, gehofft, morgen möge die Welt wieder die alte sein. Wenn schon keinen Hefeteig, dann doch bitte Gewohnheit! Allerdings wäre Schlaf jetzt die schlechteste Lösung. Sie lief Leon hinterher und sah, wie er gegen die Kommode in der Diele stürzte. Für einen Moment dachte Elly, er sei ohnmächtig geworden, wie er dalag und sich nicht rührte. Hanns hatte stets betont, dass Brüche heilten, Wunden sich wieder verschlossen, dass aber ein Sturz auf den Kopf gefährlich sei. Ein Sturz auf den Kopf sei wie eine Mine, die erst Jahre später explodieren könne. »Erschütterungen des Gehirns sind zu vermeiden«, hatte er betont, als Leon das Laufen lernte.

Erschrocken lief Elly in die Diele. Kniete sich vor Leon hin. Er sah sie an wie einer, der aufgab, der nicht mehr kämpfen konnte. Ihr kleiner Junge lag am Boden, verletzt am Kopf. Da fühlte auch Elly, wie die Energie aus ihr wich. Sie legte sich neben ihn, streckte umständlich die Beine aus, damit sich das Rheuma-Knie nicht verdrehte. Und unter ihrem Gesicht verschwammen die schwarz-weißen Bodenkacheln zu einem dreckigen See. Die Kälte drang durch ihr Kleid, es tat gut, die Kälte auf der Haut zu spüren. Sie schloss die Augen, legte einen Arm um Leon, zwei Zurückgebliebene, Verlassene in einer großen Stadt, die keinen Halt mehr gab, ihnen keine Heimat mehr war. Und da riss Leon ihr die Augen auf. Ungestüm mit seinen kleinen Fingern schob er die Lider hoch. Lächelte, kam näher mit seiner Nasenspitze, wie er es jeden Abend tat nach der Gutenachtgeschichte. Seine Beule an der Stirn schwoll, nahm eine hellblaue Farbe an.

»Ich bleib am besten bei dir«, entschied er.

Sie nickte matt, streichelte über seinen Kopf. »Gute Idee. Und ich pass auf dich auf.«

»Weiß ich doch.«

»Wir müssen uns jetzt aufeinander verlassen. Wir zwei sind allein.«

Er zögerte. »Für immer?«

»Quatsch. Mama und Papa sind wunderbar, das merken die Polizisten bestimmt. Alles ein Versehen.«

Während ihre Augen weiter tränten, kam die Lebendigkeit zurück in sein Gesicht. »Ich will heute in deinem Bett schlafen.« Mit seinen kleinen Händen wuselte er durch ihren Zopf.

»Später. Wir packen und gehen. Eine Abenteuerreise – ich weiß schon, wohin. Den Dackel nehmen wir mit – und auch den Schlüssel.«

* * *

Um drei Uhr morgens schliefen die Menschen in Dahlem. In dieser Gegend ohne Lärm und Verkehr, ohne Nöte ums Geld, achtete man auf einen starren Rhythmus: Licht um Mitternacht aus- und um acht Uhr morgens wieder eingeschaltet. Essens- und Schlafenszeiten in strenger Zeitenfolge. Sie wertschätzte das wie selten zuvor. Denn zu ihrer Erleichterung nahm tatsächlich niemand Notiz von ihr samt Kind und Dackel. Selbst die vereinzelten Wohnungslosen im Gebüsch, die sich an einem Feuer wärmten, sahen nicht zu ihr her. In kleinen Grüppchen hockten sie hinter den Ästen beieinander oder lagen auf Decken oder unter Kartons. Arme Teufel. Elly fühlte sich nicht mehr weit von diesem Leben im Gebüsch entfernt. Wer würde sie einstellen mit einem Judenkind? Hitler hatte ins Mikrofon geschrien, dass deutsche Köchinnen nicht mehr in jüdischen Haushalten arbeiten durften. Geradezu explodiert waren seine Worte. Wer sich dem Befehl widersetzte, dem drohten harte Strafen. Juden, so hieß es, seien *auszurotten*. Welche Sprache dieser Wahnsinnige benutzte! Und wie wenig Protest es dagegen gab. Rundherum schliefen die Menschen in ihren Häusern, vermutlich traumlos, widerstandslos. Als wäre die Erde noch in den Fugen. Den Gerüchten zufolge wurden Verhaftete wie Sara und Hanns in Arbeitslager transportiert, wo sie der Willkür brutaler Aufseher ausgeliefert waren. Selbst vor Kindern machten die da oben in der Politik nicht halt. Dagegen musste Elly sich doch wehren! Musste den braunen Schlamm von Leon abhalten. Sie dachte sich in Rage. So wütend war sie noch nie gewesen. Sollte denn Berlin, überhaupt ganz Deutschland verkommen?

Plötzlich fror sie nicht mehr. Der Wind, der durch ihren fadenscheinigen Mantel wehte, war ohne Bedeutung. Ob ein Wohnungsloser sie sah, ob ein Polizist sie verfolgte, all diese Sorgen wurden auf dem letzten Drittel des Weges zum Bahnhof Grunewald belanglos. Sie hatte gehandelt, richtig gehandelt, sie hatte den Verbrechern die Stirn geboten in einem Moment vollständiger Klarheit. Ihr Junge ging gesund neben ihr, was sollte diesen Umstand trüben? Sie blickte auf ihn hinab, auf seine kleine Gestalt, seine tief ins Gesicht gezogene Kappe, auf seine Füßchen, mit denen er in schneller Folge neben ihr hertippelte, um Schritt mit ihr zu halten. Sie spürte eine Quelle im Herzen, die sprudelte für Leon, für sonst nichts und niemanden. Ihr Entschluss stand fest, wurde mit jedem Gedanken, mit jedem Schritt stärker: Sie würde Leon beschützen, was auch immer passierte, sie bliebe an seiner Seite. Wie eine Rüstung legte sich dieser Entschluss um ihre Brust und erdrückte selbst den kleinsten Hauch von Zweifel.

Sie blieb stehen, japste nach Luft, beugte sich unter Seitenstechen zu Leon hinab. Sie küsste ihren Jungen auf die Wange. »Solange ich da bin. Solange ich lebe, bin ich für dich da.«

Und sie dachte wieder an das winzige Bündel Kind, das sie in ihren Armen geschaukelt hatte und das doch geschrien hatte, weil sich der Bauch aufblähte oder weil die Freude auf das Leben sich nicht einstellen wollte. Vielleicht hatte Leon schon damals eine Ahnung von all dem Fürchterlichen, sodass er nicht bleiben wollte, nicht groß werden wollte in solch einer Welt. Als Sara sie gebeten hatte, das Kind zu tragen, zu trösten, hatte Elly das zunächst als eine zusätzliche Aufgabe im Haushalt angesehen. Die zu erledigen war wie das Schleppen der Holzscheite aus dem Keller und das Achten auf Nachschub im Ofen, damit es in der Villa heimelig blieb. Aber als sie wahrnahm, mit welchem Unwillen sich Leon in ihren Armen wand, da veränderten sich ihre Gedanken. Sie schleppte nicht mehr das Holz, erledigte nicht mehr eine Pflicht. Sie wurde vielmehr elektrisiert von dieser neuen Aufgabe, denn sie nahm die Hitze unter der Haut des kleinen Jungen wahr, erkannte sein Leiden. Er forderte Hilfe ein. Er war zornig und verlangte nach Beruhigung. Sie summte das Lied ihrer Kindheit, tastete mit ihrer rauen Hand über seine Stirn, über den Haaransatz, über den gesamten oberen Schädel.

»Das ist der Ort für Gefühl«, hatte Hanns ihr verraten. »Bald wird sich die Schädeldecke schließen, aber noch dürfen wir zärtliche Impulse ins Gehirn senden, indem wir Leon an dieser Stelle berühren.«

Elly hatte die Vorstellung wunderbar gefunden. Und sie war nicht müde geworden, über den Ort der Zärtlichkeit zu streicheln. Denn mit dem Streicheln über die Stirn war sein Geschrei verstummt, die rote Farbe in seinem Gesicht zu einem zufriedenen, durchsichtigen Rosa geworden. Leon hatte Elly still angesehen – seinen Mund zu einem Lächeln gedehnt. Das war der Moment, in dem ihre Zuneigung zu diesem Kind begann.

»Warum weinst du?«, fragte Leon und befreite sich aus ihrer Umarmung. Er tänzelte von einem Fuß auf den anderen. »Mir ist kalt.«

Erst jetzt merkte sie, dass sie sich noch immer über ihn beugte.

»Wenn wir zwei das hier überstehen, haut uns nichts mehr um«, versprach sie und fasste sich ins Kreuz, während sie sich aufrichtete.

»Müssen wir weg, weil Helene das so will?«

»Keine Ahnung, ob die uns verraten hat oder ob es ein anderer war. Tatsache ist: Sie hat uns gewarnt.«

»Wovor hat sie uns gewarnt?«

»Vor dem Schlimmsten. Sie hätte es nur früher tun sollen!«

»Wo ist Mama?«

»Ich habe dir doch gesagt, ich weiß es nicht. Wir suchen sie später. Nicht jetzt«, antwortete Elly und stellte sich vor, wie Sara und Hanns im Quartier der Großen Hamburger Straße registriert wurden, eingesperrt wurden, warten mussten auf ein ungewisses Schicksal. Häufig endete es mit einer Fahrt in der Reichsbahn. Gen Osten. Nun, bald würde sie Gewissheit haben. Erst musste sie Leon in Sicherheit bringen, dann würde sie sich um Sara und Hanns kümmern.

»Gleich sind wir am Bahnhof, du machst das prima.«

»Wohin fahren wir?«

»Zu einer Art Oma und Opa. Da wird es dir gefallen.«

»Ist gut.«

»Wenn im Zug der Schaffner fragt, wer du bist, dann sagst du einfach nur *Leon*. Mehr nicht. Alles andere regle ich.«

»Ist gut.«

Zum zweiten Mal in vierundzwanzig Stunden betete Elly. Immer die gleichen Sätze. Mittlerweile verstand sie, warum Mönche und Nonnen das in ihren Kreuzgängen taten. In der Wiederholung lag die Kraft. *Hilf, Maria, es ist Zeit, hilf, Mutter der Barmherzigkeit. Bitte mach, dass niemand unsere Pässe verlangt.*

Und als ob Leon um die Wichtigkeit dieses Betens wusste, schwieg er und trabte tapfer durch den Schnee. Kurz vor der letzten Biegung zum Bahnhof Grunewald bückte sie sich und zog dem Jungen die Mütze noch tiefer ins Gesicht. Im Zug sollte niemand seine schwarzen Haare sehen. Deshalb hatte sie seinen Pony mit Leinöl eingeschmiert und Mehl darüber gestreut. In der Dunkelheit wirkte das wie ein heller Schimmer.

»Du machst jetzt ein nettes Gesicht und hältst die Klappe.« Elly zündete sich eine Zigarette an, inhalierte einige Male und schnippte dann den Stummel neben die Bordsteinkante. »Auf geht's. Wir sehen wie Sieger aus«, sagte sie und steuerte auf das Kassenhäuschen zu.

Einladend wirkte der Ziegelsteinbau neben dem Torbogen, und als ein Mann mit Bahnmütze die Fensterscheibe hochschob, spürte sie Wärme.

»Einen Fahrschein nach Bonn«, sagte sie.

»So früh morjens unterwegs, Frollein? Und der Kleene? Wie alt iss'n der?« Sein Atem roch nach Alkohol.

»Sechs.«

»Dann kostet der nöscht. Gleis vier, in zwanzig Minuten. Macht fünf Reichsmark.«

Im Zug drängten sich die Passagiere. Elly zwängte sich durch den Gang des Waggons, fand in keinem einzigen Abteil einen freien Platz. Sie setzte sich auf die Reisetasche, Leon kauerte sich daneben, den Dackel im Arm. Sein Kopf kippte gegen ihr Bein. Endlich schlief der Kleine. Sie zog ihren Mantel aus, breitete den alten Stoff über ihm aus. Nichts mehr von ihm zu sehen. Viele Reisestunden lagen vor ihnen.

5

Die Häuser mit Kacheln verkleidet, die Fugen dreckiger als damals. Hinter den Scheiben reihten sich Christsterne, deren rote Blätter saftlos an den Stängeln hingen. Noch immer der Gummibaum der alten Berghoff. Noch immer das Bild mit Postkutsche an der Wohnzimmerwand des hinkenden Dr. Kleinschmidt. Und die Meyers saßen am Tisch, die Köpfe gesenkt, drei Stühle frei, die Kinder längst erwachsen. Es war kaum möglich, das Innenleben der Häuser zu ignorieren, denn die Fassaden verengten den Gehweg, schoben sich in das Sichtfeld der Fußgänger. Wenig Platz, um an der Hauswand vorbeizugehen, ohne einen Schritt auf die Straße zu setzen. Eine Gardine bewegte sich, an anderer Stelle wurde ein Licht ausgeschaltet.

Auch wenn das Rheinland als gesellig galt, so beäugte man Fremde mit Skepsis. Man blieb unter sich, hielt an Altbekanntem fest. Die Nazis aus Berlin würden es schwer haben, hier ein Schlupfloch zu finden. Und in Elly keimte die Hoffnung auf, wieder auf sicherem Boden zu sein. Sie hätte gerne gerufen, sie sei eine von ihnen, die genau hier ihre Heimat habe. Man solle sie willkommen heißen, ihren Kummer teilen, man solle sie aufnehmen wie eine zurückgekehrte Tochter. Die Tochter des Pfarrers.

Ihr Tag war mit einer Geschwindigkeit von hundertfünfzig Stundenkilometern vorübergezogen. Vom Grunewald zum Lehrter Bahnhof, dann über Spandau raus aus Berlin. Da erst hatte sie sich entspannt. Keine Frage nach den Ausweisen, kein schiefer Blick auf Leon. Sie war eine Mutter mit Kind gewesen, eine, die sich aufmachte, ihre Familie über Weihnachten zu besuchen. Bei Stendal bot ihr ein Soldat seinen Platz im Abteil an. Bei Bielefeld brachte ein Schaffner eine zusätzliche Decke. »Damit der Stropp sich nicht erkältet«, hatte er gelächelt und Leon den Kopf getätschelt. Leon hatte unwirsch die Ponyfrisur geordnet, hatte gesagt, das Mehl dürfe nicht rausrieseln. Da hatte sich Ellys Magen vor Schreck zusammengezogen, aber der Schaffner hatte nur mitleidig gelächelt und ein Stück Schokolade aus der Uniformtasche hervorgekramt. »Für dich, Kleiner, bist ja völlig übermüdet. Die hält wach. Nehme ich auch, wenn ich Nachtdienst habe.« Leon hatte die Nase gerümpft und bemerkt, Bitterschokolade esse er nicht. Verdutzt war der Schaffner weitergegangen, murmelnd, dass heutzutage sogar die Kinder armer Leute verwöhnt daherkämen. In Köln waren sie umgestiegen, erreichten Bonn, als die Uhr im Münsterturm sieben Mal zum Abend schlug. Kaum jemand stand noch auf dem Bahnsteig. Wie eine ungeschriebene rheinländische Regel befand man sich bei Anbruch der Dunkelheit im Haus. Hatte sie gehofft, jemanden zu erblicken, den sie kannte, der sie mitnehmen würde bis nach Endenich und dann den Berg hinauf nach Poppelsdorf, so wurde sie enttäuscht.

»Laufen wir, danach gibt's was Gutes zu essen«, hatte sie Leon aufgemuntert.

Und nun, kurz vor dem Ziel, schwankte er wie ein Schlaftrunkener. Seine Augen lagen tief in den Höhlen.

»Nicht mehr weit«, versprach sie. » Und morgen back ich dir einen Hefezopf, den süßesten Hefezopf, den du je gegessen hast.«

Kurz klapperte er mit den Milchzähnen. »Ist gut.«

In diesem nahezu unbedeutenden Moment verspürte Elly Liebe. Sie kniete sich in den Schnee auf Augenhöhe mit Leon, drückte ihn an sich. Zarter Flaum auf seiner Haut und ein Geruch nach Sommerwiese im Winter. Sie schloss die Augen. In ihr rauschte das Blut in den Adern im Einklang mit etwas, vielleicht mit dem Schicksal. Sie würde Sara wiedersehen, sie würde ihr den Jungen unversehrt übergeben. Koste es, was es wolle.

* * *

Das schmiedeeiserne Tor stand halb offen. Elly entschied, dass es einladend wirkte, denn immerhin kehrte sie zurück in ihr Elternhaus. Zwar hatte sie es vor fast zwanzig Jahren im Streit verlassen, nun aber durfte das nicht mehr zählen. Sie war in Not. Wer sonst könnte ihr Hilfe und Verschwiegenheit bieten, wenn nicht die Eltern?

Kaum machte sie einige Schritte auf das Grundstück der Pfarrei, breitete sich das Rheintalpanorama vor ihr aus. Der Fluss eine träge Masse, gesäumt von erhellten Häusern. Wie eine Kerzenkette im Tal. Dahinter erhob sich die Silhouette des Siebengebirges. Wie schön wäre es, würde diese Beständigkeit, mit der der Rhein floss, auch eine Garantie für ein zuverlässiges Menschenleben bieten. Elly dachte an Sara und Hanns. Herausgerissen aus ihrem Fluss der Tage! Beide hatten den Tod im Nacken. Sie spürte es – und zwang sich zu besseren Gedanken.

»Wo ist denn dein Haus?«, fragte Leon.

»Siehst du das nicht? Das kleine hinter der Kirche. Aber erst zünden wir eine Kerze für deine Eltern an. Das macht man hier, und das hat schon echte Wunder bewirkt. Komm, wir beeilen uns.«

»Da ist ein Friedhof, darf ich hin?«

»Klar. Grüß mir die Geister.«

Als Elly den Mittelgang der Kirche betrat, wunderte sie sich über Hunderte Kerzen. Ein Zucken des Lichtscheins an der Wand und weiter hinauf bis zur Decke und zum Heiligtum des Vaters, dem Altar. Unwillkürlich duckte Elly sich.

Ihr erster Gedanke war, dass man sie verhaften würde, dass diese Inszenierung ein Auftakt für die Grausamkeit wäre, die nun folgte. Ob jemand sie verraten hatte? Unwahrscheinlich, beruhigte sie sich, woher sollten die in Berlin wissen, dass sie nach Bonn geflüchtet war? Niemand war ihr gefolgt. Außer den Obdachlosen war sie keinem Menschen begegnet. Und eine Strafe Gottes würde sie hier wohl kaum erwarten, immerhin hatte sie das Kind gerettet!

So wagte sie sich weiter vor, schlich entlang der Kerzen, angezogen von dem Bild, das neben dem Altar auf einer Staffelei stand. Eine junge Frau lächelte ihr entgegen. Das Konterfei halb verdeckt durch eine schwarze Schleife. Schön war diese Frau, mit hellblonden langen Haaren und einem Mund, der sich zum Spott nach oben bog. Elly trat näher an das Bild heran, betrachtete die junge Frau. Sie schien von innen heraus zu leuchten. Magnetisch angezogen, beugte Elly sich weiter vor, um das Geheimnis des seltsamen Lichts zu erforschen. Aber je näher sie dem Bild kam, desto mehr verschwammen die Gesichtszüge der jungen Frau. Sie lösten sich auf, wurden zum Schein. Elly setzte wieder einige Schritte zurück. Jetzt, aus dieser Entfernung weniger Meter ließ sich nichts mehr verdrängen. Die Wahrheit erhielt scharfe Konturen. Die hohen Wangen, die grünen Augen, das herzförmige Kinn, der Schwanenhals. *Komm her, wenn du dich mit mir messen willst!*, schien sie zu rufen. Fine. Ihre Fine! Mit schwarzem Band.

Elly hielt sich an der Kirchenbank fest. Sie schloss die Augen, wollte das Bild auf dem Altar nicht sehen, die Kerzen auslöschen, wollte nicht begreifen. Aber die Erinnerung würde auch durch die dichteste Schwärze dringen und die Schwester leuchten lassen: elegant, eingebildet, mädchenhaft, verführerisch. Talentlos. Gemein. Streit. Eifersucht. Worte wirbelten durch Ellys Kopf, während sie wieder auf das Bild zuging, es mit den Lippen berührte. Finchen als Baby, der

Vater verliebt in seine jüngste Tochter. Nie hatte er die Hand gegen sie erhoben. Finchen mit der größten Schultüte, obwohl sie keinen Zucker naschte. Finchen als Backfisch. Kleidergröße 34 und eine Taille wie Ginger Rogers. Neben ihr fühlte sich Elly wie ein Maultier, zog stets den Bauch ein, bis der Darm rumorte. Sie dachte daran, wie sie mit Fine um Karl-Heinz stritt. Jeden Mann konnte ihre jüngste Schwester haben, aber sie stibitzte ihren Karl-Heinz.

»War nur für eine Nacht«, hatte sie gesagt und den Mund geschürzt. »Küssen kann er nicht und ist auch sonst kein guter Kerl. Den kannste wiederhaben.«

Und da hatte Elly ihr eine dieser goldblonden Locken ausgerissen, hatte sich mit der Schwester auf dem Boden gewälzt und sich gewundert, welche Kraft in diesem zarten Mädchenkörper steckte. Eine kahle Stelle war neben Fines Mittelscheitel zurückgeblieben. Von da an hatte Elly die Genugtuung, ihr ein Stück Schönheit genommen zu haben. Unter diesem kleinen Makel hatte die Schwester seither gelitten, hatte diese Stelle mit gelber Farbe betupft und den Scheitel verschoben. Könnte Elly etwas rückgängig machen, dann wäre es diese Verletzung, die für Fine ein Dauerschmerz gewesen war. Zu spät.

»Deine Schwester ist unter der Erde!«, rief der Vater. Er kam durch das Kirchenschiff auf sie zu. Eine Armeslänge blieb er vor Elly stehen. Unter seinen Augen zuckten Nerven. »So jung ist sie von uns gegangen.« Seine Hände klopften unbeholfen Ellys Schultern ab, zupften am Kragen ihres Mantels herum, als würde der nicht richtig sitzen.

Nie hatte Elly diesen großen, hageren Mann weinen sehen. Keine Beerdigung, keine Hochzeit, keine Taufe, die er als Pfarrer begleitete, regte ihn auf. Und nun stand er vor ihr mit verzerrtem Gesicht.

»Warum?«, flüsterte Elly und zeigte auf das Finchen-Bild.

»An Eitelkeit gestorben.«

»Daran kann man nicht sterben.«

»Doch. Frag deine Schwester Anna. Die hat ihr Morphium gespritzt. So geschrien hat mein Kind. Am Sonntag ist Sechswochenamt. Wenigstens da kannst du für sie beten.« Er fügte an: »Es ist wahr: Gott nimmt die Besten zuerst.«

»Meine Mama nimmt er nicht!«, rief Leon von der Kirchentür aus und rannte auf Elly zu. Er warf sich gegen ihre Beine und krampfte die Finger um den Mantelstoff.

Der Vater runzelte die Stirn, fragte, was das heiße, ob Elly auch krank sei. Dann beugte er sich hinunter, sah Leon durchdringend an. »Ich habe ein Enkelkind? Der hat ja gar nichts von uns Bergers. Und so schwarze Augen.«

»Die ist doch meine Köchin, nicht meine Mama!«, klärte Leon den alten Mann auf und versteckte sich hinter Ellys Rücken.

»Vater, bitte! Nicht hier vor dem Jungen. Wir haben viel mitgemacht in den letzten vierundzwanzig Stunden.« Sie drehte sich um, beugte sich zu Leon. Seine Lider flatterten nervös, für einen Moment war nur das Weiß seiner Augen zu sehen. Elly rüttelte ihn an den Schultern.

»Leon, sieh mich an. Sieh mich an! Gott beschützt deine Mama. Ich weiß es. Er nimmt nicht die Besten zuerst«, sagte Elly eindringlich und machte dem Vater ein Zeichen zu schweigen.

Das aber wollte der Vater nicht stehen lassen; nein, gerecht sei das nicht gewesen, ausgerechnet seine jüngste Tochter. Mit fünfunddreißig Jahren sollte kein Leben beendet werden. Dabei bekreuzigte er sich drei Mal und forderte Elly auf, ihm zu folgen. Stille solle einkehren an diesem heiligen Ort, Kindergeschrei sei hier ungehörig.

* * *

»Füße abtreten, vor dem Zimmer Schuhe aus«, kommandierte der Vater, nun wieder ganz das Oberhaupt der Familie. »Berliner Staub kommt mir nicht ins Haus.« Damit schritt er durch den langen schmalen Korridor seines Pfarrhauses, öffnete und schloss die Tür zur guten Stube.

Elly erinnerte sich an die schroffe Art des Vaters, die schon damals ein Teil seines Charakters gewesen war und scheinbar auch im Alter nicht verloren ging. Sie atmete mehrmals durch, sah sich um. Nur wenig hatte sich das Innere des Hauses verändert. Stickig war es schon immer gewesen, zu klein die Fenster, zu niedrig die Decke. Auch die Enge in der Diele drückte auf die Gedanken. Ungeachtet der peniblen Sauberkeit fühlte sie sich nicht hineingezogen in das Haus, schon gar nicht willkommen. Und die neue Tapete gefiel Elly nicht, grünes Geranke bis zur Decke, ein vergeblicher Versuch, dem Raum Farbe zu geben. Die in Eichenholz gerahmten Fotos der Kirche erkannte Elly wieder. Ein gedrungener Bau, bescheiden und doch präsent. Dieser Bau gab dem Vater die Berechtigung, jeden Sonntag das Wort zu erheben. Er tat das mit lauter Stimme, um den Menschen ins Gewissen zu reden, um die Buße vor die Freude zu stellen. Dabei hob er die Hände zum Himmel und stieß sein Gebet in die Luft. *Herr, vergib uns unsere Sünden.* Und wenn die Leute in den Reihen verlegen zu Boden blickten, bevor sie seinen Satz im Chor wiederholten, war Elly stolz auf den Vater gewesen und auch ein wenig beschämt, weil sie nicht gewusst hatte, für was sie selbst büßen sollte.

Auf einem kleinen Hängeregal standen weitere Fotos, die ihrer Kindheit. Der Vater inmitten seiner Töchter: Anna, Luise, Elly und Finchen, außen die Mutter, davor hockte der Bruder. Es reihten sich Taufen, Einschulungen, Konfirmationen aneinander. Anna mit Doktorhut, den Arm um eine Frau gelegt. Keine Hochzeiten.

Den Mittelpunkt dieser Galerie aber kennzeichnete ein anderes Bild. Es war mit einem Datum überschrieben: 15. September 1935. Elly wusste, dass an diesem Tag offiziell die Willkür gegen die Juden begonnen hatte. »NS-Wahnsinn« hatte Sara die Nürnberger Gesetze genannt. Hanns hatte sie um Contenance gebeten, Hoffnung müsse sie leiten, nicht Angst. Und heute, mehr als drei Jahre später, hatte sich Saras Ahnung erfüllt. *Angst,* so dachte Elly, *war doch ein guter Ratgeber.* Angst löste Handeln aus und auch den Mut, über sich selbst hinauszuwachsen. Und ihr wurde übel beim Anblick dieses Fotos, auf dem ihr Vater Schulter an Schulter mit einem Uniformierten stand, vermutlich von hohem Rang, denn mit Handlangern gab ihr Vater sich nicht ab. Eine rote Fahne mit Hakenkreuz wehte im Hintergrund. Der Vater sah entschlossen aus. Seine überstreckte Körperhaltung wirkte wie eine Drohung gegen all das, was seine Freundschaftsgeste infrage stellen würde. Elly drehte das Bild um, damit Leon es nicht entdeckte, und las auf der Rückseite: *Gesetz zum Schutze des deutschen Blutes und der deutschen Ehre.*

Sie griff nach Leons Hand, zwei Gestrauchelte ohne Heimat, entrissen den lieb gewonnenen Gewohnheiten. Keine Routinen mehr, nichts Verlässliches, nichts Tröstendes. Und der andere Morgen nicht greifbar. Elly konnte nur ahnen, welches Heimweh Leon beschlich, wie er sich nach dem Entree der Dahlemer Villa, nach weißen Wänden sehnte. Wände, die nicht zugekleistert waren, die gute Geschichten in den Ritzen speicherten und Bilder großartiger Künstler trugen, und zwar von Expressionisten mit widerstandsfähigem Geist und mit Sinn für Sachlichkeit wie Otto Mueller und Otto Dix, der ganze Stolz der Sternbergs.

»Sei nicht traurig, bald sind wir wieder bei Mama«, sagte Leon, »dauert nicht mehr lange.«

»Wie recht du hast«, antwortete Elly und fügte mit gespielter Munterkeit an: »Ich habe einen Mordshunger, du auch?«

Elly klopfte an die Stubentür. Da saß die Familie um den üppig gedeckten Tisch, die Köpfe über die Teller gebeugt. Das Abendgebet war scheinbar schon gesprochen, und beim Essen danach, so die Regel im Berger'schen Haushalt, schwieg man. Aber als Elly eintrat, Leon vor sich herschob, da flogen die Köpfe zu ihr hin. Erst Staunen, dann Freude. Luise warf ungestüm die Arme in die Luft, Anna erhob sich, die Mutter schlug die Hände vor den Mund, und der Vater tat, als sei ihm die Überraschung gelungen, indem er Messer und Gabel ablegte und hüstelte.

»Die verlorene Tochter kehrt zurück. Es gibt Sauerbraten, das mag der Kleine doch?«, redete er freundlich.

Elly ließ sich küssen, umarmen, fühlte sich angenommen von den Schwestern und auch von der Mutter. Alt war die geworden und dünn. Die Haut wie Papier und das Haar zu licht am Oberkopf. Aber die eisgrauen Augen, die stachen nach wie vor aus dem Gesicht, die sprühten noch Lebendigkeit. Sechzig Jahre war die Mutter alt und hatte den Tod eines Kindes zu beklagen.

»Es tut mir so leid«, flüsterte Elly der Mutter ins Ohr, »wie konnte das nur passieren?«

Luise erzählte, dass Finchen am Ende entrückt war. Menschen, die ihrem Schönheitsideal nicht entsprachen, die nannte sie *eine Zumutung*. »Die hat sich benommen wie eine Göttliche. In ihren Augen war ich zu dick, Anna unproportioniert und du sowieso unscheinbar wie Kartoffelstampf. Sie weigerte sich, zu Berta in den Lebensmittelladen an der Ecke zu gehen. Weil Berta diese Warzen auf der Wange hat. Das würde ihr Künstlerauge beleidigen. Ständig stand sie vor dem Spiegel. Albern, oder?«

Die Mutter schluchzte auf. »Sei still. Ich will nicht, dass du so über sie sprichst! Mein Mädchen, mit all den offenen Stellen am Hals.«

Der Vater fuhr mit schlaffer Hand durch die Luft, malte ein Kreuz.

»Und dann der Pelzmantel«, fuhr Luise fort. »Ein sündhaft teures Teil vom Flohmarkt. Ich will nicht wissen, wie viele Nerze da drin hängen. Tote Viecher, voller Krankheiten. Den hat sie Tag und Nacht getragen. Nichts darunter. Sogar beim Malen hat sie den anbehalten. Glaub mir: Die Viecher haben den Krebs gebracht. Als Rache, für alles.«

Anna, mittlerweile Ärztin, widersprach vehement. Krankheit habe keine Moral, sondern sei nur eine Fehlsteuerung der Zellen.

Der Vater mahnte zu mehr Pietät, aber Luise erwiderte: »Ist doch wahr. Aber jetzt soll Elly mal erzählen. Mit Kind! Ich fass es nicht. Schlecht siehst du aus, irgendwie mitgenommen. Bist du auch krank?«

In groben Strichen skizzierte Elly die vergangenen sieben Jahre: die Arbeit bei den Sternbergs, das gute Gefühl, am richtigen Platz zu sein, der jähe Bruch gestern Nacht und die Flucht nach Bonn. Es tat gut, die Familie einzuweihen, sich den Eltern und den Schwestern anzuvertrauen, und zugleich befürchtete Elly Kritik für das, was sie riskiert hatte, denn der Vater blickte verbissen vor sich hin, das Unverständnis stand ihm ins Gesicht geschrieben. Umso berührter war Elly von der Reaktion der Mutter.

»Leon, wie schön, dass du hier bist«, sagte die Mutter und lächelte müde. Auf ihren Händen zeichneten sich dunkelblaue Linien ab. Nach jedem Bissen legte sie Messer und Gabel neben den Teller und faltete die Hände im Schoß. Für einen Moment sackte sie dann zusammen und raffte sich mit einem Seufzer wieder auf.

Sie sah Leon mit großen, ehrlichen Augen an und versprach: »Wir klären das auf. Das war bestimmt nicht richtig, dass die deine Mama und deinen Papa mitgenommen haben. So ein Fehler passiert manchmal, aber genauso schnell ist es wieder in Ordnung zu bringen. Ich bete dafür heute Abend im Bett den Rosenkranz. Das hilft!« Und an Elly gewandt schlug sie vor: »Ihr schlaft euch in Finchens Zimmer erst einmal aus. Das Bett ist frisch bezogen.« Dann rief sie nach Milla, dem Hausmädchen, und trug ihr auf, mit dem Dackel in den Garten zu gehen, das Gepäck nach oben zu bringen und später für Leon einen warmen Kakao zu kochen. »Nimm die fette Milch, der Junge ist zu dünn. Der braucht was auf die Rippen.«

Elly erinnerte sich nicht, wann die Mutter je das Wort in der Familie geführt hätte. Gleichwohl ihrer zerbrechlichen Gestalt wirkte sie selbstbewusst, als sie den Vater ansah. »Du hast doch nichts dagegen, Winfried?«

Der Vater schwieg. Nun schien es hinter seiner Stirn zu arbeiten, die Falten zwischen den Augen vertieften sich. Dann polterte er über den Tisch: »Aha, meine Tochter war sozusagen die Milla von Juden.«

»Wenn du es so willst: Ja«, bekräftigte Elly.

»Du hast dein Talent in einem Haushalt verschleudert, statt im Hotel erste Köchin zu sein.«

»Was soll das, Vater?«, fragte Anna. »Ihr ist es gut ergangen. Hat sie doch erzählt. Was willst du eigentlich?«

»Ist besser, als in einem Nazi-Haushalt zu dienen, oder?«, fand Luise und fügte hinzu: »Na, für mich wär beides nichts. Ich reise lieber. Bis zum Pazifik, nach Amerika. Und wisst ihr, was ich da mache? Den dicken Zeh ins Wasser halten und jubeln, dass die Wellen höher schlagen.« Sie tippte Leon auf die Schulter. »Willst du mit, kleiner Mann?«

Da knallte der Pfarrer mit der Faust auf den Tisch, dass die Soße in der Schüssel überschwappte. »Was habe ich nur für blöde Töchter: Die erste verschwindet abends zu einer Frau, die zweite will zum Ende der Welt, die dritte lässt sich ein Judenkind andrehen und die vierte ist tot. Vom Sohn ganz zu schweigen.«

Instinktiv griff er nach seinem Hosenbund, fasste an den Ledergürtel, den er früher in seiner Wut durch die Luft und auf die nackten Mädchenhintern geschwungen hatte. Heute aber sahen die Schwestern ihn herausfordernd an – und er schloss die Augen, um sich zu sammeln. Dann wandte er sich mit bebender Stimme an Elly. »Du heiratest Karl-Heinz. Keine Widerrede. Damit ist das Problem gelöst.«

6

Wenn er sich näherte, um sie zu küssen, bog sie den Rücken ins Hohlkreuz. Er verstand es als neckisches Spielen und als Einladung, stürmisch zu werden. Jedenfalls warf er sie aufs Bett und sich darüber. Elly kicherte. Sie fühlte sich jung und begehrt. Es gab kein Fremdeln zwischen ihnen, sondern das Aufnehmen der Spuren, die ihre erste Liebe hinterlassen hatte. Sie umfasste ihn mit beiden Armen, roch an seiner Halsbeuge und erkannte dieses Gemisch, salzig und etwas bitter, aber nicht unangenehm.

Karl-Heinz.

Er flüsterte ihr ins Ohr, dass er sie nie vergessen, stets andere Frauen mit ihr verglichen habe, dass sie der Grund sei, warum er auch zwanzig Jahre nach dem Ende ihrer Beziehung ein Junggeselle sei, auf eine Haushälterin angewiesen, die für ihn koche und wasche. Elly hörte nicht hin. Sie schmiegte sich in seinen Männerduft, küsste die Worte fort auf seinen feuchten vollen Lippen. Nichts zerreden, nichts vorwerfen, den Moment genießen und sich vor dem Drama da draußen verstecken. Unter der Decke mit Karl-Heinz. Er und sie, das Kinderpaar, das Jugendpaar, das Paar, das Verlobung feierte und sich trennte, weil sie mit sechzehn Jahren mehr vom Leben erwartet hatte als eine Ehe mit einem zukünftigen Lehrer in Bonn. Und auch mehr als Liebeskummer, weil Finchen dazwischengefunkt hatte. Sie klammerte sich enger an ihn, drückte die Knie gegen seine Hüften. Manchmal halten Lieben Umwege aus.

»Berlin und die Welt sind ab sofort für dich passé«, flüsterte er und küsste sie wieder, und sie wühlte sich tiefer in seine Lippen, als wären die ihr Versteck. Ja, sie wollte nur diese Lippen und die Weichheit eines Kusses, eine kurze Weile den Stillstand spüren. Er knöpfte ihre Bluse auf, seine Hand auf ihrem Busen kreisend, fordernd, sein Küssen wurde drängend. Er begann, schwerer zu atmen. »Du gehörst mir. Versprich es. Sag es laut. Sag, dass du nie wieder gehst.«

Er wurde ihr zu schwer, zu drängend, sie befreite sich aus seiner Umarmung. Widerwillig ließ er von ihr ab.

»Was hast du denn?«

»Wir müssen reden, Karl-Heinz.«

Er schnaubte, ob das ihr Ernst sei, ob sie nicht einmal den Mund halten und sich hingeben könne. »Sei eine Genießerin«, forderte er und drückte sie zurück aufs Kissen.

»Was war das mit Fine, bevor ich nach Berlin gegangen bin?«

»Was soll das jetzt?«

»Ich muss es wissen.«

Er nahm eine ihrer Haarsträhnen zwischen seine Finger. »So glänzend. Ein bisschen wie Goldreflex.«

»Hundertmal bürsten, jeden Abend«, verriet sie ihm und dachte, dass sie es verlernt hatte, einen Mann zu verführen.

»Ich beschütze dich, Elly. Egal in welchen Schwierigkeiten du bist. Als meine Frau bist du sicher – und anerkannt. Du bist Frau Direktor.« Seine Unterlippe bebte leicht, als er das sagte, und dieses kleine Beben fand Elly anrührend.

»Trotzdem. Was war das mit Fine? Für sie hast du mich stehen gelassen vor der Tanzschule. Sie musste nur mit dem Finger schnippen, und du hattest Speichelfäden im Mund.«

Er nahm eine zweite Strähne, eine dritte, antwortete nicht sofort.

»Ach komm, das ist doch schon lange her. Wir waren halbe Kinder. Fine war fünfzehn.«

»Warum, Karl-Heinz?«

Er setzte sich kerzengerade hin und kreuzte die Hände über seiner Nacktheit. »Sand drüber.«

»Das ist nicht lustig. Warum?«

»Weil sie so ungeniert war, ganz anders als du. Aber so eine heiratet man nicht, mit so einer hat man nur Spaß.« Er stand auf, legte die Handflächen ineinander. »Werde meine Frau. Es wird höchste Zeit. Wenn wir länger warten, bist du zu alt fürs Kinderkriegen.«

Er hatte recht. Mit sechsunddreißig baute man ab. Und das würde mit jedem Jahr zunehmen. Es gab kein Zurück in die Jugendlichkeit. Im Gegenteil, jedes Stolpern auf der Lebenslinie schwächte. Man musste sich nur die Mutter ansehen, dünn wie eine Frau von armen Leuten war sie geworden! Dabei gab es genug zu essen im Pfarrhaus. Und Milla unterstützte sie im Haushalt. Und die Mutter hatte eine Heimat! Und die Mutter wurde geliebt von der Familie und von den Menschen in der Gemeinde geachtet. Aber all das war kein Schutz gegen ihre Traurigkeit um Finchen. *Eigentlich,* so dachte Elly, *ist das Leben eine ziemlich unzuverlässige Angelegenheit, und eigentlich habe ich keine Wahl: Ich muss bleiben, alles andere wäre töricht.* Außerdem mochte sie Karl-Heinz, solange sie denken konnte. Was bedeutete schon sein Fremdgehen, ein einziger Fehltritt mit Finchen in all den Jahren? Er hatte sich in seinen Briefen entschuldigt, hatte angeboten, ihr nachzureisen, sie zurückzuholen, aber sie hatte keinen seiner Briefe beantwortet. Und doch war sie ihm durch all die Jahre in Berlin treu gewesen, hatte sich an das Versprechen ihrer Kindheit hinter dem schwarzen Grabstein gehalten: *Wir zwei, und kein Blatt passt dazwischen.* Einzig bei Marçeau war sie schwach geworden. Aus Übermut, aus Lust auf Erotik im Maleratelier. Berlin forderte die Sünden geradezu heraus. Und sie war ausgehungert gewesen und auch ein wenig neugierig auf Liebe mit einem Mann, der ein Künstler war.

»Was denkst du?« Er streichelte ihren Nacken, und sie bekam Gänsehaut davon. »Elly, ich mag dich wie keine andere.«

»Sag's noch mal.«

»Wenn du willst, hörst du es jeden Tag zum Frühstück. Wir werden eine Bilderbuchfamilie sein. Du und ich und unsere Kinder«, versprach er.

Elly schob ihn zur Seite, hüpfte aus dem Bett, schwang das Laken um die Schultern. Wie eine Göttin fühlte sie sich. Sie hatte gesiegt, das Schicksal konnte sie mal! Wenn nicht Berlin, dann eben Bonn. Die Heimat war dort, wo Sicherheit war. Und wenn das Leben den einzigen Helden ihrer Kindertage wieder hervorzauberte, dann packte sie diesen Zauber beim Schopf. Mit gespreizten Fingern fuhr sie ihm durch sein blondes Haar, bog sanft seinen Kopf nach hinten. Sie sah ihm fest in die Augen und fand deren Blau betörend.

»Natürlich heiraten wir!« Und im gleichen Atemzug fügte sie an: »Wie sonst könntest du Leon adoptieren?« Das Laken, das sie verhüllte, glitt zu Boden. Er pfiff übermütig durch die Zähne, und Elly zog den Bauch ein, dachte daran, dass Finchens Hüftknochen herausgestanden hatten – und lachte gleichzeitig diese Bedenken weg. Er liebte sie ganz und gar, und vielleicht würde es ihr gelingen, sich für ihn auf eine Finchen-Figur zu hungern, wenn er nur für Leon vorerst ein passender Ersatzvater wäre. Sie schlängelte sich an ihn heran, suchte den Rausch. Aber er umfasste ihre Handgelenke, hielt sie davon ab, ihn zu zärteln.

»Warte mal! Nicht den Jungen. Der kommt mir nicht ins Haus. Der ist eine Gefahr, und du weißt das, deshalb …« Er machte eine Handbewegung, die nach Abschied aussah, wie ein Winkender am Bahnsteig. »Der Junge muss ins Heim, der ist ein Jude. Den ziehe ich nicht groß.«

Elly hob das Betttuch vom Boden auf, wickelte sich umständlich darin ein. Als sie sich neben ihn setzte, spürte sie seine Abwehr. Keine Spur mehr von dem übermütigen Mann, den sie gerade noch geküsst hatte. Sie glaubte an ein Missverständnis und sprach zu ihm, wie man es mit einem begriffsstutzigen Nichtsnutz tat.

»Pass auf, Karl-Heinz. Mich gibt es nur mit Leon. Das steht so fest wie das Amen am Ende von Vaters Predigt. Ich habe versprochen, ihn zu beschützen. Verstehst du? Ich habe es versprochen.«

»Wem?«

»Sara Sternberg.«

»Engel, das geht nicht. Glaub mir, der ist im Heim gut aufgehoben. Wir sind deutsch. Reinrassig, ohne Kuckuckskind. Du kannst nicht jeden retten, der dir über den Weg läuft. Die Familie, die deutsche Familie ist die Keimzelle und rundherum sind die Bazillen. Das ist ungesund, was du da machst. Das hat die Natur nicht vorgesehen.« Er sprang auf, ging im Zimmer auf und ab, raufte sich die Haare. »So habe ich das mit deinem Vater nicht vereinbart!«

»Was redest du denn da?«

»Ich will nur unser Bestes. Und dein Vater will das auch.« Karl-Heinz verschränkte die Hände hinter dem Rücken. Sieben Schritte vom weißen Bettgestell aus Eisen bis zur Tür und wieder zurück. Sein Gesicht hatte einen konzentrierten Ausdruck angenommen. Keine Begierde mehr in seinen Augen. Immer wieder blieb er vor Elly stehen, öffnete den Mund, schloss ihn wieder, um dann weitere sieben Schritte zu gehen. Unter seinen Füßen rumorten die Holzdielen. Er riss das Fenster auf, hielt den Kopf in die Kälte. Als er sich Elly wieder zuwandte, wirkte er entschlossen: »Das ist Männersache, das geht dich nichts an.«

Er malmte mit den Zähnen, bis die Halsmuskeln hervortraten. Plötzlich konnte sie sich vorstellen, dass auch Karl-

Heinz im Schulunterricht den Rohrstock nahm und kleinen Kindern auf die Handflächen schlug.

Ein Zittern in Ellys Schultern. Wie bei Sara. Zeit gewinnen. Spielen. *Hüpfen über Steine, die vor dem Ziel liegen!* Sie lächelte Karl-Heinz an. Dann umfasste sie sein Gesicht, zog es nah zu sich ran. Sie befeuchtete mit der Zunge die Oberlippe. Diese Art hatte sie im Kino gesehen, das hatte ihr imponiert. Sie flüsterte: »Mein Held«, und seine Halsmuskeln entspannten sich wieder, zogen sich zurück unter die Haut. Er grinste und sagte: »Wieder vernünftig? Dann lass uns endlich Liebe machen, bevor die anderen vom Krippenspiel nach Hause kommen.«

* * *

Dass Leon in den Folgetagen das gemeinsame Finchen-Zimmer kaum verließ, schob Elly auf eine verspätete Schockreaktion. Deshalb erzählte sie ihm von Liebe, von reiner Mutterliebe, die niemand zerstören könne, schon gar nicht diese Männer in Uniform.

»Mach die Augen zu und stell dir deine Mama vor. Hol sie dir ganz nah heran, lass dich von ihr umarmen. Riech ihr Parfüm. Wie ein ganzer Strauß Maiglöckchen duften ihre Haare, ihre Kleider. Erinnerst du dich? Hör genau hin, wenn sie dir sagt, dass sie bald wiederkommt. Deine Mama kommt wieder!«

Leon umarmte das Federkissen. Dann setzte er sich auf, sah Elly an. Irritiert bemerkte sie, dass er in diesem Moment seine kindlichen Züge verlor.

»Stellst du dir das auch vor?«, fragte er.

»Ja. Jeden Tag. Sie sitzt vor dem Bechstein-Flügel und spielt.«

»Für mich?«

»Nur für dich.«

»Und was soll ich denken?«

»Was du willst. Dein Kopf hat so viele Bilder, wie es Sterne am Himmel gibt.«

»Wenn du auch weggehst, dann will ich da hin.«

»Wohin?«

»Na, in den Himmel.«

Und dann kam der Fieberschub.

Am Tag vor Silvester glühte Leon. Von einer Minute zur anderen brach der Schweiß aus und auch das Schütteln. Wadenwickel mit Essigwasser halfen nicht. Tee wollte er nicht trinken. Den kühlen Lappen auf der Stirn ließ er mit einer schwachen Handbewegung auf den Boden platschen. Mit engelsgeduldiger Überredungskunst gelang es Elly, den Jungen in den Badebottich zu setzen und kaltes Wasser einlaufen zu lassen. Hitze mit Kühle bekämpfen, das war die Idee. Apathisch ließ er die Prozedur über sich ergehen, sah mit leeren dunklen Augen gegen die rosa Zimmerwand. Sie versuchte, diesen entrückten Blick zurückzuholen, indem sie seinen Kopf in ihre Hände nahm, flüsterte: »Hey, kleiner Kater, ich bin bei dir, halte durch, das geht vorbei. Das ist nur eine Erkältung.«

Sanft legte sie ihre Lippen auf seine Stirn, wich zurück, weil die Hitze aus ihm hinausströmte wie die Flamme aus ihrem Herd in der Sternberg-Küche. Gleichzeitig überlegte sie, welches Hausmittel das richtige sei, vielleicht Petersilienwasser. Aber das verweigerte er zu trinken, und Elly dachte, noch mehr Hitze halte der Körper nicht aus, dann werfe die Haut Blasen. Dabei faselte Leon vor sich hin: »Geh nicht weg. Nicht aus dem Zimmer gehen.«

»Ich muss den Arzt holen, ich bin sofort wieder da.«

»Nein!«, schrie er mit belegter Stimme. »Nicht weggehen, die bringen mich nach München.«

»Ich bleibe, versprochen.« Elly stürzte zur Tür und rief durch einen Spalt nach Anna, hoffte, dass die Schwester nicht mit den Eltern aufgebrochen war zum Spaziergang in den Kottenforst. Leon fantasierte weiter, stammelte vor sich hin, von einem Heim für Kinder bei der Heilsarmee. Von Hanns wusste sie, dass hohes Fieber das Gehirn schädigen konnte. Sie durfte keine Zeit verlieren. Sie brauchte Hilfe.

»Was schreist du denn …?«, fragte Anna gereizt, während sie über den Flur auf Elly zukam. Der Satz blieb in der Schwebe, denn mit einem Blick erkannte Anna das kranke Kind. »Warte, ich hole meine Arzttasche, Decke weg, der schwitzt sich ja kaputt. Kann er den Kopf heben?«

Mit geschickten Griffen untersuchte sie Leon. »Der Nacken ist frei. Keine Meningitis. Der Bauch ist weich, keine Blinddarmentzündung. Die Mandeln nicht geschwollen, die Nase nicht verschleimt. Seltsam. Kein Belag auf der Zunge, Ohren trocken. Lymphknoten klein. Wenn ich es nicht mit eigenen Augen sehen würde, würde ich sagen: Dein Herzchen spielt Theater.«

»Was heißt das? Er hat über 40 Grad Fieber.«

»Schulmedizinisch gesehen ist er gesund.«

»Und woher kommt das Fieber, Frau Doktor?«, fuhr Elly sie an und riss ihr das Stethoskop vom Hals, um sich selbst davon zu überzeugen, dass der Atem des Kleinen nicht rasselte.

Luise steckte den Kopf durch die Tür, um zu fragen, was los sei. Bei diesem Krach könne sie nicht schlafen, dabei müsse sie ausgeruht sein. »Mädels, wir haben morgen Silvester, da will ich ausgehen.«

Doch als sie hörte, dass Leon, wie vom Wind geküsst, krank geworden war, ohne Grund und Diagnose, da setzte sie sich mit ernstem Gesicht auf den Bettrand und bemerkte: »Vermutlich der Verstand. Der dreht durch. Die Medizinmänner im Dschungel legen bei so was Eukalyptusblätter auf die Stirn und singen eine ganze Nacht.«

»Quatsch keinen Stuss. Geht mal zur Seite, wir müssen was tun, sonst hüpft der dem Tod nicht von der Schippe.« Anna kramte in ihrem Koffer, zögerte kurz, bevor sie eine Packung *Pyramidon* öffnete und anmerkte, das Mittel sei eigentlich nicht für Kinder gedacht, aber in diesem seltsamen Fall bleibe nur die Holzhammermethode. Zwei Tabletten. Das Fieber müsse runter. »Er kriegt sonst wirklich einen psychotischen Schub«, sagte sie. »Das kann chronisch werden.«

»Zeit heilt«, wusste Luise.

So saßen die drei Schwestern am Bett des Jungen. Jede auf ihre Weise ratlos. Während die Wintersonne ihre kühlen Strahlen einzog und die Dunkelheit zudeckte, was fehlerhaft war, schlief Leon endlich ein. Keine von ihnen hatte den Drang, aufzustehen, das Zimmer zu verlassen und sich an den Abendbrottisch nach unten zu begeben. Einträchtig schmiegten sie sich aneinander, Schenkel an Schenkel am Kinderbett. Keine wandte den Blick von Leon ab. Jede fühlte seine Stirn, seinen Hals, ordnete die klatschnassen Locken. Geteilte Sorgen.

Elf Mal schlug die Kirchturmuhr, acht Stunden waren vergangen. Und noch immer strömte diese Hitze aus seinen Poren. Leon warf den Kopf herum. Plötzlich schlug er die Augen auf und stieß aus: »Ich will nicht nach München. Und ich will auch nicht zur Heilsarmee.«

Wie alarmiert schreckten die Schwestern aus ihren Gedanken hoch.

»Die Medizin hat nicht gewirkt«, meinte Anna.

Elly tupfte mit dem Ärmel den Schweiß aus seinem Gesicht. »Natürlich nicht. Du gehst nicht zur Heilsarmee. Du fantasierst nur im Fieber.«

Aber Luise sprang auf, zupfte Elly an der Bluse, machte ihr ein Zeichen, vor die Tür zu gehen.

»Er fantasiert nicht. Vater hat das wirklich gesagt«, erklärte Luise aufgeregt.

»Was?«

»Das mit der Heilsarmee.«

»Wann?«

»In der Kirche vor dem Krippenspiel gestern.« Luise riss die Augen auf und schlug sich mit der Hand vor den Mund. »Er hat gesagt: ›Alles geregelt. Leon fährt morgen, dann ist wieder Ruhe im Haus. Dann haben wir unsere Pflicht getan.‹«

Bevor Luise sich wieder fassen konnte, drehte Elly sich um, sprang die steile Stiege nach unten, stürmte, ohne anzuklopfen, ohne Gruß ins Pfarrzimmer. Der Vater saß mit dem Rücken zur Tür, bewegte sich nicht. Er sprach in das sich spiegelnde Glas des Fensters: »Ich habe auf dich gewartet.«

Dann drehte er sich auf dem Holzstuhl um. Er ging auf Elly zu, zog sie am Oberarm zu sich hin. »Du bist mehr wert, als du denkst. Du hast einen Mann verdient, der dich erkennt, der an deiner Seite ist.«

Eine Umarmung.

Eine Wärme.

Eine Geste ohne Vergangenheit, nie zuvor empfunden.

Seine Arme um sie geschlungen. Stillhalten.

Sie hatte nicht gewusst, dass der Vater nach Zärtlichkeit riechen konnte, ein Duft wie Weihrauch, nichts Falsches daran. Und einen Augenblick lang ließ sie sich ohne Angst fallen. Das kleine Mädchen, das sie immer sein wollte und niemals sein durfte, mit einem Vater, der Schutz bot und der Bedrohliches von ihr fernhielt. Sie atmete weiter, wurde wieder zur Frau. Sah die andere Wahrheit vor sich.

Und als sie versuchte, sich aus der Umklammerung zu lösen, weil sie ungewohnt war, weil sie in dieser Intensität in die Kinderzeit, aber nicht in die jetzige passte, da lockerte auch er den Druck. Er nahm ihre Hände, streichelte darüber, legte sie in seine. Immer wieder fuhr er mit seinen Daumen über ihre trockene Haut, berührte die herausstehenden Adern. Zum ersten Mal bemerkte Elly die Ebenmäßigkeit von Vaters Händen, ohne Schwielen von Arbeit. Sie waren geformt und gemacht, um sich ineinanderzulegen, um das tägliche Amen zur Deckenwölbung der Kirche zu senden, bevor sie sich wieder öffneten zum Segen. Über wie viele Köpfe hatten sie gestreichelt, wie viele Wunden berührt, wie viele Kreuze in die Luft gemalt, um Hoffnung zu schenken. Es waren auch die Hände, die vor vielen Jahren zum Ledergürtel griffen. Da war sie nicht älter als Leon gewesen. Diese Vater-Hände hatten das Leder gehalten, den Takt vorgegeben, dem Elly keinen Schrei folgen ließ. Bis drei zählen, nur bis drei, mehr Schwünge würde es nicht geben, hatte sie dann gedacht, hatte sich seine betenden Hände, nicht die schlagenden vorgestellt. Hatte die Augen geschlossen, sich die Dreifaltigkeit in Erinnerung gerufen, Vater, Sohn, Heiliger Geist. Er war ihr Vater, er war Priester, er war Gottes Vertreter auf Erden.

»Ich liebe dich«, hörte sie ihn flüstern.

Ein Satz aus Glas.

»Du bist doch mein Mädchen.« Und dann bestimmte er: »Leon kann nicht bleiben.«

Hätte sie früher für einen einzigen Liebes-Satz aus dem Mund des Vaters alles gegeben – den abgeschmusten Teddy ohne Füllung und später die Zukunftspläne –, so hatte er diesen Satz jetzt schneller wieder zerschlagen, als er ihr Herz erreichen konnte. Sein Bekenntnis war nicht einmal die Salzkruste auf einem gebackenen Fisch wert. Man kratzte sie ab, schob sie zur Seite und spülte sie später in den Abguss.

Und in ihrem Kopf hallte es gleich einem Echo: *Leon kann nicht bleiben.* Welch ein Hohn. Liebe und Vertreibung. Das passte ganz und gar nicht zusammen, fand Elly und schwieg noch immer. Sie presste die Lippen zum Strich.

»Du wirst eigene Kinder haben. Du wirst Karl-Heinz eine Familie schenken. Ich habe Finchen verloren. Dich kann ich retten. Und das werde ich, verdammt noch mal, auch tun. Leon ist eine Gefahr für dich. Er ist dein Unglück. In Zeiten wie diesen gibt es nur eines: sich für das Richtige zu entscheiden. Der Junge muss weg.«

Da dachte Elly, dass Abwehr auch geräuschlos sein konnte, dass sie keine Macht demonstrieren musste, um zu wirken. In ihr spannte sich jeder Muskel an, jeder Gedanke richtete sich gegen den Vater, aber sie sagte kein Wort.

Der Vater erklärte das Gespräch mit einem Wisch für beendet. »Schlaf gut! Und lass die Lippen locker, siehst sonst unerzogen aus. Noch was: Morgen ist der letzte Tag im Jahr, da wollen wir unseren Weg korrigieren. Ich helfe dir. Alles geregelt.«

Sehr langsam ging sie wieder nach oben. Sie spürte noch die Umarmung, die Mahnung, versuchte, den Vater zu verstehen. Er wollte Gefahr von ihr abwenden, wollte ihr Bestes. Wirklich? Der muffelige Geruch der abgelatschten Teppichstufen störte sie. Die gemusterte Tapete wirkte sogar in der Dunkelheit aufdringlich. Und die Stille in diesem kleinen Haus schenkte kein friedvolles Gefühl, eher strömte sie einen Zwang aus, sich dem Unabänderlichen zu beugen, und dieses Unabänderliche hatte einen Namen: Gehorsam. Wenn Liebe es nicht erzeugte, dann eben Druck, dann Strafe, dann das Brechen des Willens durch Schläge. Elly schüttelte sich. Sie hatte es erlebt, eine ganze Kindheit lang.

Hart trat sie gegen die Tür des Finchen-Zimmers. Sie schaltete das Licht ein, rüttelte zum Erstaunen ihrer Schwestern den kleinen Jungen wach. Der öffnete die Augen, sah sie mit verschleiertem Blick an. Sie sagte: »Zeit für Zuckerwasser, Leon. Und München und die Heilsarmee kannst du vergessen. Du bleibst bei mir und ich bei dir.« Sie spuckte in die Handfläche wie zum Indianerschwur, und er verstand.

Luise lächelte, meinte, sie würde genauso handeln. Und Anna entschied: »Wir schlafen heute hier, alle zusammen in einem Bett. Zwei am Kopfende, zwei am Fußende.« Obwohl die Decke dünn und kurz war, froren sie nicht. Strahlte Leon zunächst noch Hitze aus, so sank das Fieber innerhalb weniger Stunden. Und mit Sonnenaufgang gegen acht setzte er sich auf, blickte auf die Frauen um ihn herum und rief: »Ich bin wieder da!«

München erwähnte er nicht mehr und auch nicht die Frage, wann man seine Mutter suchen gehe. Aber keinen Schritt wich er von Ellys Seite. Er hielt sie am Rockzipfel fest, blickte zu Boden, sobald der Pfarrer in der Nähe war. Er wollte im Zimmer essen, nicht am Tisch, und Elly strengte sich an, ihm die Ängstlichkeit zu nehmen, indem sie erklärte, dass der Pfarrer nur versuche, ein Problem zu lösen, und zwar auf seine Art, er könne nicht anders.

»Bin ich ein Problem?«, fragte er.

»Du bist das Wichtigste in meinem Leben«, antwortete sie, dann legte sie den Zeigefinger auf die Lippen. »Soll ich dir ein Geheimnis verraten?«

Leons Augen weiteten sich.

»Pass auf: In meinem Federkissen habe ich die Ohrringe deiner Mama versteckt. Die sind wie ein Pfand. Solange wir die Ohrringe bewachen, wird ihr nichts geschehen! Und du darfst jeden Abend fühlen, ob sie noch drin sind.«

Elly griff in das Innenfutter des Kissens und wühlte in den Federn, bis sie die Ohrringe fand. Dann legte sie die Kostbarkeit in seine Hände. »Wenn du lange genug auf den roten

Stein siehst, kannst du darin das Gesicht deiner Mama sehen. Versuch's mal.«

Während Leon fasziniert auf den Rubin stierte, begann sie die wenigen Dinge, die sie noch besaß, zusammenzupacken. Zum Schluss stopfte sie das Federkissen samt Schmuck in die Tasche. »Man weiß ja nie«, zwinkerte sie.

»Verreisen wir?«, wollte Leon wissen.

»Nur so ein Gefühl«, war ihre Antwort.

* * *

Hand in Hand gingen Elly und Leon an diesem Silvesterabend in die Kirche. Und als sie die Eichentür zum Gotteshaus öffnete, da drang ihnen der Gesang entgegen:

Großer Gott, wir loben dich;
Herr, wir preisen deine Stärke.
Vor dir neigt die Erde sich
und bewundert deine Werke.

Es war ein Lied ihrer Kindheit. Laut hatte sie es als Mädchen mitgesungen, hatte versucht, Anna und Luise zu übertönen, bis sie sich vor Gänsehaut kratzte. Es war ihr Trostlied, ihr Hoffnungslied gewesen. Auch jetzt wurde sie von dem Text und dem Orgelklang ergriffen. Summend trat sie in den überfüllten Kirchenraum. Bekannte Gesichter, fremde Gesichter, so viele Menschen, die für ein neues Jahr beteten. Einige Meter weiter erkannte sie ziemlich verdeckt Karl-Heinz. Der rechte Platz an seiner Seite war leer. Seine dichten blonden Haare wirkten zerzaust am Hinterkopf. Auch er sang laut, bewegte den Rücken zur Melodie, und Elly wusste, wie sich sein Mund dazu öffnete und schloss. Ein bisschen schief, weil der rechte Seitenzahn verdreht gewachsen war und die

Lippe dort verzögert entlangrutschte, bevor sie sich schloss. Diesen kleinen Makel fand Elly attraktiv. Ach, sie mochte den ganzen Kerl. Bis auf seine Gedanken, aber die würde sie umkrempeln. Er war doch ihr Karl-Heinz! Sie überlegte, ob sie zu ihm gehen sollte, entschied sich aber dagegen, um die Zeremonie nicht unnötig zu stören. Deshalb rutschte sie in die letzte Reihe neben Luise. Die drückte ihr das Knie zur Begrüßung und Elly ächzte auf: Das Rheuma meldete sich seit gestern wieder, und das war ein ganz und gar nicht gutes Zeichen.

Während die letzten Orgeltöne verklangen, trat ihr Vater auf die Kanzel. Er hob die Hände, die weiten Ärmel seines Talars fielen nach unten. Ein Vater mit Flügeln. Sein milder Blick wanderte über die Köpfe hinweg. Bei Luise verharrte er. Sie trug Finchens Mantel, schmiegte sich in das tote Pelztier hinein und grinste. Elly trug den fadenscheinigen grauen Mantel aus Flanell. Er war weit und lang, berührte fast den Boden, und das, so betonte sie stets, wärmte einigermaßen ihr Knie. Anna blieb der Messe fern, sie wollte sich um die kränkelnde Mutter kümmern, in Wahrheit aber feierte sie mit ihrer Lebensgefährtin bei Punsch und Zuckergebäck, das Elly für sie gebacken hatte.

»Das Gebot der Stunde lautet: Vernunft. Nicht Ungehorsam. Nicht Leichtsinn. Nur Vernunft rettet unsere Seelen«, begann der Vater mit seiner Predigt. »Wie oft tun wir etwas, weil wir denken, es wäre eine gute Tat? Wie oft sind wir selbstlos und bringen doch uns und unsere Liebsten in Gefahr?« Sein Blick blieb nun nicht mehr mild, die Falten vertieften sich zwischen Mund und Nase. »Dann laufen wir auf falschen Wegen. Wir werden gefühlsduselig. Das will Gott nicht!« Jedes Wort betonte er durch einen Schlag auf das Holz der Kanzel. »Gott will, dass wir vernünftig sind, uns einordnen in Gebot und Gesetz.«

Seine Stimme stob hart nach vorne. Kein Hüsteln war zu hören, kein Scharren mit den Füßen. »Jetzt ist die Zeit, uns zu entscheiden: Opfer oder Sieger? Wer sich für den Sieg entscheidet, der darf dem Schmerz nicht ausweichen, der muss die Vernunft hochhalten, in jeder Lage.«

Seine Hände fuchtelten in der Luft herum. Der Vater sah zu Elly, richtete nun die Faust auf Leon. »Und es ist keine Vernunft, einen Judenjungen zu verstecken! Und es ist keine Vernunft, dabei das eigene Leben zu ruinieren.«

Da erhoben sich links von Karl-Heinz drei junge Männer. Graue Uniform und die Hakenkreuzbinde am Arm.

Teil II:
1939 bis 1945

7

Nicht nachdenken. Weitergehen. Den Berg hinunter bis zur Poppelsdorfer Allee, bis zum Bahnhof, raus aus Bonn, weg von diesen Verrätern. Elly hielt den Blick starr geradeaus und tröstete Leon mit den Worten: »Alles ist gut.« Dabei war gar nichts gut. Leon hatte in der Kirche nach seinem Kissen gebrüllt, als er die Männer mit den Armbinden entdeckt hatte. Und sie? Sie war kopflos geworden! War aufgesprungen und ins Pfarrhaus gerannt, hatte sich das Kissen geschnappt samt Tasche. »Luise, pass auf! Pass auf ihn auf, ich bin sofort zurück«, hatte sie der Schwester zuvor noch zugeraunt, während die Gemeinde ihr Amen geleiert hatte. Drei Minuten hatte das gedauert, nicht länger. Aber in drei Minuten konnte die Welt auseinanderbrechen. Ihr Herz überschlug sich, denn sie hatte ihren Jungen allein gelassen. Sie atmete tief ein, stieß die Luft wieder aus. Sagte sich: *Nichts ist passiert, alles nur Theater gewesen.* Mit jedem Schritt kaute sie auf diesem Satz herum. Fest stand, Leon lief neben ihr, als wäre es nie anders gewesen. Männermistbande! Jagte ihr diesen Schrecken ein. Typisch Vater mit seinem Machtgehabe. Vertrieb sie, machte sie obdachlos mit dem Jungen. Zum Glück hatte Luise in die Menge der Gläubigen gerufen, ob man jetzt schon unschuldigen Kindern in der Kirche an den Kragen wolle, schämen solle sich, wer das tue! Und während Elly mit Kind und Tasche und ohne Dackel hinausgestürzt war, hatte Luise zwischen die aufwallenden Orgeltöne gepoltert: »Vater, es ist doch dein Enkelkind!«

Elly drehte sich um, erwartete die Verfolger. Drei halbstarke Nazis, noch nass hinter den Ohren. Aber hinter ihr war niemand. Die Stadt schlief. Dabei war Silvester gerade vorüber, eigentlich eine Feierstunde. Sie hastete weiter den Berg hinunter, rutschte auf dem schneeglatten Kopfsteinpflaster aus, fluchte, lauschte auf ein Geräusch, erwartete einen Angriff aus jedem Busch heraus. An der Allee, gesäumt von Kastanienbäumen, blieb sie stehen. Nur noch wenige Meter bis zum Bahnhof. Sie hatte Seitenstechen, und Leon torkelte. Er war noch geschwächt vom überstandenen Fieber, seine Augen glänzten ungesund im Straßenlaternenlicht.

»Komm zur Seite. Ich brauche eine Pause«, sagte sie und suchte Schutz hinter einem Baumstamm.

»Wohin laufen wir?«, fragte Leon.

»Keine Ahnung, werden wir sehen.«

»Ist dein Papa nicht nett?«

»Was meinst du?«

»Er hat geschimpft. Ich glaube, er ist sauer auf mich.«

»Auf keinen Fall. Du bist nicht schuld. Er ist manchmal so. Verstehst du?«

Leon verstand, und Elly dachte, dass er nie seine Empfindsamkeit verlieren durfte. Sie atmete wieder regelmäßig und schlug vor, die letzten Meter langsamer zu gehen. »Sonst machen wir keinen guten Eindruck beim Schaffner.«

»Dann glaubt der, wir müssen weglaufen. Müssen wir auch. Aber wir verraten es keinem.«

»Genau.« Elly dachte an Sara. An deren elastischen Rücken, wenn sie auf dem Klavierhocker saß, wenn sie sich in eine andere, eine friedliche Welt forttragen ließ von ihrer Musik. Dort wollte auch Elly hin, auch für sie musste es einen solchen Ort geben!

»Komm, weiter. Gleich sind wir sicher«, sagte Elly und wusste nicht, was sie damit meinte. Sie wünschte sich, rotzen zu können, damit sich der Kloß im Hals löste. Sie brauchte einen Plan, oder sie würde mit dem Jungen im Elend landen.

* * *

»Wohin fährt der nächste Zug?«

»München.« Die Schaffnerin hob den Kopf. Müde griff sie nach dem Stempel. »Fahrschein?«

Weg hier, nur weg, dachte Elly, und obwohl sie München nicht kannte, sagte sie zu Leon, dass es dort friedlich sei und es Berge gebe, die bis in den Himmel reichten. »Ja, ja, genau dorthin«, wandte sie sich wieder an die Frau. »Einmal. Mein Sohn muss noch nicht zahlen, er ist sechs.«

Die Schaffnerin stemmte sich auf dem Tisch hoch, kam mit der Nase an die Scheibe des Häuschens, musterte Leon lange. »Wie ein kleiner Italiener«, schmunzelte sie. Dann fügte sie hinzu: »So weit wollt ihr fahren? Eigentlich gehört der ins Bett.« Sie fischte ein Bonbon aus ihrer Jackentasche. »Willste?« Ohne eine Antwort abzuwarten, verließ sie das Häuschen und kam auf Elly zu. »Ich mag keine Frauen, die nachts ohne Mann herumlungern und dabei ein Kind hinter sich herzotteln. Auch nicht an Neujahr.« Sie hockte sich vor Leon und hielt ihm das Bonbon unter die Nase. Dabei verrutschte die Jacke. An der Bluse steckte die NSDAP-Nadel. Nicht in Gold, sondern in Schwarz-Weiß-Rot.

»Mein Sohn darf keinen Zucker essen.« Elly drückte Leons Hand fester und wünschte sich insgeheim, er verstehe es als Zeichen, den Mund zu halten. Aber Leon verstand nicht. Er starrte auf die Bluse der Schaffnerin und schluchzte auf, so was würden auch die Männer zu Hause tragen. Nur größer und am Ärmel festgebunden.

Da prustete die Schaffnerin los: »Prima, dann seid ihr ja in bester Gesellschaft.« Und während sie ihre Brust festhielt und den Kopf nach hinten bog, schnappte sie nach Luft. »Wie ist der niedlich. Wo wohnst du denn?«

Als wollte er verschwinden, drückte Leon beide Hände gegen seine Augen, und Elly stellte sich zwischen ihn und die gebückte Frau. Ihr Junge sei müde, ob sie das nicht merke. Sie brauche jetzt den Fahrschein, sie dürfe den Zug nicht verpassen.

»Was wollten denn die Männer mit dem Kreuz? ... Seid ihr etwa weggelaufen?« Die Stimme der Schaffnerin wurde schneidend, während sie sich erhob und erst das schmale Gepäck, dann Leon betrachtete. »So dunkle Augen. Und Haare wie schwarzes Moos. Das ist doch nicht normal!« Dabei zupfte sie das Revers ihrer Bahnuniform wieder zurecht. »Zeigen Sie mal die Ausweise her.« Das Bonbon steckte sie ein. »Hier ist in letzter Zeit einfach zu viel Gesocks unterwegs. Überhaupt, machen Sie mal Platz, ich bediene erst den Herrn. In der Zwischenzeit halten Sie die Papiere bereit.« Wie die Bechstein es in der Villa getan hatte, wischte auch die Schaffnerin durch die Luft hin und her, um ihren Mund krabbelte ein Ekel. Unnötig laut rief sie, der Mann, der mit den Kindern, solle mal vortreten, hopp, hopp. Sie sah über Ellys Schulter hinweg. »Solche wie die da, die mit dem Judenkind, die müssen warten.«

Vielleicht war es Mitleid, vielleicht Widerstand gegen das herrische Gebaren der Schaffnerin, Elly konnte es nicht einordnen, jedenfalls trat der angesprochene Mann beherzt nach vorne und bemerkte: »Ich kenne diese Frau und das Kind. Es hat alles seine Richtigkeit.«

Vor Elly stand ein dünner Mann, der in seinem beigen Trenchcoat versank. Bis zu den Schuhen reichte der Saum. Den Gürtel hatte er eng geschnallt, auf seiner Hüfte hielt er einen kleinen Jungen fest. Zwei größere standen neben ihm. Alle waren sauber gekleidet und gut genährt. An Elly gewandt forderte er: »Nimm du den mal und lass mich das hier machen.« Fast flog der Kleine von seiner Hüfte in ihre Arme und gab dabei keinen Mucks von sich. Reflexartig fing Elly ihn auf und dachte: *Das hätte schiefgehen können.* »Haben wir gleich«, sagte der Mann und tippte an ihren Arm. »Mach dir keine Sorgen.« Seine Stimme knarrte wie die ungeölten Türscharniere in Saras Musikzimmer. Und als wäre das ein Kommando gewesen, positionierten sich seine Söhne neben Leon.

Das neue Jahr war kaum eine Stunde alt, und Elly befand sich ohne Fahrkarte auf dem Bahnsteig ihrer Heimatstadt. Verraten von Karl-Heinz. Vertrieben vom Vater. Vor ihr stieg ein diffuser Nebel im fahlen Licht des Schaffnerhäuschens auf. Am Himmel leuchtete kein einziger Stern. Sie hatte dunkle Tage hinter sich, vermutlich kohlenrabenschwarze vor sich, und doch fühlte sie sich nicht mehr wie eine Verlassene. Die Söhne des Mannes kamen ihr vor wie kleine Zinnsoldaten, zur Wache aufgestellt. Und der Mann selbst wie ein guter Geist. Ein Lachen kitzelte sie in der Kehle, und sie hatte Mühe, es wieder hinunterzuschlucken, weil Lachen völlig fehl am Platze war. Sie hörte, wie der fremde Mann zwei Fahrkarten forderte: »Ich fahre in die Eifel-Kreisstadt und meine Freundin nach München. Die Kinder sind unter zehn. Die kosten nichts. Wissen Sie doch, oder? Also kommen Sie her, oder wollen Sie da versauern? Von wegen hopp, hopp!« Der Mann machte eine Pause und kramte loses Geld aus der Tasche, legte Münzen vor die Glasscheibe des Häuschens. Augenzwinkernd blickte er zu Elly hin, meinte, sie könne ihm das Geld später im Zug wiedergeben.

Erst schniefte die Schaffnerin in ihren Ärmel, dann murmelte sie etwas wie *unverschämt* oder *ungehobelt*. Entschlossen ging sie auf den Mann zu, betrachtete die Kinder und bemerkte: »Sie müssen zugeben, der eine hier schlägt aus der Art. Überhaupt, ich muss mich hier nicht beschimpfen lassen!« Dann schlenderte sie zum Schalterhäuschen zurück, setzte sich sehr langsam auf den Stuhl, entwertete zwei Fahrscheine. »Außerdem bin ich befugt, die Ausweise einzusehen. Also her damit.«

Der Mann im Trenchcoat drehte sich nun vollends zu Elly um, in seinen Augen lagen Ruhe und Trost, ein wenig Humor. Sie solle mitspielen, er kenne solche Situationen, schien sein Blick ihr zu sagen, und Elly nickte kaum merklich. Dabei drückte sie Leons Kopf gegen ihren Mantelstoff. Was blieb ihr anderes übrig, als dem Fremden zu vertrauen? Weglaufen war keine Option, und auch mit der Lüge, ihre Ausweise seien gestohlen worden, würde sie diese Schaffnerin nicht überzeugen. Deshalb drückte sie Leons Kopf nun fester gegen ihre Hüfte, denn er protestierte mittlerweile: »Da will ich nicht hin, nicht nach München zur Heilsarmee.« In dem Moment schallte es über den Bahnsteig: »Vorsicht. Zurücktreten! Der Zug fährt ein.«

Es war nun einmal eine ungeschriebene Regel im Leben, dass auf Niederlagen ein günstiger Zufall folgte, das geschah punktgenau, sekundengenau, diesen Zufall zu erkennen, zu packen, ihn als guten Wink zu verstehen, das war die Kunst des Gelingens. So oder ähnlich hatte Hanns es ihr verraten. Elly beugte sich zu Leon, gab ihm einen Kuss und sagte: »Du bist müde, mein Löwe. Bald ist morgen.« Die Schaffnerin reichte die Fahrkarten durch die kleine Öffnung in der Glasscheibe und spöttelte: »Kein Problem. Meine Kollegen im Zug kontrollieren sowieso.«

Wie selbstverständlich stiegen der Mann und Elly mit den Kindern in den Zug, suchten gemeinsam ein freies Abteil. Er stellte sich ihr als Stephan Bauer vor, als Vater ohne Frau. Der Kleinste sei erst knapp zwei Jahre alt, bei seiner Geburt sei seine Ehefrau gestorben. Elly bekundete ihr Beileid, bedankte sich für die Hilfe und plumpste auf die Holzbank. Dann rutschte sie ans Fenster. Heimlich schielte sie hinaus, um vor der Abfahrt festzustellen, ob die drei Nazis ihr doch gefolgt waren oder gar der Vater in Begleitung der Polizei. Aber keine Menschenseele stand auf dem Bahnsteig. Sie flüsterte

Leon ins Ohr, er solle es sich gemütlich machen, sich hinlegen, in diesem Zug könne man ganz hervorragend schlafen. Sie schob ihm das Kissen unter den Kopf, und als der Mann, der sich Stephan Bauer nannte, seinen langen Mantel auszog, fragte sie ihn, ob sie damit ihren Jungen zudecken dürfe. Sie dachte, dass sie Leons Namen nicht verraten werde, und dachte auch, dass dieser Mann ihre Rettung gewesen sei.

»An einem 9. Februar, ohne sich zu verabschieden. Meine Edith. Wenn jemand stirbt, ist alles weg. Nichts bleibt zurück. Wissen Sie, was ich damit meine?« Sein Unterkiefer hing locker, seine Stimme klang gebrochen. Er wartete auf ihre Antwort, doch Elly wollte nichts Falsches sagen, deshalb schwieg sie.

»Klar, Knochen, Zähne, Haare. Aber das hat meine Edith nicht ausgemacht.« Er schnupfte in ein frisches, gestärktes Taschentuch. »Sie war viel mehr. Sie war mein Herz, so traurig. Sie musste gehen, damit der Kleine leben kann. Ein neues Leben verzehrt ein altes. Wussten Sie das?«

Der Zug ratterte gleichmäßig vor sich hin, vorbei am Rolandsbogen. Einige Menschen hatten sich dort versammelt, von hier unten sahen sie aus wie schwarze Wollknäuel. Auf der anderen Seite der Bahn fiel die Landschaft ab, und noch weiter unten floss der Rhein, er tat das seit Millionen Jahren und würde auch dieses neue Jahr 1939 durchfließen.

»Kernberg war eingeschneit«, hörte sie die monotone Stimme des Mannes, »obwohl im Küchenofen die Scheite glühten, war es schweinekalt in der Wohnung. Eisblumen von innen am Fenster. Haben Sie das mal erlebt?«

In Remagen stoppte der Zug. Wieder ein leerer Bahnsteig. Elly nickte, versuchte, sich auf seine Worte zu konzentrieren, nahm ein Zittern durch seinen weiten Anzug wahr. *Zu groß genäht oder der Mann ist abgemagert,* dachte sie und sagte leise: »Das tut mir wirklich sehr leid mit Ihrer Frau.«

»Mein Gott, wie hat Edith geschrien, so starke Wehen und die Hebamme war nicht da. Ich bin gelaufen, bis ans Ende des Dorfes, wie ein Verrückter bin ich durch den Schnee, hingefallen, aufgestanden, weiter. Und wir haben es geschafft, die Hebamme und ich. Hier, den haben wir auf die Welt geholt.« Er klopfte seinem jüngsten Sohn leicht gegen den Hinterkopf. »Erich heißt er.«

Der Zug fuhr an, niemand war zugestiegen. Da lehnte sich Elly zurück. Sie durfte sich ein wenig in Sicherheit wiegen. Sie legte ihre Hand auf Leons dichten Haarschopf. Hin und wieder ging ein Zucken durch seinen schmalen Körper, oder er stöhnte leise vor sich hin. Dann streichelte sie ihn sachte, flüsterte, alles sei gut. Nur eine Episode. Bald vorbei. Die Söhne des Mannes kicherten hinter ihren Speckhänden. Auf Ellys bösen Blick hin fragte der Ältere von beiden: »Ist der krank?« Worauf der Mann mit einem Klaps reagierte. »Benehmen lernt man früh oder gar nicht«, meinte er und forderte seine Söhne auf, sich erst einmal vorzustellen: Ewald und Franz-Josef. Elly fiel auf, wie unbeweglich die Augen der Söhne waren. Glasig und hellblau und keine Tiefe darin. »Wir leben auf einem großen Bauernhof. Wir heißen Bauer, und wir sind Bauern«, sagte der Ältere, Ewald, stolz.

»Ich wäre gerne für sie gestorben«, verriet sein Vater. »Hätte ich eine Wahl gehabt, ich hätte es getan.«

Elly wusste nicht, ob seine Worte für ihre Ohren gedacht waren, oder ob er ein Selbstgespräch führte, denn er sah sie nicht mehr an, schien den Blick in den klaffenden Steingruben hinter dem Fenster zu verlieren. Sein Gesicht regungslos, die Stimme stumpf. Die Jungen starrten vor sich hin, als hätten sie diese Sätze schon zigmal gehört, als würde das Drama sie nicht mehr berühren. Elly hingegen fühlte sich genötigt zuzuhören, wurde zu nah herangedrückt an diese fremde Geschichte.

»Die Haare klebten ihr am Kopf. Ich habe es nicht bemerkt. Sie hat mich nicht um Hilfe gerufen. Einfach alleine gelassen hat sie mich mit den Bälgern.« Er schluckte heftig. »Was sagen Sie dazu?«

»Wer hat Erich gestillt?«

»Roberta, meine Kuh.«

»Eine Kuh?«

»Es gibt nichts Besseres als frische Kuhmilch. Erst kriegen die Säuglinge Durchfall, aber dann ist es gute Nahrung.«

»Verdünnen Sie die Milch mit abgekochtem Wasser. Das streckt das Fett.«

»Sie kennen sich aus?«

»Ich bin Köchin.«

Plötzlich hatte Elly das Gefühl, der Mann ihr gegenüber sehe sie zum ersten Mal mit wachem Sinn und Verstand an. Seine Haut straffte sich über den hohen Wangenknochen, seine Augen nahmen ein schattiges Grau an. Der Mann lächelte sie an, als würde er feststellen, dass außer ihm noch jemand in diesem Abteil saß. Interessiert beugte er sich vor, wanderte mit den Augen über ihre Schultern, über die Brust unter dem geöffneten Mantel, sah auf ihre Hände, die auf Leons Kopf in ihrem Schoß ruhten. Augenblicklich ließ sie ihre Hände in den Ärmeln ihres Mantels verschwinden. Sie hatte sie lange nicht mehr mit Öl eingerieben und fand, die trockene und gerötete Haut hinterließ keinen guten Eindruck. Bis zu den Füßen schätzte er sie ab, um dann den schlafenden Leon zu betrachten. Dann schnalzte er leise mit der Zunge, und Elly hätte ihm solch eine Forschheit nicht zugetraut.

»Wie gesagt: Ich heiße Stephan Bauer, besitze tatsächlich Hof und Land, zwanzig Kühe, fünfundzwanzig Hühner, ein paar Schweine und Gänse. Ich bin eine gute Partie. Tuschelt man im Dorf.«

Elly dachte, dass er mit dem gleichen Kennerblick vielleicht die Schönheit seiner Kühe bewertete. Es kostete sie Willenskraft, die Lider nicht zu schließen, nicht schamhaft zur Seite zu sehen, sondern den Mann nun ihrerseits zu begutachten. Mit Wohlwollen nahm sie sein weißes Haar wahr, seine steingrauen Augen, das markante Kinn, um dann zu vermuten, dass sich unter dem weiten wollenen Anzug ein knochiger Körper verbarg. An den Füßen trug er blitzblank geputzte Schuhe, unter den hochgerutschten Hosenbeinen stachen magere Fesseln hervor. *Eher Männlein als Bauer,* dachte sie. Da senkte er den Blick. Wortlos griff er nach seiner Reisetasche, zog ein Messer heraus und ein Stück Schinken, schnitt eine dicke Scheibe ab, hielt sie ihr hin. Erst da spürte sie ihren Hunger. Dankbar griff sie zu.

»Der ist nicht Ihrer, stimmt's?«, fragte Stephan. »Ich habe Frauen wie Sie schon auf dem Hof versteckt. Was heißt versteckt. Nach Kernberg kommt doch keine Sau, um zu suchen. Das ist ein sicherer Platz. Solange man Horst von gegenüber in Schach hält. Aber das ist kein Problem. Der meint, ich bin auf Brautschau. Daher die Weiber.«

Elly nahm den Schinken, er duftete nach Salz und Rosmarin. Sie leckte daran, um den ersten Bissen hinauszuzögern, und hörte ihn sagen: »Ich kann das mit dem Hof nicht alleine, wissen Sie? Keiner kann das. Ohne Frau verkommen die Kinder, ohne Frau hab ich keinen Antrieb.«

»Das verstehe ich.« Weder ihre Worte noch der Klang ihrer Stimme fühlten sich für sie ehrlich an. »Wo sind die Frauen jetzt?«

»Die versteckten? Weitergezogen, waren nur auf der Durchreise. So ein Leichtsinn, die hätten bleiben sollen. Da braut sich was zusammen. Ich sag's Ihnen. Die braunen Idioten zetteln einen Krieg an. Hinterfotzige Affenbande.«

»Warum tun Sie das, ich meine: Frauen verstecken?«

»Wegen Horst, dem Nazi. Früher war der ganz patent, wir sind zusammen zur Schule gegangen. Dann kam Hitler, und er wurde einer von denen. Alles über den Haufen geworfen, sein ganzes Benehmen. Ich will das nicht, was die da oben befehlen. Das ist Wahnsinn. Wissen Sie, was ich mir sage: Nur Ungehorsam ist da ein Widerstand. Ich lasse mir von denen doch die Menschenliebe nicht nehmen. Ich bleibe mir treu.«

Die Mosel floss in den Rhein, das Land wurde flacher. Berlin lag weit hinter ihr, und Bonn war mittlerweile eine Stunde Fahrt entfernt. Mit jedem weiteren Kilometer ins Ungewisse entkam sie ihrer Vergangenheit. Aus einem anderen Abteil hörte sie verhaltene Rufe: »Frohes neues Jahr!«

»Bist 'ne ganz Hübsche«, sagte Stephan.

Sie wusste nicht, ob das unverfroren oder ein nett gemeintes Kompliment war. Verlegen drehte sie ihre Finger in Leons Locken. Auch wusste sie nicht, ob sie vielleicht zu viel von sich preisgegeben hatte, ob dieser Mann ihr gegenüber einer war, der Juden ausspionierte, um sie dann zu verraten. Davon hatten ihr Freunde im Park erzählt: Es gab Menschen, die sich Vorteile verschafften durch Verrat! Bei dieser Vorstellung stieg ihr die Hitze vom Nacken ins Gesicht, und das quittierte Stephan mit einem Grinsen. Er beugte sich weiter zu ihr hinüber, flüsterte, das müsse ihr nicht peinlich sein, hübschen Frauen dürfe man so was sagen. Dann sank er zurück auf seinen Platz, drehte den Kopf zum Fenster. *Nein, der ist kein Verräter, der hat ein einfaches Gemüt,* entschied Elly und ermahnte sich, keine Gespenster zu sehen.

»Fröhliches neues Jahr für alle! Hoffen wir auf Frieden!«, rief sie aus. Niemand antwortete ihr. Da fügte sie in Gedanken hinzu: *Hoffen wir auch auf ein Bett und auf mehr von den dicken Schinkenscheiben mit Rosmarin und vor allem auf ehr-*

liche Absichten. Und mit diesem Wunsch kam die Idee – ein wenig verwegen, aber doch passabel.

Elly streckte den Rücken. Drehte die Schulter zu Stephan hin. Sie dachte an Sara. Hob das Kinn. Und mit einer Stimme, die tief aus dem Bauch nach oben tönte, hörte sie sich sagen: »Stephan, du bist mir sehr sympathisch.«

Da verging den Söhnen das Kichern, stattdessen klappten sie die Münder auf, und Elly blitzte sie böse an. Die sollten ihr jetzt bloß nicht die Nummer versauen. Es kam immer auf den Anfang an. Ein Anfang, der misslang, konnte auch kein gutes Ende nach sich ziehen. Deshalb: innehalten, hineinspüren, entscheiden. Das war wie ein Drei-Gänge-Menü. Das eine folgte dem anderen. Einmal bestellt, wurde gegessen, was auf den Tisch kam. Und sie bestellte gerade ihre Zuflucht auf dem Bauernhof.

In Stephans Augen blitzte ein Gefühl auf. Sehr nah kamen sich die Gesichter, sein Atem roch nach nichts. Er flüsterte hinter vorgehaltener Hand: »Der Junge braucht einen anderen Namen, Papiere. Das weißt du?« Mit seinen gepflegten Händen, die nicht wie Bauernhände aussahen, zeigte er auf den schlafenden Leon. »Der ist schwächlich. Dem fehlt deftiges Essen. Wenn du ihn durch die Gegend treibst, wird er sterben.«

Ellys Herz überschlug sich. Erst wollte sie seine Worte zurückweisen, wollte fragen, wie er zu diesem Urteil kam. In ihr verglomm das kleine Fünkchen Romantik, das sie heraufbeschworen hatte. Wie konnte der fremde Mann von Leons Tod reden? Aber eine innere Stimme warnte sie. Kein Trotz, keine Widerrede. Annehmen, was ist, und Klappe halten, lautete diese Warnung, sonst würde die Sache hier nicht gut ausgehen. Sie atmete durch, dachte wieder an Sara. Wie sie sich am Klavier in schwierigen Situationen für ein Stakkato entschied. Hart und kurz schlug sie dann auf die Tasten. Brach die Noten ab, bevor sie zu Klängen wurden. Kein Schwingen. Kein Perlen. Melodie nicht erwünscht. Druck. Tempo. Weg vom Gefühl, hin zum Verstand. So pochte auch Ellys Herz. Tack, tack, tack, kein Atem passte dazwischen, und doch stieß sie hervor: »Ja. Papiere sind gut. Ein anderer Name auch. Und Kühe mochte ich immer schon.«

»Wir sind gleich da«, unterbrach Stephan ihr Stakkato, um dann zwei Worte zu sagen, die in Zeiten wie diesen alles bedeuteten, weil sie ein Ziel versprachen und die Ruhe danach. Diese zwei Worte wogen mehr als je eine Liebeserklärung in ihrem Leben. Stephan stand auf, griff nach seinem schweren Mantel. Er ordnete sein weißes Haar. Zögerte. Berührte sie sanft am Ellbogen. »Komm mit.«

»Auf den Bauernhof?«

»Mit mir. Mit uns.«

Sie antwortete mit einem lang gedehnten, tiefem Ja.

8

Mein Haus, mein Land.« Mit dem ausgestreckten Arm deutete Stephan einen Halbkreis an. Matt der Putz, keine Fensterläden zur Straßenseite. Der Schein einer einzigen Laterne bot ein schüchternes Willkommen. »Siehst du da hinten die Ställe? Und Felder und Wiesen. Bis zum Wald. Meins.« Seine Stimme vibrierte. »Kannst du so weit gucken?«

Elly sah nichts. Kein Mond beschien die Ländereien des Bauern, und die Funzel vor dem Haus beleuchtete lediglich wenige Meter. Es war ihr egal, was der Bauer sein Eigen nannte. Sie schlotterte vor Kälte, und Leon brauchte dringend ein Bett. Der Weg bis zum Bauernhof hatte sich in die Länge gezogen, mindestens zehn Kilometer waren sie gelaufen, den Wind ständig im Gesicht. Sie spürte die Wangen und die Lippen nicht mehr. Beides taub vor Kälte. Ihren Schal hatte sie Leon um den Mund gebunden, damit er sich keine Lungenentzündung einfing. Die Söhne hatten ihn eine *Memme* genannt. Nun tat ihr selbst die Kehle beim Schlucken weh, und obwohl sie gerne Bewunderung für des Bauern Besitz geäußert hätte, kam nur ein flaches »Oh« aus dem Hals. Der Bauer schien das als einen Ausruf der Begeisterung aufzunehmen und fragte fröhlich: »Wir können über den Hof gehen, nach den Tieren sehen, Lust? Die Jungs machen sich alleine fertig. Das sind die gewohnt.« Dabei stopfte er zum wiederholten Mal den kleinen, mit Brotkrumen gefüllten Stoffschnuller in Erichs Mund. Der hatte während der gesamten Zugfahrt und auch auf dem langen Marsch von der Kreisstadt ins Dorf keinen Laut von sich gegeben. Elly fand das bedenklich. Abwechselnd hatten die großen Söhne ihn getragen, während der Bauer Leon auf den Arm genommen hatte. »Eine Frau sollte nicht schwer schleppen«, hatte er gesagt und an Elly vorbeigelächelt, und sie hatte sich bedankt. Im Moment aber wollte sie nur drei Dinge: ein Bett, eine Decke und eine Mütze voll Schlaf.

»Du warst tapfer, mein Löwe. Müde?«, fragte sie Leon. Seine Hand in ihrer. Wie ein Knochen im Gelenk. Und als er das Gesicht zu ihr hob, erschrak sie über den gespenstischen Ausdruck bei Nacht. Leons Augen so schwarz und höhlig, die Nase zu lang, die Stirn zu hoch. Eine schlechte Kopie des hübschen Jungen, der er eigentlich war. Was tat sie hier? Was mutete sie dem Kleinen zu? Stand neben einem fremden Mann, hoffte auf Unterschlupf. Vertraute, dass der Bauer es ehrlich meinte. Würde sie hier weggeschickt, oder müsste sie morgen wieder fliehen, sie wüsste nicht, ob ihre Kraft dazu reichte. Aber sie durfte nicht klagen, denn auch Leon war tapfer, ihr kluger Junge verstand in einer seltsamen Weise diese Zeit und was die ihm abverlangte. Er begriff das Leben. Sie drehte ihn sanft herum, damit die Funzel im Eingang auf ihn schien. Elly hoffte, doch etwas Freches, Wildes, Übermütiges in seinem Gesicht zu finden. Wenigstens eine Spur davon wollte sie sehen, um sich zu beruhigen, dass Leon noch der war, der ihr auf der Nase herumtanzen konnte. Wie in Berlin, wie in all den Tagen, an denen sie mit ihm gestritten, ihn gemaßregelt hatte. Jede einzelne Mahnung würde sie jetzt zurücknehmen, ihm sagen, dass er ihr auf die Nerven gehen solle, weil an der Seele unverletzte Kinder genau das taten. Er hatte auf der Flucht seine Kindlichkeit verloren, stellte sie fest. Plötzlich kam er ihr alt vor. *Als hätte sich ein dunkles Tuch über sein Gesicht gelegt und sein inneres Leuchten ausgelöscht,* dachte Elly. Sie schluckte durch die kratzige Kehle, fühlte sich schwach. In gebückter Haltung stützte sie sich auf Leon, um nicht gänzlich das Gleichgewicht zu verlieren. Der legte seine schwerelosen Arme um ihren Hals, sagte: »Sei tapfer, ich bin doch bei dir.«

Die Jungen des Bauern starrten sie an, und der kleine Erich hickste. Stephan erklärte, er könne ihr auch morgen die Ställe zeigen, es eile nicht. Nur solle sie kein Theater hier draußen veranstalten, Horst, den Nazi-Nachbarn, stachelten solche Szenen an. Da erhob sich Elly umständlich, schniefte in den Saum ihres Mantels. »Ist gut. Ist wieder gut. Entschuldigung.«

»Prima hier«, sagte Leon und schob wieder seine Hand in Ellys.

Die Söhne des Bauern lachten auf. Der eine sagte zum anderen, dass es doch nur Juden wären, Juden wie die anderen, die sich nicht gut benehmen und schnell wieder verschwinden würden. Dann liefen sie über den Hof und wiederholten: »Sind nur Juden. Sind nur Juden, Judenpack.«

Stephan pfiff sie zurück. Und als die beiden sich vor ihn stellten, da holte er aus und verpasste seinen Söhnen eine Ohrfeige, dass es schallte. Elly schrie auf: »Nicht auf den Kopf! Der Kopf ist doch empfindlich!«

»Rein mit euch. Zur Strafe zwei Tage Stallausmisten.« An Elly und Leon gewandt bestimmte er: »Ich zeige euch jetzt das Klo hinterm Haus und dann die Dachkammern. Das Klo ist übrigens aus feinstem Holz, von mir selbst gezimmert. Morgen sehen wir weiter, ob …« Er ließ diesen Satz in der Luft hängen, und das machte Elly Angst. *Eine Episode, es ist nur eine Episode,* vernahm sie wieder die gütige Stimme von Hanns. Sie sah in die Ferne und nickte kaum sichtbar. *Sie dürfe die Hoffnung nicht verlieren.* Jetzt aber stand sie in einer anderen Zeit an einem anderen Ort. Jetzt hatte sie Geduld zu beweisen. Sie sah Stephan eindringlich an, fand sein Profil plötzlich schön und redete sich ein, er sei doch nicht der dünne, verletzliche Mann aus dem Zug, sondern einer hart wie Metall. Denn solche Kerle mochte sie. Auf die konnte man sich verlassen, weil sie Prinzipien hatten. Sie tat einen Schritt auf ihn zu, berührte seine Schulter, die nicht mehr knochig war.

»Wo schlafen denn die Knechte und Mägde?«, wollte sie wissen.

Mit seinen großen Augen sah Leon sie an, während er die Beine kreuzte und jämmerlich einwarf: »Ich muss mal auf das Klo mit dem feinen Holz.«

Aber Elly ignorierte das, heuchelte stattdessen Interesse am Hof und drückte sich noch etwas fester gegen die Schulter des Bauern.

»Abgewandert in die Stadt. Seit diesem bescheuerten Geschwätz von Blut und Boden will hier keiner mehr schuften! Zur Ernte kommt die Hitlerjugend. Manchmal auch Helferinnen aus der Kreisstadt.«

»Und wer bewirtschaftet den Hof sonst, wenn keine Ernte ist?«

»Meine Edith und ich.«

»Ich bin beeindruckt.« Sie riss die Augen auf und fühlte sich dabei wie ein Schaf. Aber der Bauer hielt ihren Blick fest und legte den Arm um sie. »Das heißt, ich und du. Wenn du willst. Also so richtig, ein Wir.«

Sie rückte noch näher an ihn und stieß dabei gegen sein langes Kinn. »Was meinst du mit *Blut und Boden?*«

»Ist eine Nazi-Idee. Horst von gegenüber, der Sausack, betet nichts anderes mehr daher. Die Bauern sollen das Reich ernähren. Säen, ernten, abgeben. Aber meine Edith hat es geschafft, uns im Futter zu halten. Die war eben schlau.«

Wieder schwärmte er von seiner verstorbenen Frau, lobte deren Kraft und Willen. Den Kleinen hätten sie nicht bekommen dürfen, diese Schwangerschaft habe sie getötet. Und während er erneut voller Trauer erzählte, sah Elly die schwangere Edith im Geiste vor sich, wie sie Kühe molk, Hühner fütterte und die Eier einsammelte, um sie zu verkaufen. Sah, wie sie bei Gewitter und Sturm ein Pferd führte, das den Pflug über die Felder zog, wie sie bei Hitze das Heu drosch und zu Ballen band. Sah, wie die beiden dicken Söhne um Kuchen bettelten. Sah, wie Edith mit dem ersten Hahnenschrei aufstand, um sich durch die Tage, durch die Jahre zu schuften, um eine von denen zu sein, die ihre Familie und darüber hinaus ein ganzes Land ernährten. Sah, wie sie sich die Faust erst gegen den Bauch, dann gegen das Herz presste, wie sie sich erschöpft gegen den Kuhstall lehnte und doch weitermachte, weil sie Stephan gefallen, nicht schwach sein wollte.

»Die hat Blutwurst gekocht wie eine Weltmeisterin.«

»Nicht der kleine Erich ist schuld am Tod deiner Frau«, hörte Elly sich sagen, »die Arbeit hat sie umgebracht.«

Da wurde der Atem des Bauern heftiger. Er umfasste mit beiden Händen ihr Gesicht. »Gehen wir schlafen«, entschied er, »morgen planen wir, falls du das noch willst.« Seine Stimme klang streng. Seine Schultern nahmen eine eckige Form an. Nicht gemütlich genug, um sich anzulehnen, aber breit genug, um sich dahinter zu verstecken. Dann küsste er sie unvermittelt und hart auf den Mund. »Du erinnerst mich an sie.« Er löste den Knoten seines Schals und legte ihn Leon um den Hals.

* * *

In zwei Durchgangszimmern im Dachgeschoss richtete sich Elly ein. Die Zimmer mochten früher einmal als Speicher gedient haben, heute waren die schrägen Decken mit Holz verkleidet und auf dem Boden lag ein verblichener Teppich. In einer Ecke stand ein Kohleofen; ein Korb mit Briketts daneben. Würde sie die Mitteltür nicht schließen, würde auch Leons Zimmer warm. Nun also Bäuerin, Leben in einem Kaff mit Einwohnern, die von der Welt jenseits der Felder nichts wussten. Ohne Herkunft, ohne Vergangenheit, alles versteckt in diesen Zimmern mit modrigem Geruch. Sie öffnete das Dachfenster über ihrem Bett und ging hinüber zu Leon. »Zuckerwasser?«, fragte sie. Aber er schüttelte den Kopf, seit jenem Abend vor wenigen Wochen verweigerte er dieses Ritual.

»Halten wir zwei es hier aus?«

»Die Söhne sind gemein zu mir.«

»Ich weiß, aber du bist doch viel schlauer als die, die steckst du doch mit links in die Hosentasche.«

»Aber die haben gesagt, wir müssen morgen wieder gehen.«

»Nichts werden wir! Wir bleiben. Du hast mein Wort.« Sie knuffte ihn kameradschaftlich in die Seite. »Wir sind stärker als die.«

»Dann ist gut. Können wir auf die Ohrringe sehen und auf Mama warten?«

»Klar können wir das. Mach mal Platz. Wir erzählen deiner Mama, dass es hier gar nicht so übel ist. Ihr würde es gefallen. Sie mag die Natur. Erinnerst du dich an unseren Urlaub in Österreich, an die hohen Berge? Wahrscheinlich nicht, dafür warst du noch zu klein, vielleicht zwei. Wir sind ins Zillertal gefahren im Sommer, und deine Mama ist eine ganz steile Felswand hochgeklettert, um dir ein Enzianblümchen zu pflücken.«

»Wirklich? Kann sie das?«

»Wie ein Steinbock klettert sie. Wenn sie will, kann sie alles. Und du auch. Du musst jetzt hier leben *wollen.* Dann wird es eine gute Zeit.«

Eine lange Weile saßen sie schweigend nebeneinander, betrachteten die roten Steine der Ohrringe. Und mit einem schlechten Gewissen stellte Elly fest, dass der Gedanke an Sara sie nicht aufregte. In den letzten Stunden hatte sie die Sorge um Sara sogar vergessen. Das durfte nicht sein! Leon brauchte Bilder im Kopf – und all die Geschichten seiner Kindheit. Deshalb schloss sie die Augen und beschwor den Stein: »Komm, Sara, komm zu uns.«

Vielleicht war ihr doch wie durch ein Wunder die Flucht nach Schweden gelungen. Vielleicht aber saß sie in Berlin in einem Gebäude in der Hamburger Straße, wartend auf ein Urteil. Vielleicht war sie schon verschleppt worden an einen Ort, so karg, kalt, voller Entsetzen, dass es Elly schauderte. Den Gedanken an Saras Tod ließ sie nicht zu, sondern klammerte sich an der Vorstellung fest, dass Sara frei war, durch die Stadt lief, um ihren Jungen zu suchen. Ja, dieses Bild schärfte sie vor ihrem inneren Auge: Sara, blasse Gesichtszüge, dahinter sanfter Eigensinn. Ein Ebenbild von Leon, aus demselben Holz geschnitzt. Elly murmelte lauter: »Sara lebt.«

Nicht im Rubin, sondern hinter den geschlossenen Lidern erschien ihr Sara und flüsterte, dass auch sie damals ihre Karriere als Pianistin aufgegeben hatte, für Leon, für die Liebe, für etwas Größeres als ihr Talent. Und da fühlte Elly sich bestätigt. Sie handelte in Saras Sinn. Sie würde das mit dem Hof, den Feldern, mit dieser Bauernfamilie stemmen. Sie würde sich nicht beschweren, sondern überleben!

»Sie ist nicht da«, raunzte Leon und schlief ein.

Dass Elly widersprach, doch, doch, sie sei da, immer sei sie das, auch wenn der Rubin sie nicht in Klarheit spiegele, hinter dem Rot verberge sie sich ganz gewiss und sehe zu ihm hin, hörte Leon nicht mehr. Deshalb schlich sie ins Nebenzimmer und legte sich auf die Matratze aus Stroh, aus den Bettbezügen rieselte Heu und Erde. Bevor sie in einen tiefen, traumlosen Schlaf glitt, dachte sie an Stephan. Den hatte Gott ihr geschickt. Oder Sara. Oder Hanns. Einfach vor die Füße gestellt, und sie wäre dumm, würde sie das ignorieren. Sie entschied, unter allen Umständen eine gute Bäuerin zu sein, nicht aufzugeben, egal wie schwierig es mit Land, Hof und den unerzogenen Söhnen werden würde. Erst einmal schlafen. *Schlaf entgiftet den Verstand,* hatte Hanns ihr verraten.

* * *

Elly schlief rund um die Uhr und noch ein wenig länger. Am zweiten Januar wachte sie von einem Schrei auf. Von Leons Schrei, den die Söhne des Bauern über den Innenhof jagten. Und Leon rief nicht nach ihr, sondern nach seiner Mama. Elly hetzte im Nachthemd nach unten. Mit Gegröle jagte Ewald ihren Kleinen immer im Kreis und rief: »Wir werfen dich den Schweinen vor, wir werfen dich den Schweinen vor!«

Voller Wut packte sie Ewald am Nacken. »Auch du, Franz-Josef, komm her!«, befahl sie in einem Ton, als hätte sie das Recht dazu. »Wenn einer von euch noch ein einziges Mal meinem Jungen Angst macht, dann hänge ich denjenigen mit den Füßen nach oben an der Kuhstalltür auf. Und bei dem Geist eurer Mutter: Ich tue das!« Sie bestand darauf, dass die beiden Leon die Hand reichten. Zu ihrer Überraschung taten sie wie befohlen. Nur hatte Elly dabei das Gefühl, es sei eher eine Kriegserklärung als ein Friedenszeichen.

»Und du: Lass dir nichts gefallen! Tritt denen doch vors Schienbein, wenn die dir blöd kommen. Du musst dich wehren«, wandte sie sich an Leon.

»Mama hat gesagt, ich soll nicht kämpfen.«

»Papperlapapp. Hier weht ein anderer Wind. Komm mit.

Ich koche dir erst mal was Gesundes.« Und als wären sie ebenfalls aufgefordert worden, schlichen auch die Söhne des Bauern hinter ihr her.

Zum ersten Mal sah Elly ihren Arbeitsplatz bei Tageslicht und entschied, noch bevor sie ihn genauer betrachtete, dass sie sich hier wohlfühlen werde, wohl wie in Dahlem, egal wie einfach der ausgestattet oder wie unordentlich der wäre. Aber als sie sich umsah, die Hände in die Hüften gestemmt, da staunte sie: Das gesamte Untergeschoss des Hauses bestand aus einem einzigen Raum, ihrer Küche. Ein moderner gusseiserner Herd mit Emaille-Blech verziert, der Backofen daneben, das Holz gestapelt, ein Brett als Arbeitsfläche, in der Mitte ein Tisch mit zehn Holzstühlen. Eine Eckbank gab es nicht, dafür einen Bottich für die Wäsche vor der Wand. Die Töpfe hingen am Haken, wie sich das gehörte, und das Steingutgeschirr stand der Größe nach sortiert in einem vornehmen Glasschrank. Der Boden zeigte ein Mosaikmuster aus bunten Steinchen, und wenn sie die Glühbirnen an der Decke ein- und ausschaltete, flimmerte der Boden. Alles war sauber, nahm sie erfreut wahr und band sich die Schürze um, die auf einem der dunklen Holzstühle lag.

Sie forderte die Jungen auf, sich an den Tisch zu setzen und zu schweigen. Ewald aber rieb sich mit der flachen Hand den Nacken, sagte, er werde seinem Vater erzählen, dass sie ihn geschlagen habe, dann müsse sie wieder gehen, das stehe fest. Dann fügte er hinzu: »Siehst du die Tür? Dahinter ist die Kuhküche, nur damit du es weißt: Jeden Morgen um fünf hat Mama gemolken.«

»Wie wir den Tag organisieren, bespreche ich mit deinem Vater«, fuhr sie ihm über den Mund, aber Ewald ließ sich nicht beirren. »Der ist draußen auf den Feldern, Winterfurchen ziehen, also bestimme ich.« So viel Dreistigkeit verschlug Elly die Sprache. Sie entschied, auf den Kommentar nicht einzugehen. Erst mal Frühstück. Nur gab es weder Marmelade, noch lag Brot im Schrank.

»Wir machen alles selbst«, grinste Ewald. »Dafür hat Papa dich hergeholt. Du kannst ja schon mal die Kartoffeln im Stall sortieren. Morgen ist Markt.« Elly nahm einen Kochtopfdeckel von der Wand und warf ihn nach Ewald. »Ich habe gesagt: Ruhe!« Der Deckel schepperte zu Boden, und die Jungen sahen sie mit aufgerissenen Mündern an. »Entschuldigung«, entfuhr es ihr, »es tut mir leid.« Aber das war eine Lüge.

Elly sah die Söhne nicht mehr, bis die Kartoffelsuppe mit Kräutern und gebratenem Schinken durchs Haus duftete. Und als wäre dieser Duft auch über die Felder gezogen, als würde es sich endlich wieder lohnen, die Mittagspause zu Hause zu verbringen, kam Stephan zurück. Er klopfte den Schnee von der Jacke, stellte die Arbeitsschuhe hinter die Tür, er wusch sich die Hände über dem Bottich und sah stumm zu Elly. Man saß am langen Tisch in der Küche, das Feuer knisterte im Ofen. Man sprach nicht, löffelte das Essen. Nur der kleine Erich patschte auf den Teller und in sein Gesicht.

»Steht dir, die Schürze«, bemerkte Stephan, als sie später allein am Tisch saßen.

»Ich bin nicht Edith, und ich bin keine Frau zum Verstecken wie die anderen.«

»Nein, das bist du nicht. Du bist Elly Berger, die Pfarrerstochter mit dem Judenjungen.«

»Nicht so laut! Wer weiß, wer mithört! ... Ich brauche deinen Namen.«

»Bekommst du. Das Essen war lecker.«

»Und du adoptierst Leon?«

»Hab ich gestern versprochen.«

»Du heiratest uns? Und wenn der Pfarrer Fragen stellt?«

»Wird er nicht. Brot gegen Urkunde. Basta.« Dann überlegte er und fügte flüsternd an: »Eine Bedingung habe ich noch: Du trägst die Kleider von Edith. Sonst kommen die Motten rein.« Er strich ihr über die Wange, hatte den Blick, den sie von Karl-Heinz kannte. Milchglas vor den Augen und einen Speichelfaden im Mund. Elly hörte ihn sagen: »Und noch was. Ich will eine, nur eine Nacht in meinem Bett mit dir.«

* * *

Seit Wochen lebte Elly auf dem Hof, ließ sich begutachten von zweiundvierzig Familien, die sich zu dem kleinen Dorf zusammenfanden. Früh merkte sie, dass hier mehr getratscht wurde als in Berlin und sowieso in Bonn, dass kaum etwas im Geheimen stattfinden konnte. Jedoch meldete niemand Zweifel an, Leon könne nicht der leibliche Sohn der Köchin sein. Stephan hatte am Männerstammtisch in der Kneipe erwähnt, dass sie während der Schwangerschaft sitzen gelassen worden war. Berlin sei eben ein Moloch für Strolche solcher Art. Da hatten die Dorfkumpane verlegen ins Bierglas gesehen. Nur der Nachbar Horst hatte anzüglich gegrinst und gefragt: »Könnte dieser Strolch ein Jude sein?« Die anderen hatten gelacht, als wäre das ein Witz, und Horst hatte seine rechte Faust nach vorne gestreckt und gefaselt, auch Kernberg müsse rassenrein bleiben. Stephan hatte ein paar Münzen auf den Tisch klirren lassen und gerufen: »Noch einmal so ein Spruch von dir, und wir zwei haben Krieg!« Jedenfalls hatte er das Elly am Abend vor der Hochzeit erzählt.

Wenn sie daran dachte, empfand sie Rührung. Ihr eine, nur eine einzige Nacht nahezukommen, wünschte er sich. Zwar hatte er diesen Wunsch nie wiederholt, aber er stand dennoch zwischen ihnen. In dieser Nacht, so beschloss sie, würde es so weit sein. Aus Dankbarkeit. Auch ein klein wenig aus Taktik. Sie brauchte sein Wohlwollen, er musste ihr Vertrauter bleiben.

Der Vollmond schien durch die Dachluke. Den moderigen Geruch der Holzwände nahm sie mittlerweile kaum noch wahr, auch das Knarren einzelner Dielen in der Nacht störte sie nicht mehr. Es hatte sich so etwas wie ein Alltag bei ihr eingestellt: Sie ging zu Bett, fiel in einen Schlaf ohne Träume, wachte auf und wusste, auch dieser Tag würde sich ohne Furcht und Flucht der Nacht wieder zuneigen. Es war ein Rhythmus entstanden, dem sie folgte. Und manches Mal saß sie auf dem Küchenstuhl, hielt die Hände still und lauschte auf die natürlichen Geräusche um sie herum. Das Schlagen der Schwalbenflügel, die unter dem Dachvorsprung ein Nest bauten, das Gackern der Hühner, das dumpfe Muhen der Kühe nebenan. Dazwischen Kindergezänk. Und nachts in ihrem Mansardenzimmer lauschte sie auf den gleichmäßigen Atem von Leon. Ihr gefiel es, an diesem Platz in Kernberg zu sein, fernab von Soldaten, Politikgeschwafel und der posaunigen Marschmusik in den Straßen. Kernberg war pur. Auch hatte Elly sich mittlerweile in der Küche eingerichtet, einen Vorrat angelegt, von dem sie niemandem erzählte. Sie hatte eine Bodenklappe in der Milchküche entdeckt, eine Stiege führte von dort in einen Kellerraum. Überhaupt hatte sie die Milchküche zu ihrem Terrain erklärt. Dort schlug sie Sahne, ließ Käse gären, dort stellte sie Wurst her aus Blut und Speck. Die Speisekarte bestand mehr aus Wurst als aus Gemüse, und wenn sie an sich heruntersah, denn einen Spiegel gab es nicht in ihren Dachzimmern, musste sie zugeben, dass sich auf ihren Hüften pralle Rollen formten. Und bei hochgestreckten Armen zeichneten sich keine Rippen mehr ab. Nein, Hunger litt sie nicht.

Elly stellte erst den linken Fuß auf den Holzboden, dann den rechten. Sie setzte sich auf die Bettkante, hörte einen

Schlag der Standuhr. Sie zögerte, aber tastete sich dann in die Kleidernische. Ediths schönstes Spitzennachthemd nahm sie aus einem Stapel, bodenlang und aus feiner Baumwolle gewebt. Das Nachthemd knisterte, als es über ihren Kopf rutschte und sich um den Körper legte. Sie löste das Band, ihr Haar rotgolden bis zum Po. Eilig schnupperte sie unter den Achselhöhlen, tupfte ein wenig Kölnisch Wasser darunter. Vermutlich Ediths Lieblingsduft, denn auf dem Frisiertisch hatte die Flasche gestanden. Elly schnupperte daran, das Parfüm roch streng, verdorben. *Besser als Schweiß,* dachte sie und schlich barfuß, damit Leon nicht aufwachte, ein Stockwerk tiefer. Vorsichtig kratzte sie am Holz der Tür. Wenn Stephan schlief, würde sie wieder nach oben gehen. Wenn er sie aber riefe, würde sie ihr Bestes geben.

Er rief.

* * *

In ihrem Leben hatte es bislang zwei Liebhaber gegeben: Der eine war Karl-Heinz gewesen. Der andere der Maler aus Berlin. Er nannte sich Marçeau, trug das lange schwarze Haar mit einem Band im Nacken zusammengebunden. Mehr als an seinen Namen erinnerte sie sich an den Duft nach Farbe auf seiner Haut. Seit jener Liebschaft wusste sie, dass Farben sinnlich waren. Man konnte sie fühlen, lecken, riechen. Grün roch wie Silbermünzen, Rot wie ein Samtkissen, Blau ein wenig nach Rost.

Damals war sie jung gewesen, fünfundzwanzig Jahre, schlank wie eine Gazelle und Köchin im Adlon. Jeden Montag einen freien Tag, eine freie Nacht. Magnetisch ließ sie sich anziehen von den Bars der Stadt, durchtanzte die Montagsnächte. Erst Sekt, dann Charleston. Marçeau, der Maler, sah ihr beim Tanzen zu. Lässig lehnte er an der Bar im Café Braun, immer einen Rotwein vor sich. Irgendwann grüßte sie ihn wie einen alten Bekannten, erzählte ihm von ihrer Arbeit. Das Adlon war ihre Leidenschaft. Sie durfte sich rühmen, für Chaplin, Rockefeller oder Einstein zu kochen, denn sie alle pflegten im neuen Luxushotel zu speisen. Zwar blieb Elly im Verborgenen, mühte sich in der Hitze, die hundert Töpfe abgaben, war eine von dreißig Köchen am Herd. Und doch fühlte sie Stolz, dass solch berühmte Leute ihre Hummer, den grünen Spargel, die Eisspeisen nach venezianischer Art verzehrten. »Zum Fünf-Gang-Menü reichen die Kellner sieben Weine«, erklärte sie, und als Marçeau sie nach ihrer Lieblingsspeise fragte, wurde sie rot, denn so viel Interesse brachte ihr sonst niemand entgegen. »Ochsenschwanzsuppe, rosa Taubenbrust auf Wirsing. Da könnte ich mich reinknien«, verriet sie ihm. »Und zum Schluss dunkle Schokolade mit Pfeffer.« Der Maler grinste, sagte, er sei es auch gewohnt, mit Delikatessen zu arbeiten, das seien seine Farben, deren Substanzen aus Stein und Knochen und Pflanzenblättern er selbst zerstieß und anschließend kochte und dann mit einem Eigelb verrührte. Sie trank zu viel, lachte zu laut, bat ihn, ihr die Farbenrezepte genau zu verraten, und als sie mit Marçeau in den frühen Morgenstunden nach draußen trat, da schüttete es wie aus Kübeln. Er fasste sie an der Hand, sagte, er wohne nicht weit, sein Atelier liege quasi um die Ecke. Elly zögerte – und sehnte sich gleichzeitig nach seinen Künstlerhänden überall auf der Haut. Wie ein Maler seine Gemälde befühlte, wenn die Farben getrocknet waren, sollte er sie berühren.

Sein Atelier befand sich in einer Mansarde im Hinterhof. Kaum Tageslicht und auf den Fensterbänken lag außen und innen die Taubenkacke. Sie bot an, die Fensterbänke zu schrubben. »Künstler brauchen was Morbides«, sagte er zärtlich. »Nur dann kommt die Muse.« Er fand ihr langes hellrotes Haar betörend, ihre weiße Haut ganz außergewöhnlich, nannte sie *seine Venus*. Im Hintergrund tröpfelte ein Lied vom Grammofon. Drei Monate lang. Sie wäre für ihn durch die Hölle gegangen, hätte er das von ihr verlangt. Aber je mehr sie ihn begehrte, maßlos wurde, süchtig wurde nach den Farben auf seiner Haut, desto mehr zog er sich zurück, bis sie am Ende die Galerie verlassen fand, bis sie an der Tür kratzte und keine Antwort mehr erhielt.

Damals hatte sie sich geschworen, nie wieder an einer Tür zu kratzen, und nun, zehn Jahre später, tat sie genau das vor dem Schlafzimmer des Bauern.

* * *

Ihre Wangen brannten, als sie eintrat.

Stephan wühlte sich unter den Decken hervor und fragte: »Ist was mit den Söhnen?«

»Nein.«

»Unsere Nacht?«

Sie nickte vage in den Raum hinein und stellte sich vor, er wäre der Maler. Genau fünf Schritte machte sie auf ihn zu, bis er die Hand nach ihr ausstreckte. Die Fensterbänke blitzblank geputzt. Musik gab es nicht, und auch kein Lachen. Nirgendwo der Duft von Farbe. Aber es schien der Vollmond durch die Scheiben, zeichnete die schweren Holzmöbel weich.

Stephan stützte sich auf den rechten Unterarm. »Ediths Nachthemd«, kommentierte er und drückte sie mit einem Seufzer an sich. Sie umarmte ihn, erst zaghaft, dann freundschaftlich.

»Danke«, flüsterte er und schob seine Hand unter die Spitzen des Nachthemds. Sie befahl sich, Lust zu empfinden, holte den Maler noch näher an sich heran und spürte doch, es war der Bauer, bei aller Fantasie war er nicht Marçeau.

Stephan konnte nicht küssen. Er streckte ihr die Zunge hin, kreiselte nicht, atmete nicht. Die Zunge blieb starr wie der ganze Mann. Nach allen fast vergessenen Gesetzen der Kunst übernahm Elly die Führung. Schmeichelte ihm, streichelte ihn, hauchte ihm ins Ohr, er sei besonders. Und am Ende wippte er tatsächlich auf ihr und fand Gefallen daran. Sein Gesicht nicht mehr hager, sondern auf magische Weise unterfüttert. Er stöhnte ihren Namen, nicht Ediths. Und sie wunderte sich über sein weißes Gebiss, das sie in dieser Strahlkraft nicht vermutet hatte, weil er wenig redete, und wenn er redete, bleckte er nie die Zähne. Die Worte *jung und wild* standen für wenige Sekunden auf seiner Stirn geschrieben, und Elly kam der Gedanke, dass er irgendwann auch für sie durch die Hölle gehen könnte, würde sich eine solche Nacht wiederholen. Sie fragte sich zum ersten Mal, wie alt er sei. Fünfundfünfzig, verriet er ihr später. Das kam ihr fast biblisch vor. Er stöhnte noch einmal auf, kaum hörbar, als wäre die Heimlichkeit Programm. Dann rollte er sich zurück auf seine Matratzenhälfte. Dort atmete er schwer, fasste sich ans Herz.

»Du bist richtig, Elly.«

Er drehte eine ihrer Haarsträhnen um seine Finger, sagte: »Ich bin in den letzten zwei Jahren kaputtgegangen.«

»Ich weiß.«

»Ich liebe meine Söhne nicht, ich kann überhaupt niemanden mehr lieben.«

»Ich weiß.« Sie streichelte über seine Wangen. Ihr fiel der traurige Mann auf dem Bahnsteig ein. Nur wenige Wochen lag ihre erste Begegnung zurück, und doch kam es ihr vor, als kenne sie ihn schon ewig.

Er seufzte. »Noch etwas macht mir Sorgen: der Wackelpudding im Kopf. Kennst du das? Da kommt kein klarer Gedanke mehr. Manchmal setze ich mich einfach hin, mitten auf das hart gefrorene Feld, und heule. Dann schwappt es in meinem Kopf.«

Nein, Wackelpudding im Kopf kenne sie nicht. Das gehe sicherlich bald vorbei. »Wie kann ich dir helfen?«, fragte sie leise.

»Übernimm du die Leitung auf dem Hof. Ich kann das nicht mehr. Aber das muss unser Geheimnis bleiben.«

»Wie meinst du das?«

»Horst von gegenüber ist ein Fuchs. Der legt den Hof lahm, wenn wir nicht genügend abwerfen. Der ist wirklich ein Nazi, nur damit du das weißt.«

»Wir schaffen das. Ich kann für alle Kinder sorgen.«

»Gut. Und für die Tiere?«

»Ja.«

»Für die Felder – wenn ich noch müder werde?«

»Ja.«

Er setzte sich hin, lehnte sich gegen ein Kopfkissen, das sie ihm in den Rücken schob.

»Elly, ich will ehrlich sein. Ich bin nicht mehr reich. Kein Bauer ist das heutzutage noch. Es wird Krieg geben. Dieser Hund von Hitler will das, dem schießt der Wahnsinn aus den Augen. Soldaten werden an der Front sterben, Bauern an Überlastung. Die Übrigen verhungern.« Nun nahm er sie in den Arm. Selten zuvor hatte er so viele Sätze am Stück gesprochen, wenn es nicht um Edith ging. »Ich bin froh, dass es dich gibt«, hauchte er und sein hageres Gesicht fiel gegen ihre Schulter. Sie dachte: *Wie gut, dass meine Schultern gepolstert sind.*

Sie sah über ihn hinweg durch das Fenster. Im Dunkeln konnte sie die Waldbegrenzung der Ländereien nur erahnen. Es würde kein leichter Sommer werden. Sie würde lernen, wie man Vieh schlachtete. Wenn die Nazis das verbieten wollten, dann würde sie nicht gehorchen. Leon war zu dünn, und auch die Söhne standen im Wachstum. Wer sich da nicht richtig ernährte, der riskierte, dass die Knochen porös wurden.

»Wir können keine vier Mäuler stopfen. Ein Junge muss weg«, sagte Stephan.

»Wir kriegen das hin. Ich bin mir sicher.«

»Einer kommt weg. Schluss.«

Elly stellte sich vor, dass weit hinten, wo die Felder endeten und der Wald begann, die Welt mit Brettern zugenagelt war. Es gab für sie nur den Kernhof, was dahinter war, interessierte sie nicht. Und auf diesen Hof gehörten vier Söhne. Sie schob seinen Kopf von ihrer Schulter. Jedes Wort betonte sie. »Ich mag alle deine Söhne.«

»Egal. Es geht nicht anders.«

»Doch! Ich kann noch besser für sie sorgen.«

»Erich geht.«

»Wohin? Der ist doch so klein.« Elly legte ihre flache Hand auf den Bauch.

»Schmerzen?«, fragte er.

»Nur ein Ziehen, schon vorbei. Vielleicht habe ich es mir auch nur eingebildet.«

»Es gibt eine Anstalt für vernachlässigte Jungen in der Kreisstadt, den Paulushof. Kein Wort mehr. Es ist entschieden.«

9

Am Tag der Hochzeit, am 22. Mai 1939, zeigte sich der Himmel in einem seltenen Licht. Wie auf den Leinwänden in Marçeaus Atelier mischte sich Grafit mit Purpur, und beides verschwamm zu einem bedrohlichen Schwarz. Der Himmel schien nicht mehr gebogen, spannte keinen Schutz über den Hof in Kernberg. Er stürzte ab, und Elly war es, als sollte sie unter diesem Himmel hindurchlaufen, bevor ihr Atmen stockend wurde. Sie schlang die Arme um ihre Hüften, hielt sich am Stoff des Nachthemds fest. Sie musste bleiben. Für Leon musste sie tun, was heute wichtig war. Das Jawort. Elly stand vor dem offenen Mansardenfenster und verfolgte das mystische Spiel der Natur. Wind kam auf, zerfetzte das Schwarz und schob es wieder lückenlos ineinander. Nein, es gab keinen lichten Moment, durch den sie schlüpfen könnte. Hinter den Feldern und auch hinter dem Wald würde es nicht heller sein als hier. Die Zeit gebremst. Kein Vorwärts. Kein Zurück. Stillstand. Und hätte sie eine Wahl, dürfte sie sich bewegen, sie liefe zurück in die Vergangenheit, der Zukunft davon. Aber sie wusste, sie würde eine Bäuerin sein. Mit dem Ja zu Stephan würde es für sie keine Musik, keine Muse mehr geben, dafür gab es im Bauernalltag nicht die kleinste Nische. Elly dachte an Marçeau, an sein Atelier in Berlin-Kreuzberg, in dem sie sich durch die Nächte geliebt hatte. Sie sah sich nackt vor einem unfertigen Gemälde stehen. Mit flachem Bauch und kleiner Brust. Sie fühlte seine Künstlerhände. Kräftig und weich, unter den Fingernägeln sammelten sich bunte Krumen. Die Wirbel umkreiste er, krabbelte weiter mit seinen Fingerspitzen, tippte über den Po, als spielte er ein Fortissimo auf dem Klavier, um zwischen ihren Schenkeln innezuhalten. Er wusste genau, wo ihre Lust sich versteckte. Nah an ihrem Ohr flüsterte er: »Sieh hin, sieh dir mein Werk genau an. Das ist Kunst. Ein Horizont voller Licht und Schatten, und in der Weite droht das Unheil.« Dann streichelte er sie wieder, während er von Maltheorie erzählte, von geometrischen Formen, verstrichenen Rändern über den Lochpunkten aus Terra rossa. Er erzählte auch von dem Gift aus Deckweiß und Blei, das er mischte. Und er lachte über seine Worte, rau und bröckelnd blieben sie ihm im Halse stecken, als er sie intensiv ansah, als er mit dem Farbenfinger über ihre Stirn kreiste und sagte: Es gebe keine Schönheit, nur das Übertünchen mit Deckweiß, wo unansehnliche Stellen störten. Und wieder umkreiste er mit den Fingerspitzen abschätzend ihre Brust, leckte daran, glitt mit der Zunge bis zum Bauch und sagte: »Wo Gott unkonzentriert war, kann ein Maler korrigieren.« Elly wollte, dass er schwieg, nicht mehr von Kunst sprach, sondern von ihrer beider Zukunft. Als Paar. In Treue. Und sie streckte einen Arm vor, kratzte mit dem Zeigefinger am Gemälde, mokierte, die Farben am Himmel seien zu dick aufgetragen, die bildeten Blasen. Da helfe auch kein Deckweiß. Marçeau löste sich von ihrem Bauch, fuchtelte in der Luft herum. Er trat einen Schritt zur Seite, zischte, sie sei doch nur eine gewöhnliche Köchin, habe keine Ahnung. Elly könnte heute nicht mehr sagen, warum sie die Backen gebläht und gegen das Gemälde gepustet hatte, bis die Spucke gespritzt und die Farbblasen geplatzt waren. Marçeau hatte den Mund geöffnet, wieder geschlossen. Nichts gesagt. Sehr lange hatte er sie nur angesehen. Dann hatte er sich ein Leinentuch um die Hüfte gewickelt und sich von ihr abgewandt. Nie wieder war es leicht geworden zwischen ihnen.

Elly drehte sich abrupt vom Fenster weg. Nun war eine andere Zeit. Gegenwart. Sie sah zur schlafenden Luise hin und berührte deren Schulter. Bei jedem Ausatmen pfiff sie leise durch den Mund. Die mit Heu gefüllte Bettdecke hing halb auf dem Boden, halb auf ihren Beinen. Ihre krummen Zehen wackelten wie eine ungezogene Kinderschar, schon immer hatte sich Elly gewundert, wie weit solch unruhige Füße tragen konnten. Luise war bis auf den Gipfel des Kilimandscharos in Tansania gestiegen, hatte ihr Gepäck, darauf war sie stolz, keinem Träger überlassen, sondern hatte es selbst geschleppt. Und nun lag sie hier in der Dachstube, träumte vermutlich von der nächsten Reise.

»Hey. Aufwachen! Du verschläfst noch meine Hochzeit.«

»Von der Pfarrerstochter zur Bauersfrau. Steile Sache. Kneif mich mal«, nuschelte Luise.

»Und der Himmel ist schwarz. Finchen würde sagen, das sei ein Zeichen für Tragik«, bemerkte Elly.

»Abergläubisch? Warst du doch sonst nie? Überhaupt, du siehst heute Morgen schwammig aus.« Luise blinzelte und setzte sich stöhnend auf. »Meine Knochen tun weh. Ich merke die achtzig Kilometer gestern auf dem Fahrrad. Aber wenn du schreibst, dann komme ich, ist doch klar.«

»Hättest mit dem Zug kommen sollen«, fand Elly und kuschelte sich an den Hals der Schwester. Sie roch nach Kindheit, nach Zuckerwatte.

»Riech ich auch noch wie früher?«, fragte Elly.

»Nein, eher nicht.« Luise schnüffelte in der Mulde am Schlüsselbein und fuhr mit der Nase hoch bis zur Wange. »Wie Wurst«, sagte sie ernst. »Früher hast du immer nach Waschpulver gerochen, irgendwie apart. Heirate nicht. Jedenfalls nicht den Bauern. Du hast was Besseres verdient.«

»Er ist kein schlechter Mann.«

»Er ist ein müder Mann.«

»Er mag Leon.«

»Er nutzt dich aus.«

»Ich bin schwanger.« Elly hob das Nachthemd und strich sich über den Bauch, über die Brust. »Sieh hin! Zwei bringe ich allein nicht durch. Ich habe Angst.«

Luise setzte sich aufrecht, schätzte Ellys Rundungen ab. Mit zusammengekniffenen Augen stellte sie fest: »Zu spät. Du bist mindestens im sechsten Monat.« Sie zählte die Wochen zurück. »Du warst mit Karl-Heinz im Haus, als wir beim Krippenspiel waren! Wahnsinn. Der geile Sack.«

Dass Elly nicht antwortete, sondern den Kopf zur Seite drehte, erschien Luise wie ein stummes Eingeständnis. »Ach du dicke Erna. Du jubelst dem Bauern noch ein Kind unter.«

»Wenn ich heirate, dann ist es sein Kind.«

»Das nenne ich kühn. Na, von mir erfährt er nichts.«

»Ich schufte wie ein Berserker, damit es weggeht. Schleppe Eimer mit Milch, drei auf einmal. Aber es krallt sich in mir fest. Luise, es will bleiben – obwohl ich es nicht will.«

»Warum nicht? Ein Kind wird von allein groß, besonders hier auf dem Hof. Das läuft irgendwie mit.«

»Aber ich habe Leon.«

»Na, komm mal her.« Luise streckte die Arme aus. »Das kriegen wir hin. Weißt du doch. Du bist viel stärker, als du denkst. Außerdem sind alle werdenden Mütter weinerlich.«

»Na, du musst es ja wissen«, gab Elly zurück und beneidete die Schwester um ihre Unbekümmertheit. »Jetzt aber genug der Gefühlsduselei.« Sie bat Luise, ihr die Brüste mit Mullwindeln stramm zurückzubinden, damit man die Schwellung nicht sehe. Auch der Bauch müsse flach werden.

»Könnte es denn von Stephan sein? Habt ihr …?«

»Einmal. Anfang Februar.«

»Perfekt. Und für heute behauptest du einfach, du hättest Blähungen. Dein Bauch wäre aufgetrieben vor lauter Aufregung«, befand Luise und hüpfte aus dem Bett.

»Wie unappetitlich für eine Braut«, lachte Elly.

»Fangen wir an.« Luise griff nach einer Schere und einer Handvoll Stecknadeln, schob sich einige zwischen die Lippen. Und während sie die Seitennähte des Kleides auftrennte, erzählte sie durch die Mundwinkel, dass der Vater vergesslich wurde, zunehmend wirr in seiner Predigt redete. Sie weitete den Stoff, steckte mit den Nadeln eine neue Naht und raffte die Zierbänder in loser Form. Dann nahm sie das Päckchen *Overstolz* vom Frisiertisch und zündete sich eine Zigarette an. »Jetzt anziehen und umdrehen«, kommandierte sie und blies Kringel in die Luft. Mehrere tiefe Züge nahm sie, ohne die Augen von Elly abzuwenden. Sie schnippte die Asche auf den Boden, sog wieder genüsslich den Tabak ein, um festzustellen: »Du bist nicht nur eine alte Braut, sondern auch noch eine alte Mutter. Früher waren Frauen mit sechsunddreißig verbraucht. Kurz vor dem Tod.«

Dabei streichelte sie wieder über Ellys Bauch. »Mutig, Kröte, wirklich sehr mutig.« Sie hielt inne, dachte nach. »Kann sein, dass du es hier nicht aushältst. Ich lass dir mein Fahrrad da. Zur Not. Wenn du wieder flüchten musst, dann setzt du Leon auf den Lenker und schnallst das Baby auf den Gepäckträger. Du kommst nach Hause. Versprochen?«

* * *

Sie standen vor der weißen Kirchentür. Dumpfes Gemurmel und abgestandene Luft dahinter. Man wartete auf sie, auf die Braut. Das Wissen darum tat ihr gut. Nicht nur geduldet, sondern eine Frau mit Stimme und mit einem Ehering am Finger. Eine mit Land.

»Ab heute heißt du Leon Bauer. Merk dir das. Du bist nicht mehr der Sternberg.« Elly wiederholte den Satz seit Stunden.

»Ist gut.«

»Freust du dich?«

»Nein. Aber du.«

Leon trug den Kommunionsanzug von Ewald und die Beerdigungskrawatte des Bauern. Seine Haare waren mit Öl zurückgekämmt und sein Gesicht mit Speckschwarte eingeschmiert. Auf den ersten Blick sah er aus wie ein Sonntagsjunge vom Dorf, wäre da nicht die Blässe seiner Haut, die seine Herkunft verriet: ein Stadtkind. Seine Haut wurde kaum braun, egal wie sehr die Sonne brannte. Seine Haut blieb eben und weiß. Die Erhabenheit, über den Dingen zu stehen, die nicht zu ändern waren, hatte er von seinem Vater. Von der Mutter die Körperhaltung, durch nichts und niemanden zu beugen.

Der neue Name passte nicht zu ihm. Leon würde nie ein Bauer sein.

»Ich bin froh, dass du da bist und Blumen streust«, munterte Elly ihn auf.

»Ewald hat gesagt, das tun nur Mädchen.«

»Glaub bloß nicht, was der Schweinebengel sagt.«

»Tu ich nicht.«

»Findest du mich heute schön?«

Leon hob den Zeigefinger zur Nase. Diese Geste kannte Elly, sie bedeutete, dass er gleich schwindeln würde, weil ihm die Wahrheit nicht behagte. So kam sie ihm zuvor, mahnte, er solle sagen, was er wirklich, wirklich denke. Was immer es sei, sie werde nicht verschnupft reagieren. Er drückte den Zeigefinger fester gegen die Nase, die Haut darunter färbte sich weiß. Dann ließ er die Hand sinken. Er verbarg seinen Kopf im Tüll ihres Hochzeitskleides. Ganz sachte schmuste er sich in den Stoff hinein, als wollte er lauschen, ob es darunter ein Geheimnis gab. »Es rumpelt da drin«, sagte er. Und sie legte ihre Hand auf seinen Kopf. Sie streichelte über seine Haare, wollte ihn trösten, denn sie merkte, dass er traurig war. Dann hob er abrupt den Kopf und sagte: »Du siehst kein bisschen schön aus.« Und Elly antwortete lächelnd: »Ich weiß. Ist mir egal.«

»Ich will nach Hause.«

»Bald, erst mal bringen wir das hier hinter uns.«

»Das versprichst du immer. Immer. Und nie tust du es«, schimpfte er und starrte auf den Boden. Sie bückte sich umständlich in diesem Kleid, verhedderte sich in den Falten. Im Rücken krachte eine Naht. Elly befahl, er solle ihr in die Augen sehen. Und als er den Kopf hob, umfasste sie sein Gesicht, schwor, dass sie seine Mama suchen würden, bei Gott würden sie das tun. Er müsse ihr vertrauen.

»Sara will das so. Wir dürfen sie nicht enttäuschen.«

»Sie schreibt mir nie einen Brief. Vielleicht ist sie tot.«

Elly rang nach Luft. »Leon! Das darfst du nicht einmal denken. Deiner Mama geht es gut. Wiederhol das. Sofort.«

Stattdessen sagte er: »Ich liebe dich.«

Die drei Worte waren zu groß für einen Kindermund. Sie fielen schwer auf den Boden, und Elly konnte die Worte nicht aufheben, konnte sie nicht zurückgeben, weil sie hier an dieser Stelle tragisch klangen. Sie schluckte kräftig. »Fangen wir an, streuen wir Blütenblätter.« Damit setzte sie den ersten Schritt in die Kirche und zum Traualtar.

Nur wenige Meter trennten sie von der Ehe. Rechts und links saß die Dorfgemeinde, allesamt in Schwarz gekleidet und mit leidendem Gesichtsausdruck. Einige leierten Rosenkranzgebete. Vor dem Altar standen der Pfarrer, der Bauer und Luise als Trauzeugin. Es sang kein Chor ein Halleluja, und keine Orgeltöne gingen unter die Haut. Elly summte das *Ave-Maria,* und Leon summte mit. Sie versuchte, vorsichtig zu schreiten, den Zwischenraum zu finden, um die zarten, sich am Rand bereits braun färbenden Blätter nicht zu zertreten. Und für die Gäste in der Kirche mochte es aussehen, als würde sie wie eine ehrfürchtige Braut vor ihren zukünftigen

Mann treten: die Augen nach unten gerichtet als Zeichen der Ergebenheit. Den Schleierkrautkranz hatte sie tief ins Gesicht gerückt, fast verdeckte er die Augen. Gegen den Rat ihrer Schwester hatte sie auf Schminke verzichtet. Ihr Kleid, Ediths Kleid, müffelte nach den Gerüchen des Hofs: Stroh, Viehfutter und ein Hauch Vergorenes. Und bei der Vorstellung, dass die Nachbarn später darüber tratschen würden, ihr Kleid platze schon aus allen Nähten, weil sie sich und Leon auf Kosten des Bauern durchfütterte, grinste sie und summte lauter.

Beim Bauern angekommen, hob sie den Blick. Er wirkte gelöst, freundlich, bedachte sie mit einem Augenzwinkern. »Du siehst so gar nicht bezaubernd aus«, flüsterte er ihr ins Ohr, »vor allem die Schuhe sind eher für den Hof geeignet als für den Traualtar.«

»Es sind meine Stallschuhe«, flüsterte sie zurück.

»Na ja, ist eben eine Bauernhochzeit«, grinste er und nahm ihre Hand. So stand Elly vor dem Pfarrer, an der einen Seite Leon und an der anderen Stephan. Im Rücken die Vorwürfe der Dorfgemeinschaft, dass sie hier nicht hingehöre, dass sie mit ihrem unehelichen Kind die Regeln der Katholiken verletze. Sie spannte die Muskeln unter dem Kleid, wehrte die schlechte Energie der anderen ab. Sie stand vorne in der ersten Reihe, hatte es geschafft, Leon einen neuen Namen zu geben. Was der Pfarrer erzählte, merkte sie sich nicht. Der Predigt fehlte die Leidenschaft. Und doch streichelte Stephan ohne Unterlass mit seinem Daumen über ihren Handrücken. Dabei spukte in Ellys Kopf nur ein Gedanke herum: Wie Stephan reagieren würde, wenn er von ihrer Schwangerschaft erfuhr. Mit einer brutalen Konsequenz hatte er vor wenigen Wochen Erich ins Heim gegeben. Um wie viel einfacher würde es dem Bauern fallen, sich gegen ein fremdes Kind zu entscheiden und Leon zu verbieten, an seinem Tisch Platz zu nehmen. Dann wäre sie wieder auf der Flucht. Sie kniff die Bauchmuskeln zusammen, die verräterische Wölbung sollte sich nach innen ziehen, das Ungeborene sich klein halten. Aber das tat es nicht. Es klopfte gegen die harte Wand. Erst vorsichtig, wie schon wenige Male zuvor, dann heftiger. Elly sah an sich hinunter, und der Bauer folgte ihrem Blick. Er löste seinen Griff und legte seine Hand auf ihren Bauch, während der Pfarrer fragte, ob er sie zur Frau nehmen wolle, ihr beistehen in guten und schlechten Zeiten. Sein lautes, deutliches Ja überwältigte sie.

Arm in Arm ging sie wenig später mit dem Bauern ins Freie. Sie ließ den Segen hinter sich und auch die Blicke der anderen. Es gab keinen Jubel, keine Glückwünsche. Die düster gekleidete Gesellschaft heftete sich schweigend an ihre Fersen. Nur Leon ließ weiterhin die rosafarbenen Blätter rieseln. Über ihr lichtete sich das Schwarz am Himmel. *Ein Hoffnungsstreif*, dachte sie. Und Elly nahm sich vor, an jedem einzelnen Tag diesen Hof zur neuen Heimat zu machen. Sie wollte mehr säen, mehr ernten, die Familie ernähren und vor allem Stephan entlasten. Sie würde lernen, wie man die Erde behandelte, sodass sie bereit war, das Beste zu geben. Wie man Heu trocknete, zerkleinerte, um daraus ein wärmendes Karf für Decken und Kissen zu machen. Wie man mit Vieh umging. Es aufpäppelte, mästete und nutzte. Wie man Milch zu cremigem Käse rührte. Und wenn es sein musste, dann wollte sie den Metzger Willy im Dorf bezirzen, damit er ihr zeigte, wie man den Schweinen einen Bolzen vor den Kopf schlug, um sie heimlich zu schlachten. Was sollte sie sich um die Nazi-Verordnungen scheren, um das blutreine Gequatsche und die Verantwortung für die Soldaten, die sich aufmachten, um zu morden? Die Blut-und-Boden-Parolen galten nicht für sie! Nicht für Leon. Nicht für das ungeborene

Kind. Elly beschleunigte den Schritt, um ihrer Wut ein Ventil zu geben. Ab sofort galten auf ihrem Hof nicht mehr die Gesetze der Nazis, denen sich scheinbar ganz Deutschland und die halbe Welt unterwarf.

Sie bat Leon, keine Blütenblätter mehr zu streuen. Für sie war der Hochzeitstag vorüber. Und sie schloss die Augen und sah sich wie Edith an der Stallwand krümmen und versprach sich: *Nicht mit mir. Ich werde nicht aufgeben, nicht sterben vor Arbeit wie Edith.*

* * *

Horst von gegenüber klimperte mit der Kuchengabel gegen die Tasse und stand auf. »Ein Hoch auf das Paar!«, rief er und prostete der Runde am langen Tisch mit seiner Tasse zu. Das ganze Dorf hatte Essen aus allen Küchen mitgebracht: Erbsensuppe, Sauerteigbrot, Gulasch mit Kartoffelpüree, Wurstplatten mit Tomaten. Kirschstreusel und Butterkuchen. Eine Schüssel Sahne in der Mitte und überall verstreute Rosenblätter. Man trank Getreidekaffee, für echten Kaffee reichten die Rationsmarken nicht. Im Hintergrund blies die Kirchenjugend einen Marsch. Als Horst aufstand, war Ruhe.

»Ich muss doch gleich mal ein paar warme Worte zum Besten geben, das gebietet mir meine Funktion in der Partei«, polterte er. Er streckte seinen strammen Körper in die Höhe und zog am Saum seiner Uniformjacke. Dann blinzelte er in die Sonne, um festzustellen, dass der Morgen zwar mit Regen gestartet sei, aber wie es sich für ein Hochzeitswetter gehöre, strahle nun der Himmel in Blau. Wie schön, dass man hier im Freien zusammensitze. Fürs Feiern seien die Deutschen bekannt, da mache niemand ihnen was vor, später klopfe er noch das Bierfass an, er lasse sich nicht lumpen als Ortsvorsteher.

Die rund neunzig Leute am langen Tisch im Innenhof lachten und klatschten. Von den Ställen wehte ein scharfer Geruch über den Hof, und Elly nahm sich vor, gleich morgen früh auszumisten. Wieder rief Horst: »Ein Hoch auf das Paar!«

Luise, die neben Elly saß, bemerkte: »Wir haben es verstanden. Sonst noch was?«

Elly flüsterte: »Mit dem dürfen wir es uns nicht verderben.« Aber Luise betonte, dass sie sich von keinem den Mund verbieten lasse, schon gar nicht von einem Nazi. Dann grinste sie, sagte, sie habe ihr Geschenk völlig vergessen, und verschwand unter der Tischdecke, um in ihrer Reisetasche zu kramen. »Mit besten Grüßen aus Amsterdam, auch wenn es lange her ist, dass ich da gewesen bin.«

Elly befühlte das in Butterbrotpapier eingeschlagene Paket. Es bestand aus zwei Teilen, die ein Einmachgummi zusammenhielt.

»Holzklumpen, echte holländische Latschen. Die tragen die schönen Antjes auf den Blumenfeldern«, erklärte Luise und wies mit dem Arm von rechts nach links, beschrieb einen Halbkreis über die Felder in der Ferne, so, wie Stephan es bei ihrer Ankunft getan hatte. »Die kannst du bei jedem Wetter tragen, je schmutziger die werden, desto ehrlicher sehen die aus.«

»Die sind wunderbar«, rief Elly entzückt aus, »viel besser als die alten Lederstiefel!« Sie schlüpfte in die Holzlatschen. »Passen«, sagte sie und drückte der Schwester einen Kuss auf die Wange. Die Klumpen sollten sie durch jeden einzelnen Tag begleiten, sie vor Nässe schützen und luftdurchlässig bei Hitze sein. Sie würden jede Beschaffenheit der Erde parieren; Staub, Matsch, Schnee und Eis würden das Holz prägen, würden Flecken hinterlassen, an denen sie die gelebten Jahre abzählen konnte. Und würde sie irgendwann aufbrechen, um

Sara und Hanns zu suchen, so würde sie diese Klumpen tragen, würde Sara damit gegenübertreten und ihr erzählen, dass sie mit Leon einen weiten Weg hinter sich gebracht hatte – gemeinsam zu ihr hin. Sie schloss die Augen, holte sich ein Foto aus der Zeitung ins Gedächtnis, das sie im Pfarrershaus gesehen hatte. Eine Schlagzeile, dick und schwarz, wie von Ruß gefärbt: »Juden arbeiten für das Deutsche Reich«. Und darunter eine Gruppe von Männern und Frauen, allesamt in gestreiften Anzügen – und an den Füßen Holzklumpen. Elly strich zärtlich über das Holz. Mit diesen Schuhen würde sie Sara nah sein.

Horst unterbrach seine Rede und wandte sich an Elly. »Willkommen in unserer Mitte. Das gilt auch für deinen Jungen, der jetzt den Namen unseres Bauern trägt.« Dann zeigte er auf Stephans spielende Söhne. »Prachtjungen sind das. Ich hoffe, deiner wird sich genauso gut entwickeln!« Zum wiederholten Mal hob er die Tasse. »Und nun zu meinem Geschenk, das heißt, zum Geschenk meiner Partei: Der Kernhof ist zweifelsohne der größte Hof hier, wenngleich mein Hühnerhof mehr abwirft. Es gibt hier Ländereien, Wald, diesen geschützten Innenhof, gesäumt von Ställen mit Vieh. Es gibt das Haus, das Platz für eine große arische Familie bietet. Ein Vorzeigehof, nun wieder mit Frau. Dieser Hof wird unsere Soldaten ernähren. Wie unser Führer das wünscht! Was allerdings fehlt, das ist eine Fahne! Rot wie das Blut. Weiß wie die Reinheit. Schwarz wie der Kampf für unsere Rasse.« Seine Stimme wurde lauter, der ganze Mann schien größer zu werden. »Kernberg ist ein sauberes Dorf. Ohne den Gestank von Juden!« Und er schnippte mit dem Finger. Sofort sprangen zwei Jugendliche auf und falteten einen Stoffballen auseinander. Die Nazifahne neben der Festtafel.

Stephan saß still da, drückte unter dem Tisch sein Knie

gegen das seiner Frau. »Halt das aus«, schien er Elly damit sagen zu wollen.

Horst blinzelte zu ihnen hinüber, hob seinen rechten Arm und rief: »Heil Hitler!« Als er den Arm nicht wieder zurückzog, sondern wie ein Schwert über dem Tisch hielt, steckte Elly ihre Nase in Leons Locken. Der Junge saß auf ihrem Schoß und rührte sich nicht. Sie hätte Horst gerne auf die Finger geschlagen und gerufen: In meinem Haus wünschen wir dem Führer kein Heil!

Sie tat es nicht. Sie umarmte Leon und flüsterte in sein Ohr, er solle jetzt, in diesem Moment, die Augen ganz fest schließen. Er solle wie ein Maler sein, Farbe über das geben, was störte.

10

Die Wehen setzten ein, als Hitler Polen den Krieg erklärte. Da saß Elly in der Küche des Nachbarn Horst. Der hatte eingeladen, denn er war der Einzige im Dorf mit einem Radio, und immerhin, so seine Worte, vollziehe sich gerade ein historischer Akt. Davon müsse Kernberg ein Teil sein, denn der Sieg sei nicht nur ein Versprechen, der sei eine Verpflichtung. Für Soldaten, für Bauern, für jeden Deutschen. Elly stöhnte auf. Zum einen wegen der Wehen. Zum anderen erinnerte sie sich noch an den Aufbruch in den Ersten Weltkrieg. Rund zwanzig Jahre war das her, ein Nu an Zeit. Der Jubel war den Deutschen damals im Halse stecken geblieben. Halb verhungert und geschunden, hatten sie versucht, sich nach der Niederlage wieder im Leben zurechtzufinden. Viele hatten es nicht geschafft. Wie ihr Bruder, über den niemand in der Familie redete, der erst ein Bein verloren und dann die Zuversicht nie wiedergefunden hatte. Gestorben an Traurigkeit wie andere auch. Erhängt auf dem Dachboden im Pfarrhaus.

Sie stieß Stephan in die Rippen: »Lass uns rübergehen. Es geht los«, flüsterte sie und drückte ihre Hände gegen die Lendenwirbel. »Es zieht im Rücken, verdammt, tut das weh. Jetzt kommt es wieder!« Elly atmete tief ein und sehr lange aus, wie sie es immer tat, wenn etwas bedrohlich war. Und Bedrohung fühlte sie unter diesem plötzlich und heftig einsetzenden Schmerz, der ihren Rücken zerriss und dann wieder verschwand, als wäre nichts gewesen.

Horst zischte, sie solle ruhig sein, der Führer rede jetzt. Er drehte die Lautstärke hoch, und durch den Raum knallte Hitlers Stimme. »Seit 5.45 Uhr wird jetzt zurückgeschossen.«

Elly wünschte, der würde endlich sein Maul halten, und sie presste durch die aufeinandergebissenen Zähne: »Stephan, es geht los!«

Der Bauer lächelte erst etwas verlegen in die Runde, tätschelte ihr Knie und sah auf den unförmigen Bauch. »Alles ist gut. Das denkst du schon seit Tagen. Wir können die Hebamme nicht wieder umsonst holen. Warten wir noch ein bisschen. Da ist noch zu viel Bewegung drin. Bevor das Kind kommt, ist der Bauch ganz still. Ich kenne das. Der Bauch wird ganz still und auch die Mutter«, flüsterte er ihr ins Ohr. Sein Lächeln wirkte unecht, und Elly bemerkte, dass er erst zitterte und sich dann auf eine seltsame Weise verkrampfte. Er murmelte: »Nein, keine Geburt, nicht schon wieder eine Geburt.«

Die Wehen kamen und gingen, brachten ein Tosen und wieder Ruhe. Und in die Ruhe hinein sagte Elly: »Bei mir ist das anders. Nicht wie bei Edith.« Das Radio zu laut. Die Wehe erbarmungsloser als zuvor. »Tu was, tu doch was!«

Sie krallte die Fingernägel in seinen Unterarm, er dürfe sie nicht abwimmeln wie eine hysterische Städterin. Der Bauch, der Rücken, der Kopf, das sprang auseinander! Sie wollte schweigen, unterdrückte das Stöhnen. Sie wollte nicht am Bauern reißen, wollte nicht unbequem sein. Schon gar nicht vor all diesen Leuten. Weit öffnete sie den Mund, ein Klagen aus der Tiefe, aus dem Bauch, da ging was schief. In ihr gab es nur einen einzigen Gedanken, getrieben von Angst. Eine Urangst, pechschwarz das Loch in ihr. Sie ahnte: Würde sie sich dort hineinfallen lassen, würde man sie jetzt nicht auffangen, sie käme nicht wieder hoch.

Während die nächste Wehe in ihr aufstieg, zum Sog wurde, sie ein Stück dem Loch näher trug, entschied Elly aus purem Drang zu überleben, allein zu gehen, ohne den Bauern, solange sie noch laufen konnte und solange es eine Lücke gab zwischen Schmerz und Ruhe, um dort hineinzuatmen.

Kinder kamen, das wusste sie aus Luises Erzählungen, in anderen Ländern ohne Hilfe auf die Welt. Das geschah in Straßengräben, in Zügen, in Gebirgen bei Schnee. Warum sollte ihr das nicht gelingen? Alles eine Frage von Zuversicht. Sie stützte sich auf die Tischplatte, wollte sich verabschieden, nur keine Schwäche zeigen. Niemand achtete mehr auf sie, alle hatten ihre Aufmerksamkeit auf den kleinen braunen Kasten auf dem Wandregal gerichtet.

»Drei Wochen, höchstens, dann gehört Polen uns!«, rief Horst und hob sein Schnapsglas in die Runde. Mit jedem Einzelnen am Tisch stieß er nacheinander an und bei Elly stoppte er, fragte, ob es ihr nicht gut gehe, und Elly fiel zum ersten Mal auf, dass seine Augen braun waren. Er hob sein Glas noch etwas höher. Sie senkte den Blick auf ihre Hände an der Tischkante, dachte an die überfüllten Euter ihrer Kühe, an die Stauden im Garten, die sie heute hochbinden würde, an das Schwein, das mit Erlaubnis von Horst heute geschlachtet würde. Sie dachte an die Blutwurst, die sie noch einmal aufkochen würde, an den abgehangenen Speck in der Kammer, den sie würfeln und zufügen würde. Sie dachte daran, wie müde Stephan in den letzten Wochen gewesen war, kaum mehr fähig, sein Pensum auf dem Feld zu erfüllen. Und dann platzte etwas in ihr auf. Ein Nadelstich in einen Ballon. Das Wasser rann durch die Unterhose, nässte das Kleid. *Kein Puffer mehr zwischen Knochen und Kind,* dachte Elly und schrie auf.

Horsts Frau, die Hühnerbaronin, reagierte als Erste. Die große, elegante Frau sagte: »Elly, dein Kind kommt, nicht aufregen, kein Grund zur Sorge.«

Einer drehte das Radio aus, und eine seltsame Andacht legte sich über die Küche. Als würde der beheizte Raum zu einem Altar, so ehrfürchtig blickten die Männer und Frauen zu Boden.

Die Morgensonne schien zaghaft durch das Fenster, ein Gitternetz aus Licht überzog den Holzboden. Elly drehte den Kopf zum Fenster, sah ihr Haus auf der anderen Straßenseite, den Innenhof hinter dem weit offen stehenden Tor, die Felder und den Waldesrand. Sie hörte wie aus der Ferne das Kommando der Hühnerbaronin. »Raus hier, alle raus. Horst, hol frische Tücher und Kissen und auch eine warme Decke aus dem Schrank. Setz Wasser auf.«

Elly erkannte das Entsetzen in den braunen Augen von Horst, der neben ihr stand. Sie erblickte die Hilflosigkeit in Stephans Gesicht, der ihr den Rücken ungelenk kraulte. Sie spürte die kräftigen, weichen Hände der Hühnerbaronin. »Leg dich hin, Elly, leg dich auf die Decke, auf die Tücher, du darfst nicht gehen, nicht stehen, sonst stranguliert sich dein Kind.«

Stephan raufte sich die dichten weißen Haare, murmelte unentwegt: »Wieder ist die Hebamme nicht da.«

Aber die Hühnerbaronin sagte, es sei kein Problem, es sei nicht das erste Blag, das sie hole. »Geh rüber zu deinen Söhnen und stell eine Kerze auf den Tisch. Bete.« Wie eine Marionette gehorchte er.

Die Handgriffe der Hühnerbaronin wirkten routiniert, in einer besänftigenden Weise überlegen. Sie stopfte ein Kissen unter Ellys Kopf und eine gerollte Decke unter die Hüften. Über dem zitternden Körper breitete sie ein frisches Laken aus. Das knisterte vor Stärke und duftete nach Wiesentau. Und dieser frische Duft übertrumpfte den Schweiß der Männer, den Geruch nach Schnaps im Raum. Aus den Augenwinkeln nahm Elly wahr, wie die Hühnerbaronin mehr Holzscheite in den Eisenofen warf und die Tür zum Feuer nicht mehr schloss. Die Wärme streifte über ihr Haar, weckte die Erinnerung an die Villa in Berlin. Sie hob noch einmal den Kopf, sah wieder durch das Fenster, versuchte, die Berliner

Vorgärten zu entdecken. Aber die gab es nicht; es gab nur die unendliche Weite, nur Land und Land und keine Stadt. Elly dachte, dass sich so der Tod anfühle. Wie ein Gemisch aus Gerüchen und Grenzenlosigkeit. Sie schloss die Augen, stellte sich vor, sie verlasse sich selbst, lief aus sich raus, von sich weg, weiter als die Wälder, bis hinter die Himmelskrümmung. Kein Bodenkontakt mehr, kein Schmerz, kein Gewicht, ein Segeln auf diesem wiesentaufrischen Tuch. Nur eine sanfte Stimme begleitete sie. Hüllte sie ein, streichelte ihre Wangen. »Atmen, ein und aus und ein und aus. Elly, du musst atmen.«

Die Nebelfrauen, die manchmal am Rand der Wälder vor Tagesanbruch tanzten, berührten sie. Schwaden in Hellgrau und Schneeweiß liebkosten sie. Und Elly hörte ein Flüstern, gleich einem sanften Echo: »Elly, Elly! Bleib, bleib bei mir!« Aber Elly schüttelte den Kopf. Nein, bleiben konnte sie nicht. Nicht in diesem Krieg, nicht auf dieser fruchtlosen Erde. Weg musste sie, weit weg. Dahin, wo es anmutige Töne gab und betörende Düfte. »Tu es für Leon, tu es für deinen Jungen«, flüsterte die Echostimme und gab wieder den Atemtakt vor. Ein und aus. Und das perlige Hauchen an ihrem Ohr wurde zur Melodie, erinnerte an Saras Musik am Klavier. Töne von Schlichtheit. *In den Nebeln* von Janáček. Unverwechselbar Saras Spiel. Und sie sah Saras Lächeln, sah den leisen Widerstand und auch die göttliche Freude, und dieses Lächeln lud Elly ein, mitzutanzen im Türrahmen der Dahlemer Villa. »Vergiss Leon nicht«, sang Sara, während ihre Finger die Tasten bewegten. »Er braucht dich.« Wie ein Refrain verwebten sich diese zwei Sätze, verwebten sich zu einer Dauerschleife im Ohr, im Kopf. Elly sang mit, ein Lied im Nebel.

Da wurden die Schwaden durchsichtig. Und auch Sara verschwand. Ein heller Schmerz stieß Ellys Atem an. Sie bündelte ihre Kraft, ungestüm war die, nicht zu bändigen, die würde reichen für zwei Kinder, für Leon und dieses ungeborene Leben. Sie presste aus sich heraus, was in diese Welt strebte.

»Es ist ein Mädchen«, sagte die Hühnerbaronin. Sie strahlte vom Mund bis zu den Augen und hin zu Elly. Schweiß stand ihr auf der Stirn, und Elly dachte, dass sie nie schöner ausgesehen hatte in ihrer beeindruckenden Größe. »Wie soll die Kleine heißen? Hast du schon einen Namen. Guck mal, alles dran, Arme, Beine, Finger, Zehen.«

Elly blinzelte, sah das schrumpelige Etwas, sah, wie es den Mund verzog, einen Schrei tat. Kein bezauberndes Baby, wie Leon es gewesen war.

»Na, stolze Mama, wie heißt sie?«

»Erna oder Henny oder was weiß ich. Ist egal.«

»Nein, ein Name ist wie Schicksal«, beharrte die Hühnerbaronin.

»Gut. Dann Mathilda. Die Kämpferin.«

* * *

Der erste Kriegsherbst befeuerte die Armut. Es kamen keine polnischen Helferinnen mehr nach Kernberg, um Obst zu pflücken. Die Hitlerjugend wurde nicht mehr geschickt, um die Felder für den Winter vorzubereiten. Gleichzeitig rationierte Horst im Auftrag der Partei die Lebensmittel. Nur wenig sollte für den eigenen Bedarf übrig bleiben. »Das meiste ist für die Soldaten. Für unser Land«, sagte er. »Die kämpfen für die Ehre« – ob Elly etwa anderer Meinung sei?

Ja, unbedingt, denn sie habe selbst einen Jungen im Wachstum und die Söhne des Bauern brauchten Deftiges, weil sie notgedrungen an der Seite Stephans schufteten, wie solle man selbst überleben, wenn man alles an Fremde verfüttere? Horst sah sie lange an. Mit zusammengekniffenen Augen kam er näher. »Du brichst hier keine Regeln im Dorf, oder …« Er ließ den Satz in der Luft hängen und ging auf seinen Hühnerhof gegenüber. Elly sah ihm nach. Was für ein unangenehmer Mensch er war. Traurig stellte sie fest, dass sich sogar von einer Straßenseite zur anderen die Fronten verhärtet hatten. Am besten wäre es, das Unbehagen abzuschütteln und nicht nachzudenken über die unsäglichen Zustände. Man konnte die Zeit nicht verändern, nur versuchen, sich treu zu bleiben, so, wie es Stephan ihr im Zug geraten hatte.

Sie rief nach Leon. Seit Stunden hatte er sich nicht blicken lassen, was unüblich für ihn war. Kurz entschlossen nahm sie den Wäschekorb unter den Arm, in dem Mathilda schlief. Sie schlief fast immer. Was sollte die Kleine auch anderes tun? Eingewickelt in Mullwindeln von den Schultern bis zu den Füßen. Wie ein Stein lag sie da, eine umgefallene Miniskulptur. Die Hebamme fand, das Einwickeln diene dem Kindeswohl. Zu oft schlugen Babys sich selbst gegen den Bauch und verletzten sich dabei. Innere Blutungen seien die Folge. Kindstod nannte sie das. »Leon war frei von Mullwickeln. Im Strampeln und Boxen, und sein Bauch ist in Ordnung«, hatte Elly entgegnet. Da hatte die Hebamme sie mitleidig angesehen. »Spätschäden, Elly, hast du davon schon gehört? Es wird ihm später einmal sehr schlecht gehen.«

Und weil das ganze Dorf seit jeher die Säuglinge stramm einband, tat sie das auch. Untertauchen, eine von vielen sein, nicht auffallen. Keinen Anlass zum Verrat geben, denn Verräter gab es überall, sogar in der eigenen Familie.

Hitlers Arme reichten bis nach Kernberg, er vernichtete jeden Alltag, knallte durch das Radio in die Gehirne. *Hieb mit Worten* nannte sie das. Er war allgegenwärtig. In Städten, in Dörfern. In fremden Ländern. *Bald werden alle grimmig aussehen wie er,* dachte Elly und stellte den Wäschekorb wieder auf den Boden. Der Sieg in Polen, das ahnte sie, war nur ein Schritt zum Größenwahn. Jubel. Fratze. Tod. Da kam einer, nahm alles, was es zu raffen gab. Sie beruhigte sich, dass die Söhne noch zu jung, dass Leon außerdem zu kränklich war, um von den Irren als Krieger entdeckt zu werden. Und wenn der Preis für dieses Verstecken zwischen den Dörflern erforderte, die Kleine von Kopf bis Fuß mit Tüchern einzubinden, dann würde sie diesen Preis eben bezahlen.

So lag Mathilda im Wäschekorb, ein Bündel, das mit blassblauen Augen vor sich hin sah und doch die eigenen Fingerchen nicht betrachten konnte, nichts anzufangen wusste mit Armen und Beinen. Kein hübsches Kind. Schorf am Hals, das Gesicht mit einem feuchten Rosa überzogen, die Haare nur ein Flaum auf dem ballrunden Kopf. Elly band ihr in diesen warmen Spätsommertagen ein Baumwollmützchen darüber. Sie hatte es im Stäbchenmuster gehäkelt, den Rand doppelt umgeschlagen. Damit wollte sie den offenen Spalt im Schädel schützen, von dem Hanns erzählt hatte, er wäre die Verbindung zum Gehirn und damit zu den Gefühlen. Ohne Unterlass hatte sie damals Leon an dieser Stelle gestreichelt, die Haut über dem Spalt sehr sanft berührt, damit Leon erfahren sollte, wie warm und weich und anregend Liebe sein konnte. Ein anderes, ein fremdes Leben war es damals in Berlin, so unwirklich wie die Nebelfrauen, die über den Feldern tanzten, oder wie der Mond, der in der Nacht am Haken hing.

Elly fehlte die Ausdauer, um sich um die Kleine zu kümmern. Lediglich die kurzen Phasen des Stillens gehörten Mathilda. Aber auch die waren ihr lästig. Denn nach jedem Stillen fühlte sie sich energieloser als üblich, konnte ihre Arbeit als Bäuerin nur schleppend erledigen. Wäre die Kleine ein Schreikind wie früher Leon, sie wäre nicht fähig, sie zu beruhigen. Sie müsste sie sich selbst überlassen, bis sie wieder einschliefe, die Kleine würde Schaden nehmen. Zum Glück schwieg Mathilda, rührte sich nicht, ließ zu, dass man sie samt Wäschekorb in eine Ecke stellte, sah auch jetzt zu Elly hin, wie sie molk, Milch in Kannen zum Bottich hievte, um aus dieser Milch Sahne zu schlagen, bis die Armmuskeln brannten. Elly hielt inne, schüttelte die Arme aus. Blickte auf ihr Kind, legte ihre Hand darauf, um zu fühlen, ob es noch atmete, ging in die Hocke, legte sich hin. Neben dem Wäschekorb, neben Mathilda auf dem ungefegten Stallboden legte sie sich auf den Rücken und sah erst zur Decke durch die Ritzen auf einen Streifen Himmel, dann drehte sie sich zur Seite zum Kind, stützte sich auf den Ellbogen, begann zu erzählen von einem anderen Leben unter einem anderen Himmel in einer Villa in Dahlem und von den Delikatessen, die sie dort mit Sahne gekocht hatte, ohne zu ahnen, welche Vorarbeit irgendwo in Deutschland eine Bäuerin geleistet hatte, bis dieses Lebensmittel im Kühlschrank der Herrschaft landete. Mathilda hörte zu, bewegte sich nicht. Nur die blassblauen Augen weiteten sich. Und während Elly weinte, weil das Heimweh nach Berlin nicht mehr wegzudrücken war, verzog auch Mathilda den kleinen Mund zu einem Wehlaut. Die riesigen Babyaugen wurden zu einem See, und Elly tauchte dort hinein, fand Trost, eine stille Art von Liebe – und plötzlich Dankbarkeit. Als sähe Elly das Bündel im Wäschekorb zum ersten Mal, staunte sie über das kleine Menschenkind. Tatsächlich alles dran, alles richtig gewachsen. Vorsichtig berührte sie Mathilda am Näschen, an der gewölbten Stirn, am Mündchen, das noch nicht erzählen konnte, am herzförmigen Kinn, das anders als das von Stephan war. Die Kleine schmatzte, fuhr mit der zu langen Zunge über die Lippen, knautschte wie zum Unmut das Gesicht. Da kniete sich Elly hin, begann die Mullbänder zu lösen. Sehr vorsichtig wickelte sie den Mull von den Schultern, den Armen, den Händchen auf und weiter bis zum Bauch, den Beinen und Füßen. Zerbrechlich der Rücken, Fingerchen mit Querfalten und gebogenen Nägeln, kein Dreck darunter, Reinheit auf der Haut. Da lag Mathilda, nackt und schlecht ernährt und auf eine eigenartige Weise robust.

»Du bist ein starkes Mädchen«, flüsterte Elly. »Herzlich willkommen.« Sie küsste das Gesichtchen und spürte den Schweißfilm auf Mathildas Wangen. Mit den Lippen berührte sie die Fontanelle. »Ich habe dich nicht gesehen, Entschuldigung.« Liebe war keine Sache von Arbeit und Anstrengung. Liebe brauchte nichts dergleichen. *Eigentlich,* so dachte Elly, *ist Liebe wie Moos. Zwängt sich überall durch, blüht sogar zwischen Steinen.* Elly nahm Mathilda auf den Arm, dehnte die Pause im Stall, auch wenn die Kuh Roberta mit überfülltem Euter trampelte und draußen die Söhne des Bauern riefen: »Leon ist ein Nichtsnutz!«, so hörte sie in diesem Augenblick nur Harfenklänge.

Das Rappeln am Kuhstall holte sie in die Wirklichkeit zurück. Erschrocken legte sie Mathilda in den Wäschekorb.

»Leon hat den Drescher auseinandergebaut. Papa will ihn schlagen.« Ewald und Franz-Josef standen aufgelöst vor ihr.

Elly sprang auf, eilte nach draußen. Sie stürmte über den Innenhof, erreichte den Stall mit den Gerätschaften, als der Bauer sich über Leon streckte, die Hand in der Luft und in der Hand einen Stock. Sein Gesicht war wutentstellt, und Leon hockte zwischen den Einzelteilen des Dreschers, die er um sich herum sortiert hatte. Elly erfasste diese scheußliche Szene, sah ihren Jungen, wie er auf dem Boden hockte, die Hände über dem Kopf zum Schutz zusammengedrückt. Und Elly hörte die Stimme von Hanns in sich: *Vorsicht mit dem Kopf, der darf nie eine Erschütterung erfahren,* und gleichzeitig sauste der Stock in des Bauern Hand auf ihren Jungen nieder.

Da riss Elly den Holzklumpen vom Fuß und schleuderte ihn, traf Stephan vor die Brust. Der kippte um. Fiel mit einem Bein in den Drescher, die Zacken gruben sich durch die Hose ins Fleisch, Blut lief auf das Stroh, und seine Hand, die gerade noch geschlagen hatte, lag schlaff neben seinem Körper.

Ewald und Franz-Josef erstarrten im Laufen, Leon krabbelte zu ihr hin und weinte. »Der Bauer blutet, wir brauchen einen Verband.« Und Elly dachte: *Ich hätte ihn töten können.*

Die Söhne nahmen ihre Hand, und Leon schmiegte sich gegen ihre fleckige Schürze. Der Bauer bäumte sich auf. »Das hat Konsequenzen.« Dann fiel sein Kopf zur Seite.

11

Hatte Elly gehofft, die Tiefflieger würden das Eifeldorf zwischen den Wäldern nicht entdecken, so irrte sie. Seit dem Frühsommer griffen britische und französische Flugzeuge die Landhöfe an. Sie verbrannten die Erde und auch die Tiere darauf. Unter dem Hunger litten vor allem die Kinder. Sie verloren an Gewicht und auch ihre Widerworte. Die Söhne des Bauern kicherten nicht mehr, wenn Elly molk, sondern beobachteten mit besorgten Gesichtern, was im Stall geschah, hofften auf Frühstück. An jedem Morgen gab es weniger Milch als am Tag zuvor. Dabei knetete Elly mit schier endloser Geduld am Euter der letzten lebenden Kuh Roberta auf dem Hof, sogar Lieder sang sie, um Roberta locker zu machen, um die Tropfen aus dem Körper hinauszuziehen. Mehr als einmal tippelte die Kuh zum Schluss, wenn Elly vom Hocker aufgestanden war, munter zur Seite – und gegen den Eimer. Die weiße Kostbarkeit versickerte zwischen Steinen. Wie hätten die Söhne vor eineinhalb Jahren noch gelacht, und wie weinten sie nun bitterlich um das bisschen Milch. Dann wischte sich Elly die Hände an der Schürze ab, halb verlegen, halb ärgerlich über sich selbst befahl sie den Söhnen, sich wie junge Männer zu benehmen und nicht wie Waschlappen. Dabei wusste sie genau, es kam auf jeden Bissen, jeden Schluck an. Sie waren zu schnell gewachsen, das Kreuz machte den Schub nicht mit. Der Bauer sah das anders. Am Tisch kommandierte er: »Sitzt gerade. Ihr kriegt einen Buckel.« Herrisch schob er seinen Söhnen einen Besenstiel in den Rücken und zwischen die Ellbogen, damit sie Haltung wahrten.

Elly suchte bei solcher Strenge jene Seite in ihm, die sie

einst beeindruckt hatte. Weitblick hatte er gezeigt, sogar eine Spur von Humor auf dem Bonner Bahnhof. Übrig geblieben waren davon nur noch die Ungeduld und das Leiern von Sprüchen. In letzter Zeit widersprach sie ihm. Zumindest manchmal traute sie sich, wenn er die Söhne züchtigte. Den Stock in deren Kreuz jedenfalls ertrug sie nicht.

»Haltung kommt von innen heraus, besonders bei einem kräftigen Körper«, bemerkte sie.

»Dann koch besser«, raunzte der Bauer an diesen Abenden, und sie fragte ihn, woher sie die Zutaten nehmen solle.

»Wir haben Land, wir haben Ernte«, erklärte er, »mach was draus.« Zwar zog er den Stock zurück, aber sein verkniffenes Gesicht bedeutete ihr, sie solle ihn vor den Kindern nicht noch einmal zurechtweisen.

Elly machte eine Faust in der Schürzentasche. Seit dem Sturz in den Drescher saß er im verschlissenen Ohrensessel neben dem Herd, redete von der Arbeit, erledigte sie aber nicht. Sie ließ ihn in dem Glauben, die Dinge im Griff zu haben als Oberhaupt der zusammengewürfelten Familie. Nur keinen Streit im Haus, das würde seinen Wackelpudding im Kopf verdichten. Sie löste ihre Faust in der Schürzentasche, tätschelte seine Wangen.

»Es ist gut. Du hast recht.«

Und dann lächelte er sie an, zeigte seine schneeweißen Zähne, bewegte die Lippen und blieb stumm.

Später fragte er nach einem Stück Schmandkuchen. »Tu ein Ei mehr da rein.«

Sie nickte, erwähnte nicht, dass er es gewesen war, der vor Wochen schon die wenigen Hühner im Stall versehentlich unter Heuballen erstickt hatte, weil er nie bei der Sache war, sondern die Tage schlecht gelaunt hinter sich brachte.

In diesen ersten Sommerwochen des Jahres 1941 ging Elly früh zu Bett. Um sieben Uhr begann die Nachtruhe für Mathilda und Leon. Und auch sie gewöhnte sich daran, den Tag weit vor Sonnenuntergang zu beenden, denn abends wurde Stephan zänkisch.

In den Stunden vor der Dämmerung legte sie sich neben Mathilda. Die Kleine nuckelte am Deckenzipfel oder drehte die Knöpfe von dem Bezug ab. Was für ein pflegeleichtes Kind sie war! Dafür bereitete Leon ihr Sorgen. Er war kränklich, unleidlich, er wollte weder in den Rubin sehen noch von Elly hören, dass sie bald aufbrechen würden nach Berlin. Statt sich auf Trost und Gespräch einzulassen, hielt er sich die Ohren zu und schüttelte den Kopf. Oder er rief: »Was heißt *bald*? Wann denn? Wann denn endlich? Ich will hier nicht bleiben!« Elly befürchtete, er könnte sich von ihr entfernen. So mäanderte sie weiter. »Bald, bald brechen wir auf. Warten wir noch ein Weilchen. Glaub mir doch.«

Heute hatte er sie danach lange angesehen. So lange, bis sie sich abgewandt und sich schlecht gefühlt hatte, weil sie vielleicht log, vielleicht diesen Hof nie wieder verlassen würde. Deshalb weinte sie leise unter der Bettdecke, erst war es ein kleines Weinen, dann wurde es zu einer schier endlosen Traurigkeit. Sie weinte aus Hunger. Sie weinte um die vom Krieg verheerten Felder, weinte um die erstickten Hühner und weinte aus Heimweh nach Berlin, um die unwiederbringlich zerronnene Zeit. Sie weinte um Sara, sehnte sich nach deren Musik, nach den beflügelnden Melodien. Sie weinte um Hanns, denn sie vermisste seine tröstende Art, wenn er sagte: *Alles wird gut*. Wie gerne würde sie über seine dunkelgrüne Kaschmirjacke streichen, würde seinen drei Worten vertrauen, all ihre Zuversicht hineinlegen in die Worte, damit dieser Krieg sie nicht zerstörte. Sie dachte auch an Marçeau und das Atelier im Kreuzberger Hinterhof, ihr Liebesnest. Wo war der Geruch von Farbe und Papier, von Lösungsmitteln und Schimmel an den Wänden?

Leon hustete seit Wochen, bis die Augen rot wurden, bis er am Husten erbrach. Mathilda war wie ausgezehrt, hatte keinen Speck an den Handgelenken. Sollte mal einer sagen, dass Zärtlichkeit für Kinder wie Nahrung sei! Elly wusste es besser: Wo es nichts zu kauen gab, da nutzte Schmusen wenig.

Sie fasste sich an die eigenen Hüften. Spitz waren die, keine Rundungen mehr. So hätte Marçeau sie nicht gemalt, er hätte behauptet, dass dünnen Frauen die Strahlkraft fehlte, dass daran auch sein Gemisch aus grünen Farben nichts ändern könnte. Er hätte die Nase gerümpft und den Kopf von ihr weg zur Seite gedreht, hätte nach etwas Schönem im Raum gesucht. War sie damals schön? Marçeau hatte sie *seine Venus* genannt. Hatte ihre sommersprossige Haut mit Gold betupft und betont, Elly sei von oszillierendem Glanz, zerspringend an den Rändern und im Willen fest.

Und mit dieser Erinnerung lächelte sie. Endlich. Es gab doch eine Vergangenheit, doch eine Zeit, getragen von hellem Gefühl. Davon wollte sie schöpfen, denn eines war gewiss: Auch dieser Abend würde bald nur eine Notiz im Alltag einer Bäuerin sein. Der Gedanke gefiel ihr, er nahm die Schwere im Kopf.

Sie zog Mathilda näher zu sich heran. Summte ein Gutenachtlied, obwohl die Kleine schlief, summte es mehr für sich selbst als für das Kind, drehte die Hand wie ein Fähnchen im Wind und betrachtete dabei die Blutblasen an ihren Fingern. Und sie sang weiter die Lieder ihrer Kindheit, bis ihrem Weinen die Wehmut folgte. Und sie sagte sich, dass nur der jammere, der schwach sei, der keine Idee im Kopf mehr habe – und dann war sie da, die Idee, sie schob sich in den Spalt zwischen Wachen und Schlafen, sie wurde ein Vorsatz, ein Schwur: *Morgen früh stehle ich drei Eier. Von Horst gegenüber, von der Hühnerbaronin nehme ich drei Eier.* Zwei für den Schmandkuchen, eines für Leon, frisch aufgeschlagen in einer Brühe. Sie überlegte weiter, ließ ihre Idee höher fliegen: Was wäre, wenn sie gleich ein ganzes Huhn mitnähme? Ja, das würde sie tun. Not begegnete man mit Dreistigkeit. Zwei Eier für den Schmandkuchen und eines zum Unterschlagen in die Suppe. Und ein Huhn.

Mundraub, mehr war das nicht. Sie wischte sich mit einem Zipfel der Decke übers Gesicht, die Augenlider wurden schwer.

Es war fünf Uhr, als Elly aufwachte. Die Kinder schliefen um diese Zeit, und der Bauer stand sowieso erst weit nach Sonnenaufgang auf. Sie nahm ihre Holzklumpen in die Hand, schlich barfuß die Holzstiege nach unten in die Küche und lauschte. Alles still, keine Gefahr. Zuerst band sie sich mit dem Küchentuch die Haare zurück, knotete die Schluppe der Schürze fest. Ihr schwarzes Kleid schlackerte, sie würde es in den nächsten Tagen enger nähen, nahm sie sich vor. Dann holte sie das Beil vom Holzbock neben dem Herd, versteckte es unter der Schürze. Geräuschlos verließ Elly das Haus.

Für den Himmel in Pastell, für die dunkelgrünen, fast schwarzen Tannen, die sich wie Tänzer im Wind vor der unfruchtbaren Erde verneigten, hatte sie keinen Blick. Auch das Feuchte in der Luft, das sich in den nächsten Stunden zurückziehen würde, um einem sonnigen, warmen Wetter zu weichen, interessierte sie nicht. Sie hielt die Augen auf den Boden gerichtet, die Ohren scharf gestellt. Nur nicht auffallen durch unwirsche Bewegungen, nicht verraten, dass sie Unerlaubtes tun wollte. Sie lauschte auf die gewöhnlichen Töne des Morgens: Im Juli sangen keine Vögel mehr, nur hysterisches Zwitschern der Brut war zu vernehmen. Im Hintergrund das verhaltene Treten der Kuh Roberta im Stall. Ihr wurde übel vom süßen Duft der Hortensien im Vorgarten.

Noch konnte sie umkehren, konnte den Kuchen ohne Eier backen und in der Suppe nur Zwiebeln und Möhren verkochen. Nur damit wuchs kein Kind gesund heran. Nein, sie wollte nicht zurück. Langsam drehte sie sich um. Die ersten Sonnenstrahlen des Morgens schienen ihr ins Gesicht. Sie umfasste das Beil unter der Schürze fester und entschied: drei Eier und ein Huhn, und ging weiter.

Macht Kranke gesund, weckt Tote auf, macht Aussätzige rein, treibt Dämonen aus. Umsonst habt ihr's empfangen, umsonst gebt es auch, stand in der Bibel geschrieben. Was sie nun tat, würde dieser letzte Satz entschuldigen.

Entschlossen setzte sie ihren Überfall auf den Hühnerhof gegenüber fort, erreichte ungesehen die Rückseite der Nachbarställe und öffnete sehr langsam den Holzverschlag, darauf bedacht, die Hühner nicht aufzuschrecken.

Die Eier steckte sie in die Schürzentasche und zögerte dann. Noch nie hatte sie ein Tier geschlachtet, selbst ein dummes Huhn zu töten war ihr zuwider. Sie stierte auf die Federschar zu ihren Füßen, auf die kahlen Stellen an den formlosen Körpern, nahm die nervösen Zuckungen der Hälse wahr, bevor die Schnäbel pickten, und ekelte sich bei dem Gedanken, einen dieser Hälse mit dem Beil zu durchtrennen. Nein, es ging nicht. Es war etwas anderes, als Köchin ein totes Tier zu rupfen, als ein lebendes zu köpfen, zumal es der Baronin gehörte.

Und dann sah sie die fette Gans, verlaufen im Hühnerstall. Die Gans reckte den Hals. Diesen Hals, so freute sich Elly, konnte sie füllen, kochen, in Scheiben schneiden; die Leber würfeln und braten; mit Schmalz die Brote beschmieren und die knusprige Haut als Belag verwenden. Sie könnte ein Festmahl mit Krautsalat zaubern. Gänsebrust, endlich mal was zum Kauen! Ellys Herz hämmerte.

Die Gans stand vor dem Stumpf, auf dem Horst abends

das Brennholz in Scheite schlug, rührte sich nicht, glotzte arrogant auf die Hühner, plusterte das Gefieder.

Überflüssiges Vieh, dachte Elly und tat einen Satz nach vorne, packte die Gans. Die flatterte mit den Flügeln, schrillte, wehrte sich unter Ellys hartem Griff. Elly drückte zu. Mit Wut auf das Tier. Mit Wut auf die Hühnerbaronin, die den Hungerschmerz nicht kannte, das stumme Betteln der Kinder nicht ertragen musste. Sie dachte auch, dass der Bauer den kleinen Erich weggegeben hatte, dass kleine Kinder an gebrochenem Herzen sterben konnten. Sie war sich sicher, dass der Kleine Heimweh hatte. Sie klemmte die Gans mit einem Unterarm gegen die Hüfte, um sie auf ihren Hof zu tragen, um sie dort zu schlachten, neben Roberta im Stall. Aber die Gans schnappte, kreischte lauter, und Elly dachte, wenn die nicht augenblicklich den Schnabel hielte, würden alle wach, die Hühnerbaronin, Horst und Stephan. Wie stand sie dann da, eine Diebin, erwischt! Ihr wurde heiß. Sie umfasste das Beil mit der anderen Hand noch fester, schwang es hoch und drückte gleichzeitig den Gänsehals runter auf den Stumpf. Schlug zu. Hörte das Knacken unter dem Beil. Dann war Stille.

Kein einziger Tropfen Blut war verspritzt, das Ganze eine saubere Sache. Da lag der Kopf auf dem Holzscheit – und der Körper lief durch den Stall. Ohne Richtung und mit angehobenen Flügeln. Die Hühner stoben zur Seite. Hinter sich hörte Elly ein Röcheln, ein Husten und fuhr herum.

Da stand Leon und wies mit dem Zeigefinger auf die Gans ohne Kopf.

»Was machst du?«, fragte er.

»Essen holen, was sonst?«

»Die lebt.« Er schlug die Hände vor sein Gesicht.

»Nein, die stirbt. Stell dich nicht an. Das ist normal. Im Krieg ist das normal.«

»Was?«

»Dass man eine Gans nimmt, um nicht zu verhungern.«

»Ich dachte, du gehst«, sagte er mit dünner Stimme.

Elly schnappte nach Luft. »Unsinn.« Sie sah, wie er die Augen auf den Boden senkte. Seine Zehen krallten in den Boden. Aus der kurzen Schlafhose stachen dünne Beine, die Knie durchgedrückt. Ein artiger Junge, zu viel schon erlebt. Sie wünschte, er würde mal Unfug anstellen, mehr Dreschmaschinen auseinanderschrauben, die Einzelteile im Stall verstreuen, oder die Katze vom Dach werfen, um zu sehen, ob sie wieder auf den Füßen landete. Sie wünschte, er wäre es, der die Eier der Hühnerbaronin stehlen, der Gans den Hals umdrehen würde. Ein Junge machte das! Laut sagte sie: »Wir müssen uns selbst helfen. Sonst tut's ja keiner … Merk dir das, Leon. Und jetzt rasch weg hier.«

»Falsch«, tönte eine tiefe Stimme. Im dunkelroten Morgenrock, mit den Sandaletten mit Puscheln auf dem Fußspann und der hochgetürmten blonden Frisur wirkte die Hühnerbaronin wie die Diva eines Revuetheaters. Die Arme weit ausgebreitet, die Hände rechts und links am Holzrahmen, stand sie da.

»Ein Wort genügt – und ich helfe. Das weißt du doch.«

Elly ließ das Beil fallen. Flüchten würde nichts nutzen, lügen auch nicht. Also Angriff. Sie sammelte sich, versuchte, das Zittern am ganzen Körper zu unterdrücken. »Wenn dein Mann uns jetzt anzeigt, dann ist keinem geholfen.«

»Warum sollte er das tun?«

»Weil hier jeder jeden verrät.«

»Aber er ist nicht hier.«

»Es sollte nur für meine Kinder sein, die schaffen den Hunger nicht.« Sie nahm Leon an die Hand. »Komm, wir gehen.«

»Bleib«, sagte die Baronin in strengem Ton. »So geht das

nicht!« Sie sah Elly an. Eine Sekunde, zwei, drei. Und Elly dachte, das Unglück breche sofort über sie und Leon herein.

Aber die Hühnerbaronin machte einen Schritt auf Elly zu und nahm sie in die Arme. »Es ist in Ordnung, es ist in Ordnung«, flüsterte die Baronin.

Elly wand sich aus der Umarmung, nahm die Eier aus der Schürzentasche und hielt sie der Hühnerbaronin hin.

Die aber meinte: »Du hast die Gans vergessen.« Damit drehte sich die große Frau um, sammelte mit geschickten Handgriffen den Kopf samt Hals und den mitten im Stall umgekippten Körper ein und legte alles in einen Eierkorb. »Lasst es euch schmecken.« An Leon gewandt sagte sie: »Das hat Elly gut gemacht. Denn eine Gans hat in meinem Stall nichts zu suchen.«

12

Der Paulushof lag auf einer Anhöhe hinter der Kreisstadt. Vom Marktplatz aus schlängelte sich ein Weg entlang des Flüsschens Süle. Der Weg war nicht asphaltiert und an den Seiten unbefestigt. Dort wucherten Brombeersträucher, und Elly wunderte sich, wie die in Hungerszeiten unentdeckt geblieben waren. Sie pflückte die reifen Beeren, sammelte sie einfach in der großen Tasche. Egal, ob die Beeren zerquetscht würden, sie könnte am Abend ein Mus daraus kochen, auch wenn der Zucker fehlte.

Die Tasche hatte sie unter dem Kleiderstapel in der Ecke ihres Mansardenzimmers gefunden und damit ihren Schwur gebrochen, nie wieder etwas von Edith zu tragen. Nun, die Tasche sollte eine Ausnahme sein, denn heute ging es darum, Eindruck zu machen. Deshalb hatte sie auch ihre Holzklumpen unter den Küchenschrank geschoben, damit Stephan die nicht entdeckte. Hatte die Lederstiefel geschnürt und sich das graue Wolltuch über die Schultern gelegt, die Haare zu einem französischen Zopf geflochten, vom Scheitel an in fünf kleinen Strähnen. Um wirklich vornehm zu scheinen, hatte sie bereits gestern Abend ihr Gesicht mit einem Rest Schwanenweiß eingerieben, damit die Sommersprossen blasser wurden.

»Ich bin am Mittag wieder zurück«, hatte sie Leon vor ihrer Fahrt versprochen und ihm Mathilda auf den Schoß gesetzt. »Du bleibst hier in der Dachkammer, was immer passiert, du verlässt die nicht. Bei Fliegeralarm stellt ihr euch unter den Türrahmen. Ich fahre in die Stadt, muss was erledigen.«

Leon hatte sie stumm gefragt, warum sie ihn nicht mitnehme, ob sie wiederkomme, ganz bestimmt? Sie hatte ihm einen Kuss auf die Stirn gedrückt. »Mein großer Junge, du machst das.«

Ausnahmsweise war sie am späten Vormittag nicht in den Garten gegangen, um den überreifen Blumenkohl zu ernten. Sie hatte in die Hände gespuckt, die Haare noch einmal geglättet, wie sie es immer tat, wenn sie Ungewohntes wagte, und war auf den Wagen der Hühnerbaronin gesprungen, um sich zwischen die Eierkörbe zu kauern, damit Stephan sie nicht sehen konnte oder irgendwer aus der Nachbarschaft.

Die Hühnerbaronin hatte getan, als wäre es normal, dass Elly sich zwischen den Körben versteckte. Auf halbem Weg, zwischen Dorf und Stadt, auf jener lang gezogenen Kurve, wo der Wald mit einer Reihe Fichten begann und die Felder des Bauern endeten, hatte die Baronin von der Kutscherbank nach hinten gerufen: »Zwei Stunden. Dann fahre ich zurück!«

Die Kirchturmuhr schlug zwölf. Elly lief die Zeit davon. Seit zwanzig Minuten verschlang sie Brombeeren, schlich um die Sträucher, statt sich ein Herz zu fassen und vorwärtszugehen. Was war schon dabei? Sie wollte den kleinen Erich besuchen.

Das Gebäude verschwand im Schatten. Errichtet aus dunkelgrauem Stein, eher breit als hoch gebaut, flößte es Respekt ein. An den Fenstern Eisengitter. Um das gesamte Terrain bog sich eine zwei Meter hohe Mauer. Das Kinderhaus erinnerte eher an ein Kloster als an einen Hort für vernachlässigte Jungen.

Sie schob sich eine letzte Hand voll Beeren in den Mund, rückte die Tasche auf der Schulter zurecht und lief weiter. Jetzt nicht schwächeln, sich nicht abhalten lassen von einer Mauer, einem Holztor, von den Nonnen, die dort, wie sie gehört hatte, ein strenges Regiment führten. Elly kannte das:

nach außen fromm und den Rosenkranz ums Handgelenk gelegt, ansonsten keinen Sinn für Umstände. Alles sollte einem gottgegebenen Plan folgen, Unvorhersehbarkeiten unerwünscht. So funktionierte aber das Leben nicht. Hin und wieder sah Gott weg, dann fiel das Leben aus dem Plan heraus, kullerte zur Seite, an den Abgrund, blieb dort hilflos liegen. Dann musste man sich selbst bücken, um es wieder auf die Spur zu setzen. Sie schloss die Augen, sah ihren Vater auf der Kanzel, sah seine Faust auf Leon gerichtet, und dieses Bild reichte aus, um allen Mut zusammenzufassen, weiterzugehen, auf das doppelflügelige Holztor zu.

Es gab immer eine Lösung.

Erich war damals zwei gewesen, wenn sie sich nicht irrte. Ein Stropp mit dicken Bäckchen, hellblonden Haaren und einem zu kurzen und zu leeren Blick. Seine Schultern hochgezogen, um die Vorwürfe abzuwehren, wenn der Bauer sagte: »Der ist schuld. An Ediths Tod ist der schuld.« Einfach weggesteckt den Jungen, nie wieder besucht, ein vergessenes Kind wie vermutlich die meisten hier. Sie hätte lauter protestieren, sich für den Kleinen ins Zeug werfen können. Hatte sie nicht getan, hatte Angst gehabt, es würde Leon treffen, und sie war leise, als es Erich traf.

Seit dem Klau der Gans vor wenigen Wochen dachte sie an Erich. Er ging ihr nicht mehr aus dem Kopf. Er war da, so sehr war er in ihren Gedanken, dass sie einen Teller mehr auf den Tisch stellte und zu den Söhnen sagte: »Lasst was übrig für euren Bruder.«

Die tippten sich an die Stirn. »Die spinnt, die Elly.«

Endlich auf der Anhöhe angekommen, klopfte sie mit dem Eisenring gegen das schwere Tor, lauschte auf Schritte. Es blieb still. Sie wartete geduldig, wiederholte ihr Klopfen. Die Kirchturmuhr schlug halb eins. In einer halben Stunde musste sie wieder auf dem Hof sein, um den vorbereiteten Apfelpfannkuchen aufzutischen.

Wieder klopfte sie, wieder rührte sich nichts auf der anderen Seite des Tores. Elly öffnete die Schnürsenkel, zog die Wollstrümpfe aus. Barfuß im Leder ließ sich die Hitze besser ertragen. Zum Schutz schob sie das Tuch von der Schulter über den Kopf, um einen Sonnenstich zu vermeiden, ihre Wangen fühlten sich heiß an. Hier oben gab es keine Brombeersträucher mehr, kein Baum, nichts Grünes brach die Strahlen, nur ein mattes Kopfsteinpflaster unter ihren Sohlen.

Wieder klopfte sie gegen das Tor. Die Geräusche der Stadt plätscherten zu ihr hinauf. Das Knarren von Wagenrädern, die zerfransten Stimmen der Menschen auf dem Markt. Elly sah den Hang hinunter, sah am Rathaus die Nazi-Fahne schlaff an der Stange hängen. Alltag, wie sehnte sie sich nach Alltag ohne Drama.

Sie könnte morgen einfach so tun, überlegte Elly, als wäre die Zeit eine andere. Das schwarze verschwitzte Kleid ausziehen, sich ein dünnes nähen aus Betttuchstoff, mit Leon an der Hand und Mathilda auf dem Rücken barfuß über die Wiese laufen, lachend, weil Disteln durch die Hornhaut piksten. Mathilda erzählen, dass erst Sommer wäre, wenn sie mit ihrem Fuß zehn Gänseblümchen verdecken konnte. Genau zehn mussten es sein und keines weniger. Dann einen Kranz flechten, Mathilda zur Prinzessin machen. Sie könnte sich mit beiden Kindern auf den Boden legen, Arme und Beine von sich gestreckt, der Erde abgeben, was Sorgen waren. Ihrer Erde, ihrem Land. Ja, das könnte sie tun. Erich könnte das nicht, denn der war eingesperrt in diesem Bau aus dunklem Stein.

»Aufmachen. Bitte!« Mit den Fäusten trommelte sie, versetzte der massiven Tür Tritte. Ihre Stimme rutschte in den

Kopf, klang schrill, und sie fühlte sich wie eine, die abgewiesen wurde, bevor sie überhaupt eine Gelegenheit erhielt, ihr Anliegen vorzutragen: Bauer mein Name, Elisabeth Bauer. Ich möchte meinen Sohn besuchen, möchte sehen, wie es ihm geht. Er ist noch so klein, ein liebes Kind. Ist er lustig? Hat er Freunde? Ich will ihn drücken, einfach nur an mich drücken, eine Minute lang, dann bin ich wieder fort.

Tatsächlich hörte sie auf der anderen Seite tippelnde Schritte, das Klimpern eines Schlüsselbundes, dann das Quietschen der Scharniere. Sehr langsam öffnete sich eine Hälfte des Tors. Ihr gegenüber stand eine Nonne mit rundlichem Gesicht, geplatzten Äderchen auf den Wangen. Die Ärmel des schwarz-weißen Habits waren hochgekrempelt, pralle, schneeweiße Arme streckten sich Elly entgegen. »Willkommen im Paulushof. Wie kann ich Ihnen helfen?«, fragte sie, und Elly dachte, diese Begrüßung sei nicht echt, verstellt zur Freundlichkeit.

»Sie überlegen, uns ein Kind zu bringen? Kommen Sie doch erst mal rein.« Die Nonne trat zur Seite, wies mit einem Arm in den Hof, mit dem anderen stützte sie sich gegen das Tor, bereit, es zu schließen, sollte es Schwierigkeiten geben.

Elly trat an der Nonne vorbei.

»Bauer mein Name. Ich möchte Erich sehen.«

Sie griff in die Tasche ihres Kleides, hielt der Nonne den Ausweis und die Geburtsurkunde entgegen.

»Erich ist mein Sohn.«

Die Nonne betrachtete die Papiere eingehend, verglich das Foto im Ausweis, kontrollierte den Stempel auf der Geburtsurkunde und fragte: »Erich aus Kernberg? Besuchszeiten sind nur an jedem ersten Sonntag im Monat, von zwei bis vier.«

»Ich muss ihn jetzt sehen. Unbedingt. Nur ein paar Minuten.«

Die Nonne zeigte auf die Kirchturmuhr. »Erstens haben

wir Mittagsruhe, und zweitens ist kein Besuch möglich. Auch nicht von den Müttern, schon gar nicht unangemeldet und zwischendurch. Wie gesagt: Jeden ersten Sonntag im Monat …«

»Nein, jetzt.« Elly suchte nach einem Grund für die Ausnahme. Sie faltete die Hände vor der Brust, und ihr Vater fiel ihr ein. Mit nun tiefer Stimme sagte sie: »Mein Vater ist Pfarrer in Bonn, Winfried Berger. Er schickt mich. Anweisung von ganz oben sozusagen«, log Elly. »Ich habe Apfelpfannkuchen für Erich mitgebracht. Und hier, das ist sein Schmusetuch, das hat er vergessen …«

Die Nonne musterte Elly von Kopf bis Fuß. Ihr Blick belustigt, aber ihre Haltung starr.

»Sein Schmusetuch? Nach zwei Jahren fällt Ihnen ein, dass der Junge sein Schmusetuch vergessen hat? Man erlebt hier viel, aber das ist wirklich komisch.«

»Eine Minute wird wohl möglich sein«, sagte Elly und trat einen Schritt vor.

Die Nonne packte zu. Drückte hart Ellys Arm, schob sie zurück.

»Halt. Sie können Erich nicht sehen. Das bringt ihn aus der Fassung. Er hat sich wunderbar hier eingefügt. Sagen Sie das auch Ihrem Vater, dem Pfarrer. Das war viel Arbeit für uns, aber nun ist er angekommen, seit Monaten schon ist er ein Teil unserer Gemeinschaft. Wollen Sie das zerstören? Wollen Sie wirklich so selbstsüchtig sein? Wenn Sie etwas für ihn tun wollen, dann beten Sie.«

Elly schüttelte die Hand der Nonne ab.

»Ich will keine frommen Ratschläge, ich will Erich sehen.«

Da die Nonne keinerlei Regung zeigte, fügte Elly hinzu: »Und wenn das nicht klappt, komme ich mit dem ganzen Dorf zurück, und auch mit meinem Vater. Ich mache hier einen Aufstand. Ich kann das.«

Die Hände der Nonne flogen in die Höhe. »Schon gut. Eine Minute am Besucherfenster.« Mit einer schnellen Kopfbewegung deutete sie auf das Gebäude. »Hier lang.«

Ihre Schritte waren nicht mehr tippelnd, sondern raumgreifend, von energischer Art.

Elly hatte Mühe, ihr über den kargen Hof, durch die Eingangshalle aus Stein, vorbei an den tiefen vergitterten Fenstern zu folgen. Die Schritte hallten, ansonsten war kein Mucks zu hören. Über eine breite Treppe gelangten sie in den ersten Stock, in einen langen Flur mit geschlossenen Türen. An den Wänden hingen Zeichnungen vom Leidensweg Christi.

Die Nonne sah sich nicht nach Elly um, erklärte keine Abläufe, nicht die der Arbeit all der barmherzigen Schwestern, die sich um vernachlässigte Jungen kümmerten. Und Elly fragte nicht. Vielmehr rang sie um nette Worte, um die Stimmung anzuheben, denn das würde Erich zugutekommen.

»Wenn Sie möchten, gebe ich Ihnen das Rezept von dem Eierkuchen. Das habe ich aus dem Adlon. Kennen Sie das Adlon, das vornehme Hotel in Berlin? Ich gehörte dazu. Also, ich war eine in der Truppe hinter dem Herd, bevor ich Bäuerin wurde. Aber gelernt ist gelernt, kochen kann ich, vor allem das Verfeinern liegt mir.«

Sie redete unentwegt, während sie versuchte, mit der flinken Nonne Schritt zu halten, und kam sich dabei albern vor. Fast trotzig verriet sie die Zutaten.

»Eier, Mehl, Wasser mit Kohlensäure, keine Milch, sondern Sahne, eine Prise zerstoßene Veilchenblüten, das ist das Geheimnis des Geschmacks. Und nie die Apfelscheiben im Teig verrühren. Extra bräunen, dann auf die Pfannkuchen legen. So bleiben die Äpfel knackig.«

»Hier ist es.« Die Nonne wies auf eine Glasscheibe in der Wand. »Erich ist der da hinten.«

Verdutzt fragte Elly, warum sie Erich wie im Zoo nur durch die Scheibe sehen dürfe, warum man ihn nicht zu ihr bringe, damit sie ihm die Pfannkuchen geben könne, ihn einmal drücken dürfe nach all der Zeit.

»Vorschrift«, sagte die Nonne barsch.

Elly sah durch die Scheibe. Hatte sie vor wenigen Minuten noch geschwitzt und sich nach den Holzklumpen gesehnt, hatte sie die Lederstiefel verflucht, weil keine Luft an die Füße kam, so fror sie jetzt. Die Kälte kam von innen. Sie kniff die Augen zusammen, um besser zu sehen, um auszublenden, was ablenkte: der fahle Sonnenstrahl, der durch ein vergittertes Fenster fiel. Die Nonne. Die steinharte Umgebung.

Mindestens fünfzig Jungen saßen im Speisesaal, die Köpfe tief über die Teller gebeugt. Sie löffelten eine Suppe, aßen einen Kanten Brot, in der Mitte des Tisches standen Krüge. Und ganz hinten ein Kleiner. In einer Ecke. Auf einem Stuhl. Die Arme hoch in die Luft gestreckt. Der Junge sah dünn aus. Seine hellblonden Haare wie stechendes Stroh. Sie versuchte, mehr zu sehen, sein Gesicht zu erkennen: die Mundwinkel nach unten gebogen, die Augen geschlossen. Tränentropfen auf den Wangen?

Sie drehte sich zur Nonne, fragte, wo Erich Bauer sei, und die Nonne wies zackig mit ihrem kugeligen Zeigefinger auf den kleinen Blonden in der Ecke.

»Wie gesagt. Der Bauer isst nicht. Strafe muss sein.«

»Warum?«

»Der kaut und hält das Essen in der Backe. Hält es bis nachts im Mund und würde im Schlaf daran ersticken. Ganz schwieriger Fall. Wie gesagt, beten Sie, bedanken Sie sich bei Gott, dass Erich hier ist, wie gesagt, dass wir ihn heilen.«

Und Elly hob tatsächlich die Augen zum Himmel, suchte in diesem Paulushof nach einer gottgegebenen Einsicht, was zu tun sei, und von oben oder aus ihrem Gehirn, woher auch immer, rief eine bekannte Stimme: *Rette den Jungen.*

Elly wusste: Was sie nun tun würde, würde ihr den Zorn des Bauern einbringen, es würde die ohnehin klägliche Ration an Essen verkleinern, würde Leon und Mathilda zum Nachteil sein. Es würde ihre eigenen Kräfte weiter strapazieren, obwohl diese Kräfte kaum mehr reichten, um Haus und Hof aufrechtzuerhalten, um Leon zu trösten, wenn er Saras Lächeln im Rubinstein suchte und nicht fand, um ihm Geschichten, die ihn hoffen ließen, zu erzählen bis in die Nacht.

Sie wusste auch, dass es keine Liebe in ihr für Erich gab. Sie kannte den Jungen kaum, er hatte mit seinem abwesenden Blick ihr Herz nie gestreift. Aber in diesem Augenblick stellte sie sich vor, wie die Arme des Jungen tonnenschwer, wie der Brei in der Backe steinhart wurde. Sie ahnte, wie der kleine Junge auf dem Stuhl litt. An Heimweh nach den Brüdern, nach dem Bauern, der sein Vater war, nach der Mutter, deren Tod er nicht begriff. Und sie dachte auch, dass es neben Liebe noch etwas anderes gab. Etwas, das umfassender, weniger eitel war.

Mitgefühl.

Aus Mitgefühl stieß sie die Nonne weg, schüttelte deren dicke Hände ab.

Aus Mitgefühl riss sie die Tür zum Speisesaal auf, lief durch den Raum, dass die Stiefel auf dem Boden dröhnten, hielt vor Erich, hob ihn vom Stuhl, nahm ihn in den Arm. Ein Leichtgewicht.

Aus Mitgefühl kommandierte sie: »Du kommst mit. Nach Hause, kleiner Erich.«

Und würde irgendjemand sie aufhalten, sie daran hindern, was sie tun wollte, sie würde zuschlagen.

Auch Erich war ihr Kind. Niemand durfte es kaputt machen. Nicht die Nonnen, nicht Stephan. Deshalb trug sie Erich durch den Saal, keine Aufforderung, stehen zu bleiben, eilte ihr hinterher. Sie ging durch den Flur, die Treppe hinab, drückte mit einem Arm die Tasche gegen die Rippen, mit dem anderen das Leichtgewicht gegen ihre Brust. Ein Kind wie ein Lufthauch.

Draußen, hinter dem Tor, nahe den Brombeersträuchern stellte Elly den Kleinen auf den Boden. »Spuck aus. Spuck das Essen aus, das du nicht schlucken kannst.«

Und Erich spuckte, bis Galle kam.

Und würde Stephan später fragen, wie sie sich das vorstellte und wie es nun weiterginge, sie würde antworten: »Kommt Zeit, kommt Rat.«

13

Während der Bauer die Jahre im Ohrensessel verbrachte und Löcher in die Luft starrte, dabei eine Furche zwischen den Augenbrauen grub, arbeitete Elly wie ein mechanisches Uhrwerk: Sie schmiss den Haushalt, den Hof, maßregelte die Söhne, verarbeitete zu Mahlzeiten, was essbar war, meist kam Brot mit Gemüsebrei auf den Tisch und mal ein fettes Stück Fleisch, das sie beim Metzger gegen Milch und Butter eintauschte. Sie wollte perfekt sein für ihre Familie und auch für die anderen, denn sie wusste, dass man sich im Dorf die Mäuler zerriss, dass man sie eine gierige Städterin und Stephan einen Schwächling nannte. Selbst heute noch, Jahre nach ihrer Ankunft, hielt sich der Tratsch, sie raube mit ihren Ansprüchen dem Bauern den Verstand. Deshalb sei er erschöpft. Deshalb sei er nicht vollends zurechnungsfähig.

Elly setzte diesen Anschuldigungen ihren Fleiß entgegen. Der Hof glänzte vor Sauberkeit, sogar das große Tor schrubbte sie wöchentlich von außen, nie lag zum Sonntag auch nur ein einzelner Strohhalm auf dem Gehweg vor dem Haus. Sie nähte aus Ediths Kleiderstapel in ihrem Mansardenzimmer Unterwäsche, Sonntagshemden, Hosen für die Jungen. Für Mathilda ein Spitzenkleid. Mehr als einmal schrieb sie an Luise, um nach einer Anleitung zu fragen – und mehr als einmal kam die Schwester auf ihrem Fahrrad, radelte achtzig Kilometer von Bonn nach Kernberg, auch bei Fliegeralarm, fand Schutz unter Brücken, wenn ein Tiefflieger den Himmel über ihr zerschnitt. Zwar schimpfte Elly, das Haus zu verlassen sei gefährlich, aber Luise winkte ab, wiederholte ihren alten Glaubenssatz, sie habe keine

Angst, an irgendetwas sterbe jeder irgendwann. Dann nahm sie Elly zur Begrüßung in den Arm, sagte, es sei doch gut gegangen, warum im Nachhinein hadern? In den Tagen ihres Besuchs wurde sogar der Bauer munter, und Elly hatte den Eindruck, er liebäugele mit der Schwester. Die kam appetitlich zurechtgemacht daher und ungemein lebensfroh, sie hatte Träume im Kopf, und das, so dachte Elly, verlieh der kleinen rundlichen Frau eine verführerische Note. Man hielt sich gern in ihrer Nähe auf, war versucht, etwas von ihrer guten Laune abzukratzen und die eigene Haut damit zu pudern.

»Du musst den Jungs die Brote doppelt belegen. Der Lehrer kontrolliert das, ich bin mir sicher«, sagte Luise. »Tu so, als ging's euch gut.«

»Uns geht es verdammt schlecht«, antwortete Elly und fühlte sich verbittert.

Luise hob den Finger. »Zeig den anderen nie, dass dein Magen knurrt«, riet sie, »sonst wirst du behandelt wie ein Lump.« Und dann kümmerte sie sich um den Haushalt, um die Söhne. Erzählte ihnen von den Reisen, die sie in fremde Länder unternommen hatte, in Länder weit hinter Kernberg, der Kreisstadt und Deutschland.

»Glaubt bloß nicht, hinter eurem Kaff endet die Welt. Hinter den Feldern geht es erst richtig los.«

Leon fiel ihr oft ins Wort, ergänzte ihre Geschichten, tat so, als sei er schon einmal dort gewesen, wo die Sonne nicht untergeht, sondern ins Meer stürzt, wo Sandstürme ganze Städte verwehen. Die Söhne schubsten ihn, sagten, er sei ein Angeber, sei doch auch nur ein Bauer. Dann widersprach ihnen Leon ungewöhnlich heftig, nein, sein Vater habe ihm davon erzählt, denn der habe in Amerika studiert und dort sei das Land groß und weit mit Bergen und Wüsten und die Menschen seien farbig und lächelnd. Er habe Fotos gesehen – und dann flatterte seine Stimme, brach ab. Luise bestätigte, sein Vater habe recht, genau so sehe es weit hinter Deutschland aus. Genau das habe auch sie beeindruckt.

In den Tagen, in denen Luise nach Kernberg kam, stand Stephan aus seinem Sessel auf. Er nahm seinen Platz am Tisch ein. Ging in den Stall, um nach dem Rechten zu sehen. Er erinnerte sich zumindest zum Teil an seine Pflichten als Bauer. Abends verschwand er mit einem Grinsen in sein Zimmer, kam mit einer angebrochenen Flasche Birnenschnaps zurück und goss Luise und sich ein. Elly fragte er nicht. Dann tranken die beiden in einem Zug die Gläser leer, bis sie über jedermann lästerten und am Ende kichernd und vornüber auf die Tischplatte fielen, dort einschliefen und einige Stunden später mit Kopfweh wieder aufwachten. Für solche Ausrutscher hatte Luise stets ein paar *Thomapyrin* in der Tasche, ein völlig neues Medikament, von Anna geklaut, wie sie augenzwinkernd zugab. Am Sonntag nach diesen Saufgelagen, wie Elly es nannte, lud Stephan Luise zum Spaziergang durch das Dorf ein, und Luise sagte Ja. Was sei schon ein Sonntag ohne Spaziergang in netter Gesellschaft? Sie setzte sich den Hut auf, schlug den Kragen im Nacken hoch wie ein Kerl und stiefelte gestikulierend neben ihm her.

Elly blieb im Haus zurück und fand, dass die beiden ein nettes Paar gewesen wären, dass es Luise sicher gelungen wäre, Stephan vor seiner Traurigkeit zu bewahren. Sie selbst vermochte das nicht. Sie bündelte ihre Aufmerksamkeit auf die seelische Gesundheit von Leon und den Rest ihrer Zuneigung auf Mathilda.

Eines Abends fragte sie Luise, ob sie Gefallen am Bauern finde, aber die winkte ab, sagte, ja, er sei ein hübscher Mann, aber Männer interessierten sie so wenig wie der Knochen eine Katze. Sie müsse frei sein, umherstreifen können ohne

Leine und Kommando. *Und genau das,* dachte Elly, *ist das Geheimnis ihrer Leichtigkeit.*

Es war, als würde in diesen Tagen, wenn Luise kam, das Hoftor geöffnet und ein warmer Wind hineingelassen in den tristen Alltag. Ein Wind, der von der Ferne erzählte, vom endlosen Wellenschlag auf den Weltmeeren und von einsamen Inseln dazwischen. Elly sah, wie Leon all diese Geschichten aufsaugte, und abends nach dem Gutenachtgebet sagte sie ihm, dass auch er eines Tages reisen werde, kreuz und quer durch die Welt und zurück.

»Nicht ohne dich«, lächelte er.

Und sie nickte, aber wusste doch, fürs Reisen war sie nicht gemacht.

Es tat gut, ihn im Schlaf zufrieden zu sehen. Nur langsam rollten die Augen hinter den Lidern. Hin und wieder bewegte er den Unterkiefer, als würde er etwas kauen, das schmeckte. Und hätte sie sich etwas wünschen können, es wäre der Friede gewesen, jetzt, auch am nächsten Morgen und für alle Zeit. Aber die Wirklichkeit in Kernberg sah anders aus, da war Elly eine Realistin. Der Friede würde noch lange nicht beginnen, im Gegenteil, die Zeit würde sich in den dunklen Jahren verhaken.

Mit dem Jahr 1945 kam der Hunger in nie zuvor erlebter Härte zurück.

* * *

Seit Wochen hoffte Elly auf eine Eingebung, wie Nahrhaftes aus Fleisch auf den Tisch kommen könnte. Ohne das wurden die Nerven zu dünn, dabei hingen die sowieso nur noch am letzten Faden. Elly merkte täglich, wie ihre Kräfte weniger wurden. Sie fühlte sich abgearbeitet bis auf die Knochen. Was würde aus Leon, was aus Mathilda, was aus dem Hof mit allem Drum und Dran, wenn sie jetzt schlappmachte? Mehrmals lehnte sie sich am Tag gegen die Stallwand; wenn ihr schwindelig wurde, suchte sie dort eine Stütze. Dann atmete sie sehr bewusst in die Knochen, erst in den Rücken, von dort aus in die Beine und zum Schluss in die geschwollenen Füße. Nur nicht einknicken, den Kindern ein Vorbild sein. Außerdem nahm jede Pause ein Stück Arbeitszeit, egal wie kurz die ausfiel. Sie drückte sich von der Wand wieder ab, schwankte leicht und fand, dass das Atmen keinen Sauerstoff in den Körper brachte. Nein, sie durfte nicht ausruhen, egal wie ausgemergelt sie sich fühlte. Ein Mensch war fähig, auch widrige Verhältnisse zu überstehen, warum sollte ihr ein Leben auf dem großen Bauernhof nicht gelingen? Wenn nur der Hunger nicht wäre, würde alles besser von der Hand gehen, dachte sie. *Ich muss eine Lösung finden, sofort, an diesem eiskalten vierten Januartag muss etwas geschehen,* spornte sie sich selbst an. Sara wäre dazu fähig gewesen. Sara hatte Sätze parat, die Gedanken in eine andere Richtung drehten. »Nicht jammern, machen«, war ihr Credo. Oder: »Raus, weg, wenn's gar nicht anders geht.« Hätte Hanns nur auf sie gehört! Und als Elly ihr einmal verraten hatte, dass ihr Vater früher zu streng gewesen war, dass er die Träume seiner Töchter mit dem Ledergürtel erschlagen hatte, da hatte Sara sie aufmerksam angesehen und gesagt: »Niemand darf bleiben, wo Träume sterben. Träume brauchen Sauerstoff! Und der ist dort, wo kein anderer atmet, wo wir uns allein entfalten können.« Das machte Sara zur Einzelgängerin und auch zu einer Frau mit Weite im Kopf. Elly versuchte, solch eine Weite in sich entstehen zu lassen. Sie fragte sich: Wo gibt es etwas, das andere noch nicht entdeckt haben, wo ist im wahrsten Sinne noch Luft zum Atmen jenseits des Hofs? Denn das letzte Schwein des Bauern wollte sie nicht schlachten, und Roberta war ihr wie eine heilige Kuh, sie gab trotz des hohen Alters

Milch. Eine Quelle für weißes Gold! Also woanders suchen, irgendwo im Dorf bei einem, der mehr hatte als Stephan und sie selbst. Die Hühnerbaronin fiel aus dem Raster. Die Frau war zu gut zu ihr, außerdem steckte sie Elly nach wie vor Eier in die Schürzentasche. Vom Dorfarzt gab es höchstens einen Kräutersud, vom Dorfpfarrer ein paar fromme Kreuzzeichen auf die Stirn. Der Dorflehrer kam selbst und bettelte am Hoftor, aß mittags auf dem Schulhof die größte Portion dünnen Haferschleims.

Und dann war sie da, die Idee. Sie stand vor Elly in dicker Gestalt mit blutverschmierter Schürze: der Dorfmetzger.

Vage erinnerte sie sich daran, dass der Dorfmetzger die Innereien geschlachteter Tiere in Salzwasser einlegte, um Keime zu töten und das Fleisch gleichsam haltbar zu machen. Diese Brühe, so dachte sie, musste doch nahrhaft sein, getränkt mit tierischem Eiweiß. Und was machte der Metzger? Der schüttete die Brühe in den Abfluss!

Tags darauf, ein schneidender Wind fegte durchs Dorf, schlug sie sich zusätzlich eine Decke um den Mantel, zog das graue Dreieckstuch eng um den Kopf. Mit zweifach übereinandergezogenen Strümpfen gelang es ihr nicht mehr, die Stiefel zu schnüren, sie ließ sie offen, marschierte in strammem Tempo den Berg hinauf, am Friedhof und der Kirche vorbei, blieb vor dem Schild »Wurst und Fleisch« stehen und klopfte an die Scheibe. Es war Dienstag, Schlachttag in der Metzgerei, deshalb dauerte es eine lange Weile, bis jemand die Ladentür öffnete. Elly fror. Der Metzger, mit einer Gummischürze bis zum Boden und einem rot-weiß karierten Hemd bekleidet, schob sich die Mütze in den Nacken.

»Was willst du denn hier?«, fuhr er sie unfreundlich an. »Wir öffnen erst am Mittag, weißt du doch!«

»Ich will nichts kaufen, sondern dich um etwas bitten«, wandte Elly ein und hielt ihm eine zerbeulte Milchkanne hin.

»Was soll ich damit? Ich bin doch kein Bauer.« Er lachte schallend über seinen Witz, aber Elly blieb ernst. Sie räusperte sich. »Du legst doch dein Fleisch tagelang in Salzwasser ein. Richtig? Dann schüttest du das Wasser in den Abfluss. Stimmt's?«

Der Metzger bewegte ungeduldig seine Finger. »Die Arbeit ruft.«

»Das braune, fleckige Wasser. Bevor du es wegschüttest … kannst du es in die Kanne füllen?«

»Was willst du denn mit dem Siff?«, fragte er verständnislos.

»Tu mir einfach den Gefallen«, antwortete sie und drückte ihm die Kanne vor den Bauch.

Der Metzger sah sie verständnislos an und kratzte sich mit seinen beschmierten Fingern am Kinn. »Gut, wenn du meinst.«

»Dann komme ich jeden Freitag gegen Mittag, um das Wasser abzuholen. Einverstanden? Nicht vergessen.«

Er nannte es ein Betteln um nichts.

Elly aber sagte sich, dass Not jede Hemmung nahm – und sie verlängerte mit dem fettdurchsetzten Wasser die Eintöpfe, gab es Leon pur zu trinken, um den Salzhaushalt auszugleichen. Und blieb etwas übrig von dem Sud, ließ sie Erich davon in kleinen Schlucken trinken, bis er lachte und in die Tasse pustete, bis er gurgelte und die Tropfen im Gesicht verschmierte.

* * *

Stephan fragte längst nicht mehr, wie sie ihren Tagesablauf organisierte, machte sich keine Gedanken, woher das Essen kam. Ihm schien es egal zu sein, wie sich seine Söhne entwickelten, die unter normalen Umständen jetzt reif für eine Berufsausbildung wären. Mathilda war ihm lästig, Leon ihm fremd. Nur hin und wieder fragte er, wann Luise wiederkomme, mit Luise sei es heiter.

Und Elly? Lange hatte er sie nicht mehr angesehen, sie wahrgenommen als die Frau an seiner Seite. Sie vermisste die Gespräche mit ihm, seine Einschätzung der Dinge. Wenn sie ihn nach seiner Meinung fragte, fasste er sich an den Kopf, rieb die Stirn, bis sie rot wurde. »Es schwappt« wurde zum Standardsatz. Dann ließ er sich wieder zurückfallen im Sessel, sah aus, als dächte er nach, aber Elly wusste, dass es anders war.

Stephan schien nur noch ein Quäntchen Gefühl in sich zu haben, für Erich. Erich durfte auf seinem Schoß sitzen, sich beschützt fühlen. Aneinandergeschmiegt verbrachten die beiden stundenlang in einer unbeweglichen Haltung. Sie sahen glücklich aus, auch ohne Worte. Die stille Zärtlichkeit gefiel Elly, dem Jungen tat das gut. Denn Erich hatte an Gewicht zugenommen, lächelte viel. Die strohigen Haare lagen nun sanft gewellt am Kopf, standen nicht mehr widerspenstig in alle Himmelsrichtungen ab. Seine vollen Lippen kräuselte er oft zum Kussmund, wenn er Elly sah, und sie küsste durch die Luft zurück. Er war ein hübscher kleiner Kerl von sieben Jahren, eigentlich ein Schulkind, aber es war offensichtlich, dass ihm dazu die Reife fehlte.

Nach wie vor kaute Erich, aber er schluckte nicht. Erst wenn Elly geduldig erzählte, dass Essen kostbar war, dass es ihn wachsen, stärker werden ließ, dass er ohne Essen dumm würde, leerte er die Backen, würgte er alles hinunter, riss er den Mund weit auf, um zu beweisen, er gehorche.

Anfangs tat sie sein Benehmen als Eingewöhnung in die Familie ab. *Kinderseelen heilen eben langsam,* dachte sie. Bald aber gab es nichts mehr schönzureden: Erich war schwachsinnig. Sie hatte es am fehlenden Wortschatz, an den babyhaften Bewegungen gemerkt, den plärrenden Lauten, wenn er sich freute. In den letzten Jahren hatte es keine Entwicklung gegeben. Erich war nicht rege im Kopf, ihm fehlte es an schnellem Denken, überhaupt an Fantasie. Er spielte nur mit seinen Fingern oder mit den Knöpfen an Stephans Jacke, wenn er sich an ihn klammerte. Auch forderte er nie nach Milch, konnte Hunger nicht benennen. Er hatte keine Vorliebe für eine Speise, und wenn er zärtlich sein wollte, drückte er zu fest, schlug zu hart. Elly vermutete einen Sauerstoffmangel während der Geburt, als Edith gestorben war.

Mehrmals schon hatte sie versucht, mit dem Bauern darüber zu sprechen, aber jedes Mal wurde er ungehalten.

»Sag nichts. Nichts über Erich. Er ist gut, wie er ist.«

»Wenn du meinst«, erwiderte sie. Es lag ihr fern, mit Stephan zu streiten. Auch wollte sie diese überraschend erwachte Liebe des Vaters zu seinem jüngsten Sohn nicht entzaubern. Seit jenem Mittag im Juni vor vier Jahren waren die beiden unzertrennlich, zwei Strauchelnde, die Glück aneinander fanden.

»Ich bringe dir deinen Sohn zurück, im Heim geht er zugrunde«, hatte sie damals gesagt und mit Scherereien gerechnet. Aber Stephan war überrascht gewesen, sehr langsam, mit Bedacht hatte er sich aus seinem Sessel erhoben, die Arme nach dem Kind ausgestreckt, die grauen Augen wie Samt. Nie hätte sie dem Bauern solch einen zärtlichen Blick zugetraut. Kein Vorwurf, kein Streit, kein Dankeschön. Nichts. Nur dieser liebevolle Blick sollte Elly in Erinnerung bleiben, lange nachdem sie den Kernhof verlassen haben würde.

14

Es geschah am 30. Januar 1945. Da brannte die Kreisstadt. Als Bomben die Straßen aufrissen und Häuser in Schutt und Asche legten, als Staub die Stadt unter einer Glocke hielt, flüchteten die Menschen in den darauffolgenden Tagen in die Dörfer. Auch an das Tor des Kernhofs klopften sie, fragten nach Unterkunft und nach Arbeit, dabei machten sie den Eindruck, als würden ihre Beine beim ersten Spatenstich in den harten Boden einknicken.

Stephan schob die Gardine des Küchenfensters ein wenig zurück, um zu sehen, ob es unter den Flüchtenden ein bekanntes Gesicht gab. Dann entschied er: »Die sind fremd. Das Tor bleibt zu.«

Die Menschen draußen wollten das nicht hinnehmen. Sie riefen laut, sie seien am Ende, schimpften auf den Bauern. Sie traten zaghaft gegen das Tor und drohten verhohlen damit, das Haus zu stürmen, auch wenn diese Drohung angesichts ihres kläglichen Zustandes verpuffte. *Ein armer, schlapper Haufen, mehr sind die nicht mehr,* dachte Elly und sagte laut: »Das kannst du nicht tun. Die erfrieren.« *Wenn aller Besitz genommen wird, dann wackelt der Boden, dann gibt es keinen Halt,* erinnerte sie sich. Zu sehr hatten sich die Erlebnisse der eigenen Flucht aus Berlin und Bonn in ihr Gedächtnis gebrannt. Ohne Heimat, ohne Platz zum Schlafen, ohne Mitgefühl anderer Menschen für die eigene Not würden die Zeiten nicht besser. »Ich öffne das Tor. Es sind doch höchstens sechs oder sieben. Das schaffen wir«, entschied sie.

Mit zornigem Blick riss der Bauer die Vorhänge zu.

»Nein! Licht aus!«, kommandierte er. »Keiner da. Sollen andere helfen.«

»Warum bist du so hart? So warst du früher nicht.« Sie stemmte die Hände in die Hüften, sagte mit ihrer tiefen, ruhigen Stimme, er selbst habe Leon geholfen, er habe auch sie durch seine Entschlusskraft auf dem Bonner Bahnhof vor dem Schlimmsten bewahrt, und nun liege es an ihr, etwas zurückzugeben. Da draußen würden Menschen um Hilfe klopfen, um nicht elendig zugrunde zu gehen. »Verstehst du das? Die haben nur noch die Klamotten am Leib.« Sie tätschelte die Schulter des Bauern, er solle sie machen lassen, und drückte ihn sanft in den Sessel zurück, denn sie merkte, die Aufregung erschöpfte ihn. Dann setzte sie ihm Erich auf den Schoß, griff nach dem Mantel – und öffnete das Tor. Vier Männer und drei Frauen standen Elly gegenüber. Stumm standen sie da, doch der Schrecken in ihren Gesichtern erzählte von den Unfassbarkeiten, die geschehen waren. Elly verstand die Blicke. Sie nickte, trat zur Seite und ließ die Flüchtenden hinein. »Geradeaus, dann rechts durch die Stalltür. Dort gibt es Platz.«

Im Laufe der Woche erschienen weitere Männer und Frauen vor dem Tor, um Zuflucht bei ihr zu suchen. Gegen den Willen des Bauern öffnete Elly auch ihnen, stopfte weitere Säcke mit Heu aus, die als Decken dienten. Man rutschte zusammen im Stall, in dem es nur noch das Schwein gab, das Kartoffelschalen fraß. Alle anderen Tiere – Schweine, Hühner und Pferde – waren geschlachtet, erstickt oder gestorben, als das Feld gebrannt hatte.

»Die Milchküche drüben am Haus und auch meine Kuh Roberta sind tabu und vor allem der Keller«, erklärte Elly jedem Neuankömmling und machte dabei ein strenges Gesicht, indem sie die Brauen zusammenzog. »Darauf will ich vertrauen. Verstanden?« Dass keine Antwort kam, hätte sie stutzig machen müssen. Nervös schob sie die Ahnung beiseite, man könne ihr Vorratsregal plündern, obwohl sie das wie einen heiligen Schrein bewachte. In den Regalen standen zwar nur noch wenige Einmachgläser mit Marmelade und Sülze, ein gefülltes Butterfass und wenig Käse sowie Sauerteig für Brot, doch das musste für ihre Familie reichen. Nun gab es Fremde, lediglich das Brot könnte sie mit ihnen teilen. Denn im Dorf stellte der Bäcker nach wie vor Sauerteig her und ließ die braune Masse wöchentlich in einem Gefäß kreisen. Jeder Haushalt schnitt sich ein Stück ab, gab das Gefäß weiter an den Nachbarn. Man freute sich, wenn der Teig gärte, vermischte ihn mit Wasser und ein wenig Mehl, buk Brot, inhalierte den Duft, der an solchen Tagen über dem Dorf lag. Dann hockten die Kinder auf der Bank in der Küche, starrten auf den Ofen, wartend aufs Sattwerden. Die Backtage waren wie Festtage auf dem Kernhof. Auch Stephan wurde dann munter. »Du bist meine Beste«, sagte er und tätschelte Elly den Po, während sie lachend mit dem Rührlöffel gegen seine Hände klopfte. »Kein Grund, um übermütig zu werden«, erwiderte sie und deckte den Tisch mit einem weißen Tuch, mit dem groben, geblümten Steingutgeschirr, das an den Rändern gesplittert war.

Es würde ein Leichtes sein, vor dem Backen ein Stück des Sauerteigs abzuschneiden, um daraus neue Hefe gären zu lassen für ein weiteres Brot. *Ja,* dachte Elly, *so kann man diese Menschen vor dem Verhungern bewahren.* Der Bauer war damit nicht einverstanden. Er schalt sie, sie würde teilen, was nicht zu teilen war. Würde Schlafstätten einrichten, fremde Decken waschen, zulassen, dass Krankheiten eingeschleppt würden, und Hoffnung vorspiegeln, die es nicht gab. Stur sei sie und leichtsinnig mit ihrer Gesundheit. Sie solle an die Kinder denken – und an ihn.

»Es geht nicht ums Teilen, sondern um Schutz, wo Not ist, von mir aus geht es um Barmherzigkeit«, erklärte sie und fragte sich gleichzeitig, ob Hunger und Flucht ihr in Stein gemeißeltes Schicksal waren.

Es war nicht zu übersehen, dass die Flüchtlinge täglich übellauniger wurden. Drei Wochen lebten sie schon im Stall und ernährten sich von Brot und Wasser. Sie kratzten sich die Köpfe, die Unterarme auf. Sie verdreckten das Außenklo und boten Elly nicht an, ihr zur Hand zu gehen. Vielmehr verlangte einer der Männer sogar, einer mit langem Gesicht und eng stehenden Augen, sie solle das Schwein schlachten. Es werde den Winter sowieso nicht überleben, so mager, wie es sei, da könne man es auch essen, bevor es krank und schwach werde, am Ende bekomme es ohnehin Geschwüre. Während er das verlangte, tropfte der Sabber aus seinem Mund. Hinter ihm versammelten sich die anderen, auch sie sahen Elly herausfordernd an. Wütend trat Elly mit ihren Holzklumpen auf den Boden, drohte jedem, der es wagte, ihre beiden Tiere, ihren Vorrat anzupacken. »Dann ist hier Schluss!« Der hagere Mann spuckte neben Elly auf den Boden, sagte, man werde ja sehen. Dabei reckte er seine Faust steil in die Luft, sodass Leon vor Elly sprang und mit weinerlicher Stimme rief: »Lass meine Elly in Ruhe!« Sie legte ihre Hände auf seinen Kopf. Für eine Sekunde spürte sie die Gefahr, der Mann könnte Leon etwas antun. Aber er setzte sich wieder auf seine Heudecke, und die anderen taten es ihm nach.

»Ich bringe morgen früh frisches Brot. Dann sollten wir darüber nachdenken, wie es weitergeht«, sagte Elly. Denn sie beschlich die Furcht, dass Stephan recht haben und die vorübergehende Unterkunft zur Dauereinrichtung werden könnte.

Am nächsten Morgen buk sie das Brot wie versprochen, gab eine Handvoll Kümmelsamen hinzu, denn Kümmel wirkte gegen Keime im Magen. Sie ging über den Hof zu den Ausgebombten, unter dem rechten Arm das noch warme Brot. Mit der freien Hand raffte sie ihr Kleid, um den Wind abzuhalten, der den Stoff blähte. Es herrschten nach wie vor frostige Temperaturen, und sie fror bereits bei den wenigen Schritten von der Küche zum Stall. Leon tippelte hinter ihr her, mit einem zu großen Hemd von Ewald bekleidet. »Mach, dass du zurückkommst ins Haus«, fuhr sie ihn schlecht gelaunt an. Leon tat, als habe er sie nicht gehört, und lief weiter hinter ihr her. Elly nahm sich vor, ihn später wegen dieser Ungezogenheit zu schimpfen, jetzt aber wollte sie erst einmal die leidige Sache im Stall hinter sich bringen. Sie würde den Mut haben, das Ganze zu beenden. Der Hof war nach der Brotzeit tabu für die Flüchtlinge! Sie konnte die zusätzliche Arbeit nicht bewältigen, es war schlichtweg zu viel. Außerdem zehrte der wachsende Unmut der Menschen an ihren Nerven.

Kaum hatte sie das Gatter zur Seite geschoben, da ging ein Aufschrei durch die Wohnungslosen. Ein Mann, der hagere Mann mit den eng stehenden Augen, fiel um. Noch im Fallen streckte er die Hand nach Elly aus, dann schlug er zu Boden. Elly sprang zurück, hinderte Leon daran, den Stall zu betreten, rief, er solle zurücklaufen ins Haus, Hilfe holen. Leon gehorchte nicht, schüttelte entschieden den Kopf.

Entsetzt drehte sie sich wieder zu dem Mann am Boden um, fühlte sich überfordert. Leon drückte sich gegen sie, versuchte, sie aus dem Stall zu schieben, als wäre er der Beschützer und sie das Kind. Sie aber beugte sich über den Mann, nahm dessen Hand in ihre. Nie zuvor hatte sie solch eine widerstandslose Hand gefühlt. Kein Muskel, kein Druck, weniger als ein Schwamm wog diese Hand. Der Brustkorb des Mannes hob und senkte sich nur schwach. Elly beugte sich noch weiter vor, während Leon an ihrem Kleid zerrte. »Komm raus, schnell weg«, rief er, »dem ist nicht zu helfen!« Und Elly erschrak über die Wortwahl ihres Jungen. »Er stirbt«, flüsterte sie und bekreuzigte sich.

Der Mann tat seinen letzten Atemzug. Der Brustkorb

sackte ein. Seine Augen weit offen, kein Vorwurf und keine Scheu darin, nur eine haltlose Traurigkeit. Elly fuhr mit den Fingerspitzen darüber. Sie schloss die Lider des fremden Mannes. »Das tut mir schrecklich leid«, flüsterte sie an die anderen Umherstehenden gewandt. »Vermutlich aus Schwäche.«

Da zeigten die anderen auf sie. Stimmen erhoben sich, wurden lauter. »Du bist schuld. Du hast ihn verhungern lassen.« Sie kamen näher, umkreisten sie, riefen durcheinander, sie habe ihn umgebracht, ihm kaum Essen gegeben, obwohl er an Keuchhusten gelitten habe, schon seit Wochen. Ob sie ihn nicht husten, kotzen gehört habe in der Nacht. Ob sie beim Putzen den Schleim nicht bemerkt habe, die Pisse neben dem Klo. Ob sie …

Elly dachte daran, Leon in Sicherheit zu bringen, Leon zu retten vor all den wütenden Menschen. Dann ein Tritt in ihren Bauch, ein Laut aus ihrer Kehle. Sie hörte eine Frauenstimme. »Aufhören. Spinnt ihr denn?« Ein zweiter Tritt in ihren Rücken. Sie ging zu Boden. Wieder die Frauenstimme. »Aufhören, aufhören!« Elly krümmte sich, leckte an den Tränen, die über ihr Gesicht rannen. Sie war nicht schuld am Tod des Fremden! Wo Gutes getan wurde, konnte doch keine Schuld sein! Sie hechelte gegen den Schmerz im Rücken und im Bauch an, presste hervor, Leon solle weglaufen, rein ins Haus.

Wie aus der Ferne hörte sie die Stimme des Bauern. Als wäre er hinter Milchglas, nahm sie sein Gesicht wahr. Er fluchte. Schaum vor seinem Mund. Er schubste Leon zur Seite, hob das Gewehr, schoss gegen die Decke des Stalls. Nie hätte sie gedacht, dass seine Stimme derart dröhnen könnte, als er rief: »Runter von meinem Grundstück! Haut ab, oder ich knalle euch den Schrot zwischen die Ohren. Haut ab, ihr Gesocks!«

Der Bauer trug sie in ihre Mansarde und legte sie aufs Bett. Behutsam streichelte er über ihre Haare, tröstete sie mit seinen Berührungen und dem Refrain: »Alles wird gut, meine Elly.« Er kochte für sie die fleckige Brühe des Metzgers aus dem Vorratsregal, schnitt Lauch und Möhren hinein, verquirlte darin ein Ei. Schluckweise trank sie davon, wenn er vorsichtig ihren Nacken anhob. Dass er sie wusch, war ihr zunächst unangenehm, dann ließ sie es geschehen. Er wechselte das Nachthemd in den folgenden Nächten, gab ihr eine zweite Decke, seine Decke.

Gut wurde es nicht. Sie nahm wahr, dass ihr Mann plötzlich wendig wurde und aus seiner Lethargie erwachte. Sie dachte, dass sie die Schmerzen im Bauch ertragen könne, dass der Rücken heilen werde, sie daran nicht sterbe. Wenn nur das Zittern nicht wäre. Es erfasste ihren gesamten Körper, auch ihr Herz war nicht fähig, den Takt zu halten. Das Zittern raste über ihre Muskeln und Nerven, überdehnte ihre Gedanken und Gefühle. Noch wehrte sie sich dagegen, wollte Ordnung halten im Inneren. Aber dann kam die Hitze, und etwas in ihr zersprang, von dem sie ahnte, es würde sich nie wieder zusammenfügen lassen, sie selbst nie wieder ganz werden. Und sie wünschte sich, den letzten Atemzug aus ihrem müden, matten Körper herauszustoßen. Sie wollte weg. Dahin, wo Sara vielleicht war, wo es keine Anstrengung mehr gab, wo keiner Ansprüche stellte, sie nicht mehr verantwortlich war, dorthin, wo es ewigen Frieden gab.

Sie erkannte die Hühnerbaronin und die Hebamme an ihrem Bett. Beide wiegten die Köpfe hin und her und flüsterten, sie hätten es kommen sehen. »Kraft ist nicht unendlich.«

Der Metzger bemerkte: »Sie braucht eine Brühe mit Knochenmark. Dann kann das wieder werden.«

Der Dorfarzt verabreichte ihr eine bittere Medizin, vermutlich seinen Kräutersud, sagte, Nervenzusammenbrüche seien eine schwierige Angelegenheit. »So einen kritischen Zustand habe ich selten gesehen. Wir können nur hoffen und warten.«

Sie sah, wie der Pfarrer sich bekreuzigte, drei Mal. Dann hörte sie ihn flüstern: »Eine Städterin, was kann man schon von einer Städterin erwarten? Vielleicht hilft beten.«

Horst hingegen meinte: »Die wird schon wieder, soll sich mal nicht so anstellen. Eine deutsche Frau haut nichts um!«

Und scheinbar rund um die Uhr, Tag und Nacht, blieben Leon und Mathilda an ihrem Bett. Mathilda kuschelte sich neben Elly und spielte mit dem langen hellroten Haar, sagte nichts, sah sie nur unentwegt an, wendete ihre blassblauen Augen nicht von ihr ab. In den kurzen Phasen, in denen Elly ihren Blick vage erwidern konnte, dachte sie, dass ihr Mädchen, kaum fünf Jahre alt, sie am ehesten verstand. Denn Mathilda sprach nicht, verlangte nichts, war einfach nur da und drückte mit ihrem Streicheln eine unaufgeregte Art von Liebe aus, die zu sagen schien, nimm dir Zeit, ich warte auf dich.

Und wenig später – Elly fühlte sich besser, die Schwellung am Bauch ließ sich kaum noch ertasten –, da erkannte sie Hunderte Sommersprossen in Mathildas Gesicht. Die blühten auf mit den ersten Sonnenstrahlen des Frühlings, sprenkelten unordentlich die helle Haut. Das Kind glich ihr, nur hatte sie das nie zuvor bemerkt. In einem Überschwang von Zuneigung küsste sie ihre kleine Tochter vorsichtig. Auf Stirn, Wange, auf die stupsige Nase und sagte: »Wie gut, dass du geduldig bist.« Leon hingegen redete ohne Unterlass. »Dir passiert nichts«, brach es aus ihm heraus, »nie passiert dir was. Ich habe dich gerettet. Ich habe den Bauern gerufen, weißt du das? Nun sind sie weg. Der Bauer hat sie weggeschossen. Du bist wieder sicher hier. Wie geht es deinem Bauch? Einfach reingetreten haben die. Da konnte ich nichts machen. Es war so heftig. So zackig. Ich hätte dich doch sonst beschützt. Das glaubst du mir doch? Glaubst du, das hätte ich gekonnt?« Mit seinen dünnen Fingern berührte er dabei ihr Gesicht, ihre Schulter, küsste sie hektisch auf die Wangen, bevor der nächste Redeschwall über sie kam. Dann drückte er Mathilda zur Seite und flüsterte: »Elly? Ich habe Mama gesehen, als du so lange geschlafen hast, war sie da. Nun müssen wir los. Nach Berlin. Mama wartet. Es ist so weit. Wir dürfen Hoffnung haben.« Ja, er habe Sara gesehen, endlich sei sie ihm im Rubin des Ohrrings erschienen, wiederholte er. Nach all den Jahren lächelte sie ihm zu, seine wunderschöne Mama, wie hatte er sie vermisst. »Werde gesund, Elly, damit wir packen können.« Dabei flatterte seine Stimme und brach.

Elly lächelte gerührt, sagte: »Ja, wir können fort.« Und sie fiel wieder in einen Schlaf, träumte, den Hof zu verlassen. In Holzklumpen klackerte sie über das Kopfsteinpflaster, ging durch die dunkle Wolke über der Kreisstadt ohne Gepäck und ohne Erinnerung. Kein Fliegeralarm drängte sie vom Weg, keine Angst vor Bomben hielt sie ab. Sie drehte dem Land, das ihr Land war, den Rücken zu. Sie kannte keine Richtung, kein Ziel, freute sich über ihre schwerelosen Schritte.

Sechs Wochen dauerte es, bis Elly sich von ihrem Zusammenbruch erholte. Sechs Wochen, in denen sich Gesichter über sie gebeugt hatten, in denen sie Sorgendes, Aufmunterndes, Tröstendes, Liebevolles erfuhr. Nur die Söhne waren nicht da gewesen, hatten ihren Zustand ignoriert wie fremde Kinder. Als sie das erste Mal wieder im schwarzen Kleid, die Holzklumpen an den Füßen, im Stall nach dem Rechten sah, da fand sie keine Heudecken mehr, der Boden war gefegt, das Schwein fraß Kartoffelschalen, als hätte niemand es je gestört.

Elly ging zum Tor, dachte an ihren Traum, einfach weiterzugehen, hinter das Tor, hinter das Dorf, weiter in ein anderes Leben.

Das Tor war vernagelt. Und als sie den Bauern fragte, warum er das getan habe, sah er sie traurig an und antwortete nicht.

15

Die Hühnerbaronin stand im Flieder und klopfte leise an das Vorderfenster zur Küche. Elly solle herauskommen. Übermütig winkte sie mit ihrer großen Hand vor der Scheibe. Das war ungewöhnlich.

Ellys erster Gedanke galt Leon, und sie kräuselte die Stirn, fragte die Baronin stumm, ob etwas Schlimmes passiert wäre. Ihr Junge langweilte sich in der Schule wie jeden Tag um diese Zeit. Eigentlich war er dem Lehrer überlegen. Er verbesserte ihn im Unterricht, was ihm Schwierigkeiten einbrachte und manchen Schlag mit dem Stock auf die Innenfläche der Hand. Und als Elly sich beschwerte, dem Lehrer Leons geschwollene Hände unter die Nase hielt, da nickte der und sagte, dass man Strafe nun einmal spüren müsse. Wie sonst solle sie wirken? Widerworte zu geben, so der Lehrer, sei ein Fehlverhalten. Und Elly fragte sich, wann das endlich aufhören, wann das Schlagen von Kindern endlich ein Delikt, wann Männer wie der Lehrer, einfältig und verletzend, endlich aus dem Schuldienst verbannt werden würden. Aber der Lehrer hatte ihren leisen Protest nicht wahrgenommen, hatte gepoltert, dass aus diesem vorlauten Jungen nie einer mit Pflicht und Anstand werden könne, wenn man ihn nicht züchtige. Da hatte Elly mit dem Finger auf ihn gezeigt, ihn ein Ungeheuer genannt. Beim nächsten Schlag auf Leons Hände gebe es für ihn weder Milch noch Käse, gar nichts mehr vom Hof. Dann hatte sie Leon am Arm aus dem Klassenzimmer geschoben. Wütend war sie gewesen auf den Lehrer, der stets mit speckigem Hemd und ungebügelter Hose am Pult stand. »Merk dir das, Leon: Lass dich nie mundtot machen von einem wie dem da. Nimm dich selbst immer ernst.« Das war vor ihrem Zusammenbruch gewesen.

Die Hühnerbaronin deutete Ellys unausgesprochene Frage nach Leon richtig – und schüttelte den Kopf, als hätte sie verstanden. Nein, kein Unheil! Erleichtert rieb sich Elly die Finger an der Schürze ab, spuckte in die Hände, fuhr sich durchs Haar. *Etwas Besonderes muss geschehen sein,* dachte sie, *vielleicht ein Geheimnis, das Stephan nicht hören soll.*

»Ich komme!«, rief sie durch die geschlossene Scheibe und an Stephan gerichtet: »Bin sofort zurück.«

Der hockte neben dem Eisenherd und sortierte Holzscheite der Größe nach. »Wohin?«, fragte er, ohne aufzusehen. Seitdem das Unglück im Stall passiert war, bewachte er Elly mit Adleraugen. Anfangs fand sie das lästig, doch merkte sie bald, dass es seine Art von Liebesbekundung war.

»An die frische Luft in den Vorgarten.«

»Pass auf dich auf. Lass keine Fremden hier rein. Wenn du Hilfe brauchst, ruf mich, ich bin da.«

Im Hof schob sie das schwere Tor zur Seite, trat in den blühenden Vorgarten. Seit der Attacke hatte sie den Kernhof nicht mehr verlassen. Der Bauer hatte die Söhne zum Metzger und zum Bäcker geschickt. Ihr war es recht gewesen. Dass sie jedoch nicht mehr allein auf dem Feld und im Garten arbeiten durfte, das fand sie übertrieben. Aber Stephan bestand darauf, mit plötzlich wiedererwachter Stärke rappelte er sich auf, hielt Erich im Schlepptau, erledigte die Arbeit, die sonst ihre war. Wie ein Kavalier trug er die Milcheimer. Er putzte Gemüse, half beim Einkochen, zerkleinerte Heu zu Karf und füllte es in die Bettdecken, damit die zum Frühjahr gut rochen. Er trug Mathilda ins Dachzimmer, obwohl sie schon zu groß dafür war. Aber Mathilda genoss die plötzliche Zuwendung des Bauern, drückte sich an ihn und sagte, er dürfe nicht nur mit Erich schmusen, dann werde sie traurig, dabei zerzauste sie sein weißes Haar, krabbelte mit ihren Fingern in seinem Genick. Er lachte, sagte, da sei er kitzelig, und drehte sich um die eigene Achse, bis Mathilda quietschte vor Übermut.

Elly nahm anfangs seine Hilfe an, nun aber wurde sie ihr lästig. Die Hämatome waren verblasst. Auch empfand sie keine Angst mehr. Mehrmals hatte sie Stephan gebeten, den Tagen wieder den alten Ablauf zu geben. Ja, wenn sie ehrlich war, dann sehnte sie sich nach Einsamkeit, wollte wieder ohne Stephan im Stall sein, mit der Kuh Roberta albern. Wollte wieder ihre Stunde mit Leon am Abend, gebeugt über den Rubin. Wochenlang traute sie sich nicht, Stephans Zuwendungen kaputtzureden. In den ersten Aprilwochen fasste sie sich endlich ein Herz, erklärte ihm, sie wolle nicht mehr abhängig sein auf Schritt und Tritt. Stephan blieb hart, bestand auf seiner entdeckten Zweisamkeit. Und als sie sagte, sie wäre nicht sein Schatten, da nannte er sie unvorsichtig – und das hatte sie bis ins Mark getroffen.

Elly blinzelte durch die Sonne hin zur Hühnerbaronin. Die wirkte wie aus dem Ei gepellt, mit weißer Bluse, schwarzem Rock und einer Spange im hochfrisierten Haar. Ihre Lippen zeigten das gleiche Karminrot wie die Fingernägel. *Was für eine gepflegte Erscheinung,* dachte Elly und grüßte freundlich.

»Frau Baronin, wie kann ich helfen?«

»Hitler ist tot.«

Elly verstand nicht sofort, dachte daran, dass übermorgen der zweite Mai, Leons dreizehnter Geburtstag war, dass sie den Tisch mit Fliederblüten üppig dekorieren und Papier zu Schwänen falten sollte, so wie sie es früher in der Villa in Dahlem getan hatte. Und in der Mitte ein Blech Butterstreusel, wenn es Eier gab. Sie hielt das Gesicht gegen die Sonne. Jedes Jahr wunderbar, wenn die Natur erwachte.

»Hitler ist tot.«

Um den Fliederbusch schwebten Schmetterlinge und umgarnten die Blüten.

Zuerst dachte sie, ein Teufel weniger auf der Erde, und zuckte mit den Schultern. Was juckte sie das? Und dann verstand sie.

Der Krieg war zu Ende.

Die Baronin nickte heftig. »Es ist vorbei. Fast. Noch schießen die Russen in Berlin.«

»Woher wissen Sie das?«

»Radio Luxemburg. Jetzt kommen die Amis, um uns zu schützen.« Die Stimme der Hühnerbaronin blieb fest. Eine Tatsache. Kein Zweifel.

Und dann war sie da, die Hoffnung. Auf Sicherheit für Leon. Auf eine Zukunft, wie sie ihm zustand. Er würde wieder zurückgehen in sein Sternberg-Leben. Sara würde auf dem Klavierhocker sitzen, nur für Elly spielen am Morgen, und sie selbst würde sich in den Hüften wiegen, die Vorfreude aufs Kochen im Sinn. Hanns würde in seiner dunkelgrünen Strickjacke am Tisch vor der geschwungenen barocken Treppe sitzen, er würde die Erinnerungen all derer heilen, die gelitten hatten, die zu ihm kommen würden mit den Gebrechen, die man äußerlich nicht sah. Mit der Zeit würden die Narben verwachsen, eine Schicht aus Frieden würde sich darüberlegen, obwohl die Male hässlich blieben bis ans Ende dieser Welt.

Hitler ist tot, wiederholte sie stumm den Satz und fügte hinzu: *Sara lebt.*

»Für die Berliner ist es ein grausamer Frühlingstag, sagen sie im Radio. Zerbombt die ganze Stadt. Kein Stein mehr auf dem anderen.« Die Hühnerbaronin kam auf sie zu, streckte beide Arme nach Elly aus. »Komm mal her.« Ein wenig unbeholfen legte sie Elly erst einen Arm um die Schulter, dann den anderen um die Taille.

Elly roch den herben Duft dieser großzügigen Frau, Kräuter und Sauberkeit, und wollte ihr den eigenen Geruch aus Schweiß nicht zumuten. Steif stand sie da, zurückgelehnt ins Hohlkreuz. Aber die Hühnerbaronin hielt sie fest. Sagte: »Ich habe es gewusst, vom ersten Moment an habe ich es gewusst. So tapfer durchgehalten mit Leon. Dem Judenkind.«

Mit einem Schlag traf Elly die alte Angst, die sie seit Jahren zurückdrängte. Sie hatte sich eingeredet, jeden Abend vor dem Einschlafen, jeden Morgen vor Sonnenaufgang, dass sie in diesem Dorf unentdeckt wäre, weil niemand außer Stephan ihre Geschichte kannte. Eine verlassene Frau mit unehelichem Kind, die Beistand verdiente. Eine fleißige Bäuerin, die für Stephans Söhne sorgte, ihm eine Tochter schenkte. Und keine Frau, die ihre eigenen Träume in die Ecke stellte wie einen abgebrochenen Besen, um ein fremdes Kind vor dem Tod durch die Nazis zu retten.

Ein ganzes Dorf hielt dicht?

Das konnte sie sich nicht vorstellen, und deshalb wich sie zurück, schüttelte die Umarmung der Hühnerbaronin ab. Nichts verraten. Alles abstreiten. Leon schützen. Noch war es möglich, dass die Nazis kommen konnten wie in jener Nacht 1938, um ihren Jungen zu holen. Nazis wie Horst. Elly wich noch einen Schritt zurück, sie spürte Gefahr. Mit fester Stimme sagte sie: »Halt! Das ist ein Gerücht, ein dummes Gerücht. Der Vater meines Jungen ist ein Italiener, ein mieser Mensch, der hat uns einfach sitzen gelassen in Berlin. Das wissen Sie doch. Passiert vielen. Leider.«

Die Hühnerbaronin sah Elly lange an, dann bemerkte sie, dass es keine Frau mehr nötig haben sollte, Geschichten zu erfinden. Hitler sei tot. Es gebe keine Hatz mehr. Man müsse sich wieder vertrauen, man müsse sich überhaupt aufeinander verlassen und sich gegenseitig unterstützen. Aber Elly ließ sich auf die Einladung zur Wahrheit nicht ein. Niemals würde die gesamte SS über Nacht verschwinden. Wenn einer starb, starb nicht die ganze Bagage. Elly schwitzte, suchte das Gespräch zu beenden, aber die Hühnerbaronin stellte weitere Fragen. Ob Elly bleiben werde in Kernberg? Ob sie Heimweh habe nach Berlin? Ob die Ehe mit Stephan nur ein Trug gewesen sei, um unterzutauchen? Dabei bildeten sich Querfalten auf ihrer Stirn, viele Fragen schienen sich dahinter zu sammeln.

Elly rollte mit den Schultern, schüttelte die Arme aus. Sie musste hier nicht Rede und Antwort stehen. Sie öffnete den Mund, wollte etwas Belangloses sagen wie: »Ich muss zurück in die Küche«, oder: »Danke für die Nachricht«, aber die Hühnerbaronin griff wieder nach ihren Schultern, die Elly immer noch rollte, um locker zu bleiben.

»Geh heim, Elly. Wenn ich dir einen Rat geben darf, warte den letzten Beschuss auf die Stadt ab, dann geh nach Berlin. Guck dich mal an: Bist gekommen wie eine Städterin und endest wie eine lumpige Frau. Denk an dich, an Leon. Der Junge braucht eine Ausbildung. Der ist zu klug, um ein Bauer zu sein.«

Zurück nach Berlin. Nach Hause. Sara den Jungen bringen.

»Genau so«, sagte die Hühnerbaronin, und Elly wusste nicht, ob sie ihren Gedanken laut ausgesprochen hatte. Nach einer Pause fügte die Hühnerbaronin an: »Stephan kann nicht mehr lieben. Dich nicht, die Söhne nicht, niemanden. Ich kenne ihn, seit wir Kinder waren. Mit Edith war er unzertrennlich, und er hat ihren Tod vermutlich nur überlebt, weil er dich an der Seite gehabt hat. Das war, wenn du mich fragst, Egoismus, denn ich habe oft in den letzten Monaten mit ihm über seine Krankheit gesprochen. Neurasthenie. Er baut ab. Seine Energie ist wie weggeblasen. Der wird nie wieder wie früher.«

»Was ist das, Neurasthenie?«

»Erschöpfung, die in Traurigkeit endet. Stephan sollte den Hof aufgeben. Ein Klotz am Bein. Auf den Feldern liegen Minen, sagt Horst, es wäre Selbstmord, darauf zu arbeiten.« Sie erzählte ohne Pause, wie der deutsche Wahn bis in die Familien hineingedrungen sei. Horst zum Beispiel sei vor seinem Eintritt in die Partei ein verträglicher Mensch gewesen. Dann habe er sich verändert, schleichend sei das vonstattengegangen. Bis er zuletzt ein Mann ohne Gefühl gewesen sei. Mehr als einmal habe er gedroht, mit dem Gewehr zu Elly zu gehen, um den Vorratskeller auseinanderzunehmen. »Die darf keine Lebensmittel bunkern. Die handelt gegen das Gesetz! Der knalle ich eine Kugel ins Genick.« Sie habe das verhindert.

»Zuneigung geht kaputt, wenn der Geist verhärtet«, flüsterte die Baronin und drückte Elly wieder an sich. Was mit dem Hühnerhof werde, müsse sie entscheiden, irgendwann und sicherlich ohne Horst.

Elly dachte nach, hörte nicht mehr hin, was die große Frau erzählte, von ihrem Leid, das eigentlich keines war. Horst hin oder her, sollte sie sich trennen oder bleiben, was machte das schon? In jedem Fall hatte sie ein Auskommen, Eier brauchte man immer, ob vor dem Krieg oder nach dem Krieg würden diese hässlichen Federviecher ihr ein Ruhekissen sein. Wichtiger war Elly die Einsicht, dass sie selbst kein Hiob mehr war. Sie musste nicht mehr stillhalten. Nicht in einem anderen Leben bleiben. Nicht mehr schuften als Bäuerin, keine Verantwortung mehr für die Söhne übernehmen, die nicht ihre Söhne waren, und auch nicht für des Bauern Land. Ende einer Ehe ohne Liebe. Sie konnte nach Hause gehen. Es gab wieder eine Richtung und ein Ziel. Und in ihr entstand eine unbändige Freude, die nach außen drängte, raus aus dem Herzen, dem Mund, sie sagte laut: »Ja, ich gehe nach Berlin.« Noch sah sie, wie die Hühnerbaronin kaum merklich mit dem Kopf verneinte, mit den Augen blinzelte, da hörte Elly hinter sich ein Räuspern. Erschrocken fuhr sie herum und fragte, wie lange er dort schon im offenen Küchenfenster stehe.

Sein Gesicht war grau und die Furche zwischen den Augen tief wie nie zuvor. »Wenn du gehst«, presste er durch den fast geschlossenen Mund hervor, »dann bleibt Mathilda.«

16

Am frühen Abend hängte sie die Schürze an den Nagel. *Klären, was zu klären ist,* dachte sie und rubbelte sich die Haare mit einem Handtuch trocken. Ein Gespräch verlief besser, wenn Haut und Haare frisch gewaschen waren, wenn es keine Ränder unter den Fingernägeln gab. Mit der Wurzelbürste hatte sie sich deshalb den Stallmist weggeschrubbt und sich Blütenblätter von Rosen in die Ellenbeuge und hinter die Ohren getupft. Allerdings nutzte all die Sauberkeit nichts, wenn das alte Kleid wie ein Sack an ihr hing. Widerstrebend schlich sie in die hintere Ecke ihres Zimmers und griff in die Kiste mit den Edith-Kleidern. Manchmal musste ein Wort gebrochen werden, es gab Situationen, die verlangten das. Deshalb stöberte sie in der Kiste, zog einige Kleider heraus. Allesamt aus edlem Stoff, selbst die Schürzen darin aus Batist genäht. Elly wählte ein graues fließendes Jerseykleid mit weißem Kragen und weißen Manschetten. Das fand sie angemessen, denn es betonte ihre Figur mehr als die grobe Wolle, die sie ansonsten trug. Sie schlüpfte hinein und band den Gürtel eng. Die oberen drei Knöpfe ließ sie offen. Noch einmal rieb sie Blütenblätter an den Hals und auch aufs Dekolleté, bemalte sich den Mund mit Luises Lippenstift. Mit beiden Händen wuschelte sie sich durch die Haare. Nicht langweilig wollte sie sein, sondern lockend wie ein Vollweib. Wäre doch gelacht, wenn sie den Bauern nicht mehr bezirzen könnte. Sie jedenfalls empfand sich in einer reifen Weise appetitlich, wenn sie sich mit einem Spiegel in der Hand drehte. Falten auf der Stirn und die Augenlider geschwollen. Gelebt. Geschuftet. Ein feines Netz aus geplatzten Äderchen überzog die Wangen. Spuren von Sonne und Wind auf der Haut. Jetzt ein Aufbruch. Das Leben noch einmal packen. Die vierzig längst überschritten. Nicht jung, nicht alt, gesund. Bis auf das Rheuma im Knie war sie nahezu schadlos durch die Hungerjahre gekommen, auch den Rest würde sie hinter sich bringen. Aber nicht hier, nicht in Kernberg. Leon sollte sein Abitur machen, sollte studieren. Er hatte Substanz dazu. Auch für Mathilda gab es Pläne. Warum sollte die Kleine für den Rest ihres Lebens an Zitzen von Kühen ziehen und die Wäsche zum Bleichen auf Wiesen legen? Elly steckte sich eine *Overstolz* in den Mundwinkel, blies Kringel durch das offene Mansardenfenster. Sie träumte sich nach Berlin. Der Bauer konnte sie nicht aufhalten, niemand konnte das tun. Und schon gar nicht hatte sie vor, Mathilda zurückzulassen. Es stand Stephan nicht zu, ihr zu drohen. Sie schnippte den Zigarettenstummel in den Hof und schloss das Fenster. Es war Zeit für die Wahrheit. Sie strich sich über das Kleid, entlang der Taille, über die Hüftknochen, über den Po, ein Hauch von Stoff, zart wie Seide.

Nicht mit Holzklumpen, mit den Lederstiefeln ging sie in die Küche nach unten. Eher getänzelt als gestampft. Eher selbstbewusst als arbeitsam. Sie streckte den Rücken und drückte die Brust vor. Keine Haltung wie eine Bäuerin. Denn sie wusste, dass er es mochte, wenn sie sich für ihn begehrenswert gab wie in ihrer gemeinsamen Nacht. Ja, daran sollte er sich erinnern, als sie nackt neben ihm gelegen und im Bauch einen stechenden Schmerz verspürt hatte. Er hatte sie gefragt, warum sie mit der Hand über den Bauch fuhr und zusammenzuckte, und sie hatte nicht geantwortet. Weil sie weder an eine Schwangerschaft gedacht hatte noch daran, dass Karl-Heinz, der Nazi-Sack, der Vater wäre. Das würde sie Stephan gleich sagen, würde ihm die Illusion nehmen, er könnte sie zwingen, bei ihm zu bleiben wegen Mathilda. Sie würde es bedächtig tun.

Er saß am Tisch, das Kinn in die Hände gestützt, als hätte er sie erwartet. Sie lächelte ihn an, fragte, ob er ein Glas Zuckerwasser mit ihr trinken wolle, ob er eine halbe Stunde Zeit für sie übrig habe, um zu reden.

»Worüber?«

»Über uns.«

»Du siehst gut aus heute Abend. Ein Kleid von Edith? Nur die Haare sind struwwelig.« Er grinste sie wissend an. »Musst du nicht tun.«

Sie setzte sich ihm gegenüber, bemühte sich um einen milden Ton. »Stephan, du hast viel für uns getan. Ich bin dir dankbar, unendlich dankbar. Trotzdem gehe ich, denn der Krieg ist vorbei. Meine Heimat ist nicht hier. Meine Heimat ist Berlin. Wie können wir das regeln?«

Da verdüsterte sich Stephans Gesicht. Im Gegensatz zu ihr schien er kein Interesse an einer Lösung zu haben. Dabei schwebten diese zwei Worte unheilvoll über ihnen: Mathilda bleibt!

Stephan starrte ins Leere, und Elly dachte, dranbleiben, nicht lockerlassen. »Ich möchte nach Berlin, nach Hause gehen. Mit beiden Kindern. Das ist mein Wunsch.« Ja, sie wollte den verträglichen Abschied, unbedingt. Wenn es nach ihr ginge, könnten sie noch einmal kuscheln, vielleicht nicht so wild wie in jener Nacht vor der Hochzeit. Mit den Jahren glitt das Verlangen, so hörte man es allgemein, in eine vertraute Langeweile. Doch es wäre ihr recht, sich noch einmal Haut an Haut zu fühlen und damit eine Klammer zu setzen, um den Anfang und um das Ende ihrer gemeinsamen Bauernzeit.

»Wegen Mathilda …«, begann sie noch einmal und legte ihre Hand auf seine.

»Still«, unterbrach da Stephan und tippte aufgeregt mit den Fingerspitzen auf den Tisch. Das erste Mal an diesem

Abend zeigte er eine Regung. Er rief: »Mathilda bleibt, wenn du gehst!«

»Mathilda gehört dir nicht, lass mich das bitte erklären«, versuchte Elly, mit sanfter Stimme fortzufahren.

»Komm mir nicht damit«, sagte er und erhob sich von der Bank. »Mathilda bleibt, egal, was du jetzt behauptest.«

Elly beobachtete seinen Gang. Er schlurfte, ein alter Mann von zweiundsechzig Jahren, müde geworden vom Krieg und auch vom persönlichen Schicksal. Die erste Frau tot, die zweite verließ ihn. Welcher Mann sollte da nicht störrisch werden? Elly ging auf ihn zu, nahm sein Gesicht in ihre Hände. Sie suchte ein Zeichen von Güte, so wie damals, als er entschied, ihr seinen Namen zu schenken. Sie hatte Stephan schön gefunden mit seinen hohen Wangenknochen und dem markanten Kinn. Ein stolzer Mann, der entscheiden konnte, wie ihr Lebensweg verlaufen sollte.

Jetzt konnte er das nicht mehr.

»Versteh doch: Ich muss Leon zu seiner Mutter bringen. Ich habe es geschworen, bei Gott habe ich das geschworen.« Elly rang nach Worten. Worte konnten einen Schmerz zudecken, wenn man sie behutsam aussprach, locker aneinanderreihte. Nicht starr durften sie sein, sondern sollten eine Lücke für Hoffnung lassen. Wie oft hatte Hanns das erwähnt, hatte erklärt, wie Worte die Gefühle formten. Deshalb sprach Elly vorsichtig, bemühte sich, ihre Stimme im Gleichmaß zu halten. Nicht zu schnell zu sprechen, nicht laut zu werden. Verträglich zu sein mit dem Mann, der sie auf eine sehr eigene Weise liebte.

»Es muss kein Abschied für immer sein. Wir sehen uns wieder, wenn wir beide das wollen. Es liegt an uns, was wird.« Sie überlegte, suchte weiter nach einem Trost für ihn, sagte, Berlin sei nur einen Katzensprung entfernt, und lachte bei der Vorstellung auf. Auch er tat das.

Dann löste er sich aus ihren Händen, drehte das Gesicht von ihr weg.

»Zwei Monde fehlten«, sagte er, »zwei Monde war Mathilda zu früh auf der Welt.«

»Was meinst du?«

»Von unserer Nacht bis zu ihrer Geburt hatte ich erst sieben Monde gezählt. Da wusste ich Bescheid.«

Elly presste die Lippen zusammen. Ihr wurde heiß. Geradewegs blickte sie in seine grauen Augen, konnte leugnen, konnte falsches Zählen auf den Wackelpudding in seinem Kopf schieben oder auf seine Trägheit im Sessel. Sie konnte ihm eine hinterhältige Absicht unterstellen oder ihm erklären, dass es Siebenmonatskinder gebe. Und ihn fragen, wie er dazu kam, an ihrer Verlässlichkeit zu zweifeln?

»Ich liebe dich«, sagte er, »weil du widerspenstig bist und kräftig und klug genug, nicht aufzugeben.« Er summte den Hochzeitsmarsch vor sich hin und fragte: »Hast du mich auch geliebt, zumindest zwischendurch?«

Salz in ihrer Kehle. Sie fand keine Worte, keine tröstenden, keine mitfühlenden, gar keine mehr. Aber er wollte eine Antwort, sagte, er habe es verdient, dass sie jetzt ehrlich zu ihm sei, und Elly hustete das Salz aus dem Hals und sagte: »Gut. Wenn du es unbedingt hören willst: Du warst meine Zuflucht für eine Zeit, mein Schutz, unsere Rettung. Aber die Heirat war mehr Berechnung als Schwur.«

Sie knöpfte das Kleid über dem Busen zu, stemmte die Arme in die Hüften. »Außerdem bin ich dir im passenden Moment mit Leon vor die Füße gestolpert. Daran hat auch die Geburt von Mathilda nichts geändert. Wie sonst hättest du den Hof schmeißen können? Wie bitte schön, wenn nicht mit mir?«

Er kam auf sie zu, nahm ihre Hände. »Ein halbes Jahr, nur ein halbes Jahr. Hilf mir noch, die Söhne in Arbeit zu bringen. Hilf mir, mich an den Gedanken zu gewöhnen, wieder allein zu sein.«

»Du hast Erich.«

»Wir sprechen nicht über Erich!«

»Du wirst immer für ihn da sein müssen.«

»Sei still.«

Elly rührte zwei Gläser Zuckerwasser an und stellte sie auf den Tisch. Er griff danach, als wäre das die Lösung. Vielleicht blickte er wie sie auf die gemeinsame Zeit: Die Heirat in der Kirche. Die Lüge. Das Hungern und Überleben. Die Flucht in den Vorratskeller, wenn der Fliegeralarm durch die Luft heulte, von der Kreisstadt bis nach Kernberg. Der Blitzschlag auf dem Feld, der Ewald fast getroffen hätte. Sie hatte schnell reagiert, den Jungen in den Graben gestoßen. Der Blindgänger, der vor dem Bauern in die Luft flog, als Stephan versuchte, die verbrannte Erde mit Samen wieder zum Erblühen zu bringen. Die eine Minute, die ihn zutiefst berührte: Erichs Wiederkehr auf den Hof. In einer Minute war alles möglich, Rettung und Untergang, Entscheidung und Fehler.

»Ein halbes Jahr. Danach geh in Frieden. Mit Leon und Mathilda.«

Sein Versprechen. Mehr brauchte sie nicht. Sie blieben bis zur Dunkelheit nebeneinander sitzen. Redeten nicht, genossen nur die Gegenwart des anderen im Raum.

Spät am Abend weckte sie Leon. Seit Wochen, seit er wusste, der Krieg war vorbei, bettelte er, Elly solle mit ihm aufbrechen, es gebe keinen Grund mehr, in Kernberg zu bleiben. Sie hatte ihn um Geduld gebeten. Nun war es so weit, es gab ein Ende.

»Wir kehren zurück nach Berlin.«

»Wann?«

Der Schatten auf seinem Gesicht verschwand, sie spürte es mehr, als dass sie es sah.

»In einem halben Jahr.«

Enttäuscht warf er sich zurück auf die Matratze. Er habe so lange gewartet, nun könne er nicht mehr. »Warum nicht sofort?«, rief er zu laut.

»Weil die Rückkehr sicherer ist, je mehr Zeit vergeht. Wir müssen es einfach hinnehmen.« Elly verstand seinen Protest. »Außerdem können wir hier nicht quasi über Nacht verschwinden. Das muss vorbereitet werden.« Sie bat ihn, geduldig zu sein und ihr zu vertrauen. »Nimm es wie eine Prüfung: Wenn wir einhundertzweiundachtzig Kerben mit Luises Stielkamm in deine Bettkante geritzt haben, ist unser Abschiedstag gekommen.«

»Und heute die erste?«

Elly nahm den Kamm vom Waschtisch und ritzte die erste Kerbe ins Holz.

Bereits am nächsten Tag wurde Stephan tätig. Er schlug ein Stück Holz aus der Stallwand und legte es auf den Boden vor sich. Er wickelte einen Fetzen Sack über einen Ast und tunkte den Ast in erhitzten Teer. Während er mit zittriger Hand Buchstaben schrieb, biss er sich auf die Lippen. Elly stand neben ihm, hielt ihn an den Schultern, wenn er in die Hocke ging, stützte seinen Rücken, wenn er wieder aufstand. *Hof und Land zu verkaufen. Mai 1945.*

Und im Hintergrund trieben sich die Söhne herum, riefen hinter vorgehaltener Hand: »Daran ist Leon der Jude schuld.«

Der Bauer überhörte es, aber Elly wurde traurig. Die Söhne waren unverträglich wie am ersten Tag. Lediglich Erich hing an ihr. Stets zupfte er an ihrem Kleid und wollte, dass sie ihn in den Arm nahm. Und dachte sie daran, in Kürze tatsächlich den Hof zu verlassen, so wäre es Erich, den sie am meisten vermissen würde.

Am Abendtisch sprach sie das Thema an, von dem sie wusste, es belastete den Bauern. »Ihr müsst in die Lehre. Ihr könnt nicht den ganzen Tag auf dem Hof und im Dorf herumlungern«, mahnte Elly. »Bis nächste Woche will ich einen Plan von euch. Wenn bis dahin nichts passiert, melde ich euch bei der Bahn an.«

»Das geht dich gar nichts an. Du verlässt uns. Wie die anderen Flüchtlingsfrauen vor dir.«

Da schalt der Bauer. »Keinen Ton mehr, ihr Saubande.«

Die Söhne protestierten. »Aber die geht einfach weg. Das ist ungerecht. Warum hilft sie uns nicht? Wir können den Hof wieder aufbauen! Alle zusammen. Schuld ist nur Leon.«

Ewald sprang auf.

Stephan rief: »Hinsetzen. Sofort. Bei Tisch herrscht Ruhe!« Er packte den Sohn am Arm, versuchte, ihn auf den Stuhl zurückzuzerren. Doch Ewald riss sich aus der Umklammerung los und stampfte mit den Füßen auf. »Warum soll ich ruhig sein? Die weiß doch, wie man auf den Feldern arbeitet.« Sein Finger stieb nach vorne, hin zu Elly. Mehrmals bewegte er lautlos die Lippen, öffnete und schloss sie. Sein Gesicht verlor den ansonsten üblichen Spott. Es wurde hart, erwachsen, die Haut spannte sich über seine hohlen Wangen. Dann stieß er hervor: »Wir haben uns an sie gewöhnt.« Er verzog den Mund wie einer, der Zahnschmerzen hatte. Elly verstand. Liebe hatte viele Ausdrucksformen, und manchmal tat sie weh.

* * *

Achtzig Kerben gab es nun schon an Leons Bett – und der Alltag verlief wie zuvor. Es war die Zeit der Obsternte auf den Streuwiesen. Elly stieg auf die Leiter, reckte sich bis in die

Baumspitzen, warf Obst in das ausgebreitete Betttuch, das Leon und Mathilda am Boden spannten. Sie kochte das Obst ein, füllte es in Gläser. Sie bestückte in diesem Spätsommer die Vorratsregale in einem Tempo wie nie zuvor. Sogar nachts stand sie in der Küche und verarbeitete, was der Garten hergab. Die Felder durfte niemand betreten, die Gefahr, dass eine Bombe noch zündete, war zu groß. *Mein Minenfeld* nannte der Bauer sein Land, über das nun Unkraut wucherte. Umso stärker war ihr Wunsch, dass Stephan und die Söhne auch ohne ihre Hilfe einigermaßen über den nächsten Winter kämen.

Wenige Tage nach Weihnachten klopfte es am Hoftor. Elly rechnete mit den US-Soldaten, die nun häufiger aus der Kreisstadt kamen und Schokolade gegen Milch tauschten. Umso mehr war sie überrascht, dass nicht Soldaten, sondern eine Familie vor ihr stand. Ein Mann, eine schwangere Frau, zwei kleine Kinder. Gut gekleidet. Freundlich grüßten sie. Am Straßenrand parkte ihr Auto mit noch offenen Türen und laufendem Motor. Ob das schräge Schild im Vorgarten noch gültig sei: *Hof und Land zu verkaufen. Mai 1945,* fragte der Mann mit polnischem Akzent und hielt seine Geldbörse in die Luft. Seine junge Frau unterstrich seine Geste durch ein Reiben über ihren Bauch und fügte hinzu: »Wir suchen einen Hof, bevor das dritte Kind kommt.« Neugierig beugte sie den Oberkörper zur Seite, vorbei an Elly. »Oh, Ställe. Da machen wir was draus.« Sie kicherte wie ein Kind, das unerlaubt am Kuchenteig genascht hatte.

Fast wäre Elly einem Impuls gefolgt, das Schild aus der Erde zu reißen. Fast hätte sie geantwortet: »Nein, nein, das ist mein Land, meine Heimat. Ein Schild steht da nicht. Ein Irrtum. Hier wohne ich mit Mann und Kindern. Die alte Kuh Roberta mit ihren glubschigen Augen ist meine Verbündete im Stall, ich werde sie pflegen, bis sie keine Milch mehr geben kann, bis sie sich hinlegt und stirbt. Vorher darf ich nicht gehen. Nein, nein, das Land ist nicht zu verkaufen, kann gar nicht sein, denn unter den Feldern liegen Minen und der Boden ist verbrannt. Ziehen Sie weiter.«

All das sagte sie nicht, sondern rief nach Stephan.

Der wickelte das Ganze ab wie ein Mann, der es gewohnt war, Geschäfte zu machen. Er fragte nach Geld, und der Pole grinste, er habe geerbt, eine Verwandte aus Amerika habe seine Familie bedacht. Zahnlücken wurden sichtbar, und als er seine Frau in die Seite stieß, wie zum Zeichen, sie solle nicken, da fand Elly ihn unsympathisch. Aber Stephan nannte einen Termin am übernächsten Tag. Vor Zeugen sollte es geschehen, vor Horst und der Hühnerbaronin. Dann drehte er sich grußlos um, ging durch den Hof ins Haus in sein Zimmer, aß nicht mehr mit Elly am Tisch, ließ sich von seinen Söhnen das Essen bringen.

Am übernächsten Tag, Leon hatte einhundertzweiundachtzig Kerben in die Bettkante geritzt, kam Stephan pünktlich in die Küche, gekleidet in seinen Hochzeitsanzug. Die weißen Haare gewaschen und gekämmt.

Erst trank er den Schnaps, den Horst mitbrachte, dann rief er nach Elly. Sie solle sich mit an den Tisch setzen, es sei auch ihr Hof, es gehe sie was an. Die Hühnerbaronin bestätigte das mit einem Lächeln.

Dann klopften die Polen.

Noch, so dachte Elly, *kann ich das Geschäft verhindern. Ein Wort von mir, und der Hof bleibt in der Familie.*

Sie krallte die Finger ineinander, bis kaum mehr Blut hindurchfloss – und schwieg.

Stephan verhandelte. Er tat das in einem sachlichen Ton. Nicht die kleinste Träne im Augenwinkel, nicht ein Brechen der Stimme, nicht ein Zucken im Mundwinkel. Nirgendwo ein Zeichen von Gefühl.

Man einigte sich.

Siebenundzwanzigtausend Mark und ein Wohnrecht in der Mansarde für Stephan und seine Söhne. Ungehinderten Zugang zu jeder Zeit für die Hühnerbaronin.

Siebenundzwanzigtausend, das ist zu wenig für den Rest des Lebens, dachte Elly. Laut sagte sie: »Es geht doch um alles, um Haus, Ställe, Felder!«

Aber Stephan fuhr sie an, sie habe keine Ahnung vom Geschäft. Und Horst schnalzte abfällig in ihre Richtung. Die Hühnerbaronin berührte wie zur Beruhigung Ellys Knie. Die Atmosphäre war angespannt, ungeachtet dessen drängte der Pole, indem er seinen Arm ausstreckte. »Handschlag drauf. Passt«, sagte er. Aber Stephan zögerte nun, legte seine Hände übereinander. »Was ist mit meiner Frau?«

»Wie meinst du das?«, fragte Horst.

»Wenn ich hier lebenslanges Wohnrecht in der Mansarde habe, soll sie eine lebenslange Rente kriegen. Siebzig Mark für Elly. Monatlich. Oder der Hof bleibt meiner.«

Der Pole hustete – und Stephan schlug ein.

Teil III:
1946 bis 1947

17

Der Zug kam morgens im zerbombten Lehrter Bahnhof an. Eineinhalb Tage hatte Elly mit ihren Kindern in Waggons verbracht, dicht gedrängt mit Flüchtlingen, Heimkehrern, mit Landstreichern und mit Menschen wie sie, die nach der Vergangenheit suchten. Mehrmals hatten Kontrolleure die Fahrt unterbrochen. Bei Hannover war der gesamte Zug wegen technischer Schwierigkeiten ausgetauscht worden. Sie hatten in der Kälte neben den Gleisen gehockt und nicht gewusst, ob ein Ersatz käme oder nicht. Die Kinder lagen nun übermüdet neben ihr, Leon hielt Mathilda umklammert, Reisetasche und Federkissen dienten als Unterlage. Sie selbst lehnte an der Wand, saß auf dem Boden. Man hatte die Bänke und Trennwände aus den Waggons montiert, vermutlich, um noch mehr Menschen und Waren hineinzupferchen. Elly wäre mehr Abstand zu den anderen lieber gewesen. Dachte denn keiner an die Läuse und überhaupt an ansteckende Krankheiten? Sie zog ihr Wolltuch vor den Mund und kontrollierte, ob auch die Schals der Kinder nicht verrutscht waren.

Horst hatte ihnen den Passagierschein besorgt und etwas widerwillig die Route ausgearbeitet. Über Koblenz und Köln solle sie fahren, die Strecke sei zwar beschädigt, aber sicherer als die Reise durch den Thüringer Wald, denn dort verlange man einen Interzonenausweis. Mit einer ruppigen Geste hielt er Elly die Fahrscheine unter die Nase. »War nicht so einfach. Man muss eben die richtigen Leute kennen«, hatte er bemerkt. Die Hühnerbaronin hatte es von ihm verlangt – und er hatte gehorcht und seine Kontakte spielen lassen. Zum Abschied hatte er Elly auf die Schulter geklopft. Und sie war zusammengezuckt, ein wenig aus Angst und ein wenig aus Abscheu.

Nun also Berlin und hoffentlich bald wieder Sara und Hanns.

»Leon, wach auf, wir sind gleich da.« Wo dieses *Da* genau lag, wusste sie nicht. Wenn das Haus nicht mehr stand, bliebe ihnen nur noch die Heilsarmee.

Sie würde sehen, eins nach dem andern.

Leon blinzelte, dann sprang er auf. »In Berlin? Zu Hause? Wir überraschen Mama. Oder hast du ihr geschrieben, dass wir kommen. Hast du?«

»Jetzt keine Fragen. Wir müssen raus aus dem Gedränge.« Sie weckte Mathilda, drückte sie eng an sich. »Du bleibst an meiner Hand, und wenn einer an dir zerrt, schreist du, so laut du kannst.«

»Ich pass doch auf«, tröstete Leon und zog sich die Tasche schräg über die Schulter. Das Kissen klemmte er unter den Arm. »Auf geht's. Mathilda, du wirst Augen machen, wenn wir erst zu Hause sind.« Er drückte ihr einen Kuss auf die Wange. »Musst keine Angst haben, ich bin bei dir.«

Auf dem Boden des Lehrter Bahnhofs lagen Hunderte Menschen. Sie schliefen oder starrten vor sich hin, hatten weder Tasche noch Koffer, nicht einmal eine Decke bei sich. Leon zeigte auf eine Frau, die nur mit Rock und Strickjacke bekleidet war, die groben Strümpfe bis zu den Halbschuhen hinabgerutscht. Sie hockte neben ihrem Kind, umfasste es mit beiden Armen wie eine Strauchelnde. Hilflos sah das Kind sich um.

»Ich kann ihr mein Federkissen geben«, entschied Leon. »Wir haben doch dicke Decken zu Hause.«

»Auf keinen Fall. Wir wissen nicht, was auf uns zukommt.« Elly zog ihre Kinder näher an sich, raus aus dem Bahnhof, dessen Glasdach sich halb zerborsten über ihnen spannte.

»Nicht stehen bleiben, stur nach vorne gucken«, kommandierte sie.

Mit dem ersten Blick auf Berlin, auf ihre Stadt, von der sie seit Jahren träumte, sich zurücksehnte nach der Lebendigkeit und Lautstärke, nach dem lässigen Dialekt der Menschen und der schnodderigen Schnauze, mit der Berlin jede Kritik im Keim erstickte, mit diesem ersten Blick auf ihre Stadt sackte Elly in die Knie. Sie stützte sich auf Leon, auf ihren Jungen, der nicht mehr klein war, bald vierzehn Jahre alt und groß wie sie selbst. Sie hatte Berichte über die Zerstörung im Radio gehört. Fotos in Zeitungen hatten sie entsetzt. Im Zug hatten Mitreisende von Trümmern gesprochen. Aber mit beiden Füßen auf diesem Boden zu stehen, keinen einzigen Haltepunkt mehr zu finden, das machte sie fassungslos.

Ihre Stadt gab es nicht mehr.

»Wo geht es lang?«, fragte Leon ungeduldig, als wären die Straßen intakt, als würden Gebäude noch Wege markieren.

Mathilda weinte.

»Ich weiß es nicht«, flüsterte Elly.

Von hinten stieß ein Mann gegen ihren Rücken, spuckte gelben Schleim. »Noch 'n paar Schweine aus dem Osten?« Dann torkelte er weiter in seiner zerschlissenen Uniform.

Elly legte eine Hand auf Leons Ohr, die andere auf Mathildas Schulter. Für einen Moment sehnte sie sich nach Kernberg, nach einem Hoftor, das sie schließen, das Stephan vernageln konnte. Sie rief sich die Ruhe des Hofs ins Gedächtnis zurück, wenn der Bauer abends in seinem Ohrensessel saß, die Kuh nebenan auf dem Heuboden scharrte. Sie dachte an den Duft von Sauerteigbrot, an das Lächeln von Erich, das keinem zu gelten schien, einfach nur abgesendet in diese kleine Bauernwelt. Dort gab es die verbrannte Erde, ja, aber die würde sich erholen. Der Frühling wurde ein Erwachen bringen, der Sommer die Früchte. Hier in Berlin würden die Jahreszeiten nichts heilen, gar nichts.

Leon zog sie am Ärmel. »Komm, hier lang.« Er deutete mit seinem ausgestreckten Arm in eine Richtung, die falsch war.

»Warte noch«, sagte Elly. »Ich muss was erledigen.«

Sie wischte sich mit einem Stein den Rotz des Mannes vom Schuh. Und ging zurück zu der hockenden Frau in der Bahnhofshalle, zottelte Leon und Mathilda hinter sich her. Angekommen vor der erstaunten Frau, warf sie ihre Handtasche auf den Boden, kramte eines der mit hart gekochten Eiern belegten Brote hervor und hielt es dem Kind hin.

»Für dich.«

Der Kleine, ein Junge von drei, vier Jahren, streckte seine schmutzige Hand nach dem Brot aus, betrachtete es von allen Seiten, und erst als die Frau »Danke« sagte, biss er hinein.

»Wir gehen nicht zurück in den Keller, nur Gewalt und Kälte.« Sie strich sich über die Oberschenkel, fuhr am Stoff des zerschlissenen Rockes entlang. »Ohne Moral, wie Tiere«, leierte die Frau, ohne den Blick aus der Ferne zurückzuholen.

Elly sog hörbar die Luft ein. Wieder kamen ihr Zweifel, ob sie nicht zu früh aufgebrochen war.

»Wir haben keine Angst. Wir wohnen nicht im Kellerloch. Meine Mama wartet in der Villa, meine Mama ist Künstlerin«, fuhr Leon dazwischen und fügte hinzu: »… und aus jüdischer Familie, genau wie ich. Jetzt darf ich das wieder sagen, dass ich Jude bin, oder, Elly, jetzt darf ich doch sagen, wer ich bin?«

Elly herrschte ihn an, endlich still zu sein. Sie schämte sich für Leon. Sprach von einer Villa, von einem Zuhause, während die beiden vor ihr nicht mal etwas zu kauen hatten, geschweige denn eigene vier Wände.

»Wollen Sie auch ein Butterbrot?« Sie zog die Blechschüssel aus der Tasche, die die Hühnerbaronin ihr vor der Abfahrt zugesteckt hatte.

»Können Sie denn noch eins abgeben?«, fragte die Frau ungläubig. »Brot kostet vierzig Reichsmark oder zwanzig Zigaretten.« Sie lachte auf, und als sich ihr Gesicht dabei glättete, erhielt Elly eine Ahnung davon, wie hübsch sie wäre, könnte sie essen und schlafen, könnte sie ohne Furcht sein.

»Sind Sie von hier? Können Sie uns sagen, wie wir sehr schnell nach Kreuzberg kommen?«

»Dahlem, Elly, wir wohnen doch in Dahlem«, mischte sich Leon ein.

»Schnell geht gar nichts. Die S-Bahn fährt nur, wenn es Treibstoff gibt. Am ehesten kommen Sie mit dem Fahrrad durch. Klauen Sie sich eins. Das machen die hier alle so.«

»Wir gehen zu Fuß«, entschied Elly und rief die Wut zurück, und zwar auf Helene.

* * *

Vereinzelt flatterten Fahnen an den Ruinen. Wo Wände eine Fläche boten, hatte man mit Farbe die Namen von Vermissten geschrieben. Und dazwischen gefegte Straßen und ein bisschen Normalität: Da hasteten Mütter mit Kindern entlang, Grüppchen alter Leute redeten am Gehwegrand. Elly sah auch junge Frauen, die sich unterhakten, modisch gekleidet mit Absatzschuhen und karierten Stoffen; Männer mit dicken Mänteln über Anzügen eilten den Gehweg entlang, als würde man sie im Büro erwarten. Und an der Ecke stand ein Bäcker, der seine Waren im halb verfallenen Eingang seines ehemaligen Ladens anpries. Auf einem wackeligen Tisch hatte er kleine Brote aufgetürmt. Mit lauter Stimme rief er Kundschaft an, winkte auch Elly zu sich herüber. Unschlüssig blieb sie stehen. Die ersten siebzig Mark ihrer Rente trug sie in der Tasche, vielleicht sollte sie etwas einkaufen, wer wusste schon, wann es die nächste Gelegenheit dazu gab. Die Eierbrote waren aufgegessen. Mathilda quengelte, sie könne die Finger nicht mehr bewegen, ihr sei kalt, sie habe Hunger. Leon zog seine Handschuhe aus und streifte sie über ihre kleinen Hände. »Jetzt hast du zwei übereinander. Das hilft. Außerdem sind wir bald im Warmen. Zu Hause gibt es einen Kamin«, tröstete er sie.

Elly fragte den Bäcker, was ein solches Brot koste.

»Zigaretten geh'n auch«, flüsterte er.

»Es gibt nur Geld gegen Brot. Ist Ihnen wohl zu klein geraten, oder hat der Teig nicht gereicht?« Elly deutete auf die Ware.

Der Bäcker lachte. »Kennen Sie nicht? Das sind Schrippen, Happen auf die Hand für zwischendurch. Aber lassen Sie mal stecken. Ich schenk das dem kleinen Fräuleinchen.« Er nahm eine vom Stapel und reichte sie Mathilda als Trost für alles, wie er sagte, er wolle Kinder nicht mehr weinen sehen. Mathilda strahlte, biss in das goldbraune kleine Brot, das er Schrippe nannte. Die Kruste splitterte auf. Weißer gebackener Teig quoll heraus. Mathilda bedankte sich artig, hielt das Brot auch Leon vor den Mund und beide Kinder lutschten die Bissen und sagten, nie hätten sie etwas gegessen, das besser schmeckte.

»Sie kommen von woanders her?«, fragte der Bäcker.

»Nein, nein, ich bin quasi Berlinerin, finde mich hier aber nicht mehr zurecht. Ich suche die Reichenberger Straße in Kreuzberg, die Bechstein-Fabrik.«

»Dafür brauchen Sie Pässe. Wird hier streng kontrolliert. Geh'n Sie bis zum übernächsten Schuttberg. Seh'n Sie den? Da biegen Sie rechts ab. Dann weiter, immer weiter. Darf ich fragen, was Sie da suchen?«

»Dürfen Sie nicht«, entschied Elly. Sie bedankte sich nochmals für das kleine Brot und zerrte ihre Kinder an sich. Aber der Bäcker hakte nach, warum sie es denn so eilig habe, in diesen Zeiten solle man bedächtig sein. Dann kratzte er sich am Kopf und sagte: »Wir sollten aufhören, einfach aufhören, sonst hat das doch nie ein Ende. Wir müssen nett zueinander sein, wieder Christenmenschen werden.« Der Bäcker, jünger als Elly, bekreuzigte sich. »Es ist Frieden.« Seine haarlose Haut im Gesicht erschien kindlich, engelsgleich. »Ich wünsche Ihnen den Segen Gottes.« Und Elly dachte, dass er vermutlich zu viel gesehen und gehört hatte, dass er seltsam geworden war. Sie hätte ihm gerne etwas Tröstendes gesagt, aber ihr fiel kein Satz ein, der passend gewesen wäre.

Mehr als einmal hielten Soldaten sie auf und fragten nach Pässen, warum sie die Zone mit den Kindern wechsele, wollten erst die Russen, dann die Amerikaner wissen.

»Warum wohl? Ich bringe den Jungen zurück. Oder soll es ein Waisenkind mehr auf der Straße geben?« Dabei stieß sie Leon mit dem Ellbogen in die Rippen, damit er den Mund hielt und nichts mehr faselte von der Villa in Dahlem. Wut tat gut. Wut machte das Auftreten kräftiger, die Gedanken klarer. Wut milderte nichts ab, verschleierte nichts. Wut nannte die Verbrechen beim Namen – und ließ Rache endlich zu. Die Bechstein hatte Leon in Lebensgefahr gestoßen, ihm vielleicht die Eltern genommen. Konfrontation. Das war es, was Elly wollte. Ein Soldat, ob russisch oder amerikanisch, würde sie nicht aufhalten, ihr würde etwas einfallen, um zur Fabrik zu gelangen. Mit großen Schritten ging sie voran, überholte Spaziergänger und solche, die einen Karren voller Plunder hinter sich herzogen. Ihr Blick war stur nach vorne gerichtet. *Ziel halten,* dachte sie, *nicht ablenken lassen.*

Die Fabrik in der Reichenberger Straße stand noch. Zum Teil waren die Fensterrahmen ohne Glas, eine Ziegelsteinwand durchschossen, mehr Schäden gab es an dem Gebäude nicht. Noch unentschlossen ging Elly auf und ab und geriet dabei in ein geschäftiges Treiben: Hölzer wurden hinausgetragen, im Hof zu Kästen gezimmert, von drinnen drangen Sägegeräusche heraus und Kommandos. Im Eingang über der offen stehenden Tür wehte die amerikanische Flagge wie zum Gruß.

»Da gehen wir rein«, bestimmte sie schließlich mit fester Stimme.

»Das dürfen wir nicht«, meinte Leon, und tatsächlich pfiff ein Soldat und stellte sich ihnen mit einem Sprung in den Weg. »Hey, hey, young lady, stop!«

»Ich will zur Chefin.«

»Chefin? Aha.« Er grinste breit. Sein Gesicht hatte einen offenen, freundlichen Ausdruck. »She's gone. And you, sweetie?« Er zeigte mit dem Finger auf Mathilda. Mit seinen schwarzen Händen strich er ihr über die flusigen Haare und zauberte mit einer geschickten Geste etwas hervor, das er Chewing Gum nannte. Er wickelte es aus und steckte es der verdutzten Mathilda in den Mund. »Kau. For being happy.« Dabei schürzte er seine wulstigen Lippen und schmatzte und verdrehte in lustiger Weise die Augen. Mathilda kicherte.

»Kann ich auch so was haben?«, fragte Leon, und Elly schimpfte, man dürfe nichts von Fremden annehmen, schon gar nicht von Soldaten. Mathilda solle ausspucken, sofort. Aber Mathilda spuckte nicht, sondern kaute und knatschte und verdrehte dabei die Augen, wie der Amerikaner es ihr vorgemacht hatte.

»Was wollt ihr?« Seine Stimme wurde laut und förmlich, er nahm Haltung an. »Ein kleine Sarg?« Der Soldat klopfte Leon auf die Schulter. »Und du ein Drager, young man?« Als

Elly sagte, sie bringe der Bechstein den Sohn zurück, da stutzte er.

»Nock ein Kind. Right? Where is it from? Wo kommt es?«

»Ja, noch eins. Aus der Eifel.«

»Warum?«

»Hat sie weggegeben.«

Der Soldat sah nicht mehr freundlich aus, er kniff die Augen zusammen: »No, unmoglisch. Ick muss erst … wait.«

»Unehelich ist der Junge. So eine ist die Bechstein. Weg, was stört«, schob Elly nach und wischte mit der Hand durch die Luft, als würde sie eine Fliege verscheuchen, geradeso wie die Bechstein es in der Sternberg-Villa häufig getan hatte, wenn Elly den Kaffee servierte.

Der Soldat trat einen Schritt zurück, streckte den Rücken einmal mehr und wurde beflissen. »Papiere, please.«

»Sind uns von den Russen geklaut.«

»Nix ohne Papiere, sorry, Ma'am.«

Elly dachte angestrengt nach, wie sie den GI vor sich überzeugen konnte. Wenn die Begegnung mit der Bechstein hier platzte, dann wüsste sie nicht weiter, dann müsste sie vermutlich zurückkehren nach Kernberg. Sie sah den Soldaten von Kopf bis Fuß an, versuchte, einen überlegenen, wissenden Gesichtsausdruck zu halten. Dann erklärte sie verschwörerisch: »Der Vater ist aus Amerika.« Sie deutete auf Leon und dann auf den Soldaten und dann an einen unbestimmten Ort in weiter Ferne. »Ich würde das an Ihrer Stelle melden, please.«

Leon hörte mit hängendem Unterkiefer zu. Er schien zu begreifen, dass er nicht dazwischenreden durfte. Und als der Soldat bemerkte, er würde das klären, sie solle warten, da hatte Elly das gute Gefühl, dass ihre Lüge wie eine Eintrittskarte in ein neues Leben war.

Und tatsächlich kam der Mann zurück.

»Mrs Beckstein is here. You're right«, sagte er. »She waits. Durck die Tür, Gang runter, links hinter die Holzlager.« Er wies auf die doppelflügelige, mit Ornamenten verzierte Eingangstür.

»Ich kenne den Weg«, flunkerte Elly und marschierte mit ihren Kindern dem Holzlager entgegen. »Leon, lass mich mal machen. Und wenn die irgendwas von deinen Eltern erzählt, dann ist das nicht wahr.«

»Wie meinst du das?«

Elly blieb im Flur der Fabrik stehen, drückte den schlaksigen Jungen an sich.

»Genauso, wie ich es gesagt habe: Wenn Helene behauptet, deinen Eltern wäre was zugestoßen, dann werden wir das nicht glauben. Die hat doch keine Ahnung!«

Ein Wort zu viel und Leon würde zerbrechen, das wusste Elly. Zu lange schon wartete er darauf, seine Eltern wiederzusehen, endlich wieder zu Hause anzukommen. Eingekapselt in der eigenen Wirklichkeit hielt er an seiner Hoffnung fest, egal wie ungnädig die Zeit daran bohrte. Und genau diese Hoffnung würde Elly schützen. Nie durfte sie zulassen, dass jemand daherkam und durch unüberlegte Sätze, durch grobes Benehmen, durch schmutzige Behauptungen etwas in ihm beschädigte. Ja, ihn zu schützen vor dem, was nun kam, das war ihre Aufgabe! Sie nahm ihn an die Hand, obwohl er zu groß dazu war. Sie sagte, alles würde sich fügen, er müsse fest daran glauben. Leons Hand blieb schlapp in ihrer, auch passte er seinen Schritt ihrem Tempo nicht an. So zog sie die Kinder hinter sich her. Der Gang schien kein Ende zu nehmen. Viele Türen rechts und links und vor den Bogenfenstern wirbelten die Sägespäne im Gegenlicht. Elly bog links ab, hielt vor einer Tür, über der ein weißes Emailleschild hing. *Holzlager* stand in geschwungener Schrift darauf. Sie umarmte Leon innig, fühlte keinen Widerstand, keinen angespannten Muskel. Ein Bambus, der sich bog und anpasste, aber auch einer, der nicht brach.

»Du kannst der Bechstein gleich vors Schienbein treten«, ermunterte sie ihn.

»Ich warte draußen«, sagte er.

Elly tat einen Schritt zurück, wollte sagen, dass Kneifen keine gute Idee sei, dass es nun um Konfrontation gehe, wollte sagen, dass niemand vergessen dürfe, niemand schweigen dürfe, dass eine wie die Bechstein sich entschuldigen müsse, mehr noch, Reue zeigen müsse, wollte sagen, dass Hoffnung kein Treibsand sei, sondern ein Boden, auf dem etwas gedeihen könne, wenn Wut ihm Düngung gab. Wollte sagen, dass Leon sich dehnen, strecken, stark werden sollte, sich aufbauen sollte vor der Frau, die mit ihrem losen Maul das Unheil der Sternbergs ausgelöst hatte. All das aber sagte sie ihm nicht. Sie erkannte, wie verletzt, wie ängstlich er war. Wie es in den Adern unter seinen Augen pochte, als wäre das Pochen eine Warnung, ihn jetzt nicht zu überfordern.

»Gut, dann pass auf Mathilda auf. Ich regle das, kein Problem«, sagte Elly.

18

Sie hatte sich kaum verändert. Der ausladende Busen unter einer weißen Bluse, das schwarze Jäckchen darüber geknöpft, ein Faltenrock. Die großporige Haut war schlaffer geworden, umspannte nicht mehr das Doppelkinn, sondern bewegte sich hin und her, als sie einen unterdrückten Schrei tat und die Hände vor den Mund schlug. »Tatsächlich. Du bist es! Wo ist Leon?«

Wie oft hatte Elly sich diese Begegnung vorgestellt. So viele Jahre waren vergangen, und doch kam es ihr vor, als wäre es erst gestern gewesen, dass diese Frau ihre Arme um Sara gelegt hatte wie um eine Freundin. Dass sie Hitlers Torte auf deren Tisch gestellt und den Verrat verkündet hatte. Elly drückte die Knie durch, jetzt hieß es, standhaft zu bleiben. Sich nicht einschüchtern zu lassen, was auch immer die Bechstein behaupten würde. *Sie haben Schuld,* würde Elly gleich sagen. Aber noch kamen die Worte nicht, noch fühlte sie sich wackelig.

»Wo ist der Junge? Lebt er?«

Elly rieb sich die Augen, der Holzstaub reizte die Schleimhaut. Tränen liefen ihr über die Wangen, und darüber ärgerte sie sich, denn die Bechstein kam auf sie zu. »Na, na, beruhige dich.« Kurz berührte sie Ellys Mantel. »Rede doch. Warum bist du hier? Wo ist Leon? Weißt du etwas über ihn?« Die Stimme der Bechstein wurde hell.

Elly atmete ein und sehr lange aus. Umständlich wischte sie sich die Tränen von den Wangen. Sie stemmte die Hände in die Hüften. Dann sammelte sie die Worte im Bauch, damit ihre Stimme aus der Tiefe kam.

»Ich bin hier, um Ihnen Zuckerwasser in den Rachen zu schütten, bis Sie keine Luft mehr kriegen.«

Die Bechstein riss Augen und Mund auf.

»So wie Leon fast daran erstickt wäre, als Hitlers Handlanger kamen …«, redete Elly weiter und wunderte sich, wie die Worte sich fügten: zum Vorwurf, zur Schuld der Verräterin.

»Er lebt?«

»Ja.«

Die Bechstein verbarg das Gesicht hinter ihren Händen. »Wie verzweifelt habe ich den Jungen gesucht! Und nun so was, ihr kommt einfach daher. Ein Segen. Kindern haben die nichts getan, ich hab's gewusst. Jetzt kriegt Leon doch noch sein Erbe …«

»Wieso Erbe? Was ist mit seinen Eltern?«, unterbrach Elly sie und machte einen Schritt auf die Bechstein zu. »Wo sind Sara und Hanns?«

Sie merkte, wie die Bechstein die Luft anhielt. Unbeweglich stand sie da, die Hände in den Falten ihres Rocks versteckt.

»Wo sind Sara und Hanns?«, wiederholte Elly die Frage. Plötzlich drehte sich die Bechstein um, ging zu einem Wandschrank und öffnete den Tresor, der sich darin befand, wühlte in Unterlagen und wandte sich mit einer ledernen Dokumentenmappe in der Hand zu Elly um. »Setz dich. Bitte. Ich will dir was zeigen.«

Elly gehorchte.

Die Bechstein legte eine Zeitschrift auf den Tisch und blätterte sie auf. Fotos von kleinen Kindern, Suchanzeigen für Töchter und Söhne, für Enkelkinder. Ein Bild von Leon Sternberg im Großformat. Die Suchanzeige habe sie persönlich geschaltet, habe mit Erich Kästner geredet, dem Verleger der Zeitschrift. Dabei glättete sie mit ihrer Hand die Seite.

»Was genau wollen Sie mir sagen?«, fragte Elly und blickte auf das Foto von Leon. Es zeigte ihn als fröhlichen Jungen, vielleicht fünf Jahre alt.

»Druckfrisch. Hör mal, was hier steht: *Vermisst! Leon Sternberg, geboren am 2. Mai 1932 in Berlin, Sohn der Pianistin Sara Sternberg. Erbitte Meldung an die Stelle des Roten Kreuzes in Berlin.*«

»Er heißt nicht mehr Sternberg«, bemerkte Elly. Sie tippte auf den Text unter der Suchanzeige. »Hier fehlt der Name von Hanns. Warum ist Hanns hier nicht erwähnt?«

Die Bechstein antwortete nicht, sondern legte ein gelbliches Schriftstück auf die Zeitschrift. Lautlos bewegte Elly die Lippen. Ihr Herz setzte einen Schlag aus, als sie gewahr wurde, was sie las: *Sterbeurkunde, Weimar II, 304.1/1938. Der Arzt Hanns Isaak Sternberg, wohnhaft in Berlin, Schwelerstraße 12, ist am 31. 12. 1938 um 19.40 Uhr verstorben. Der Verstorbene war geboren am 21. 12. 1890 in München und verheiratet mit Sara Sternberg. Weimar. Standesamt …*

»Vermutlich erschossen«, sagte die Bechstein. »Ich habe euch rechtzeitig gewarnt, du erinnerst dich. Ihr hättet auf mich hören müssen!«

Elly schlug die Augen nieder und faltete die Hände, während die Bechstein das nächste Blatt aus der Mappe nahm und immer wieder erklärte, dass es damals doch nur eine Feier war und ein Spiel aus einer Weinlaune heraus. »Mach mir keine Vorhaltungen. Wir haben Hanns doch beide geschätzt.«

Elly würde ihren Schmerz nicht zeigen, nicht jetzt, nicht vor dieser Frau. Kurz schloss sie die Augen, sah Hanns am Tisch im Salon sitzen, betend, geneigt über seine gefalteten Hände. Dann öffnete sie die Augen wieder, ohne den Blick zu heben, nahm das nächste Papier in die Hand. »Auszug aus dem Grundbuchregister«, las sie laut. »Was bedeutet das?«

»Es ist mein Verdienst«, antwortete die Bechstein, »ich habe dafür gesorgt, dass man die Villa auf Leon überschreibt. Adolf hat das verstanden. Ohne langes Federlesen hat er zugestimmt. Die Villa gehört Leon. Mein Geschenk an ihn. Seine Geburtsurkunde hängt an. Wo ist er denn endlich?«

»Wie kommen Sie an die Kopie?«

»Wieso? Ich bin doch seine Patentante. Hanns und Sara haben das damals veranlasst. Ich erinnere mich genau, sie wollten, dass ich es bei meinem Pfarrer offiziell mache. Das konnten sie selbst ja nicht, als Juden. Hier, siehst du den Stempel der Kirche?«

»Steht das Haus noch?«

»Die Amis sind drin.«

»Ist es geplündert?«

»Nicht mehr oder weniger als meine Fabrik. Wir müssen alle von vorne anfangen.«

Endlich erinnerte Elly sich, warum sie gekommen war, warum der erste Weg von Kernberg nach Kreuzberg geführt hatte. Wiedergutmachung. Leon war reich geboren worden. Er sollte sich nicht aus dem Schutt nach oben wühlen müssen. Dafür würde Elly sorgen. Er sollte zwar Bauer heißen, aber wie ein Sternberg leben. Seit der Ankunft in Berlin war er fast wieder wie früher: ein Junge mit vorlautem Mundwerk. Gut so. Duckmäuser brauchte niemand. Und nun gab es wie durch Gottes Fügung diese Geburtsurkunde, nachdem sie an jenem Abend 1938 seinen Ausweis vernichtet hatte, um ihn zu schützen. Daran dachte Elly – und dann war er da, der ganze Plan, nämlich die Zukunft zu verhandeln, einen Vertrag abzuschließen wie ein Kerl, wie der Bauer mit dem Polen.

»Sind Sie schon entnazifiziert?«, fragte Elly und erinnerte sich daran, dass die Hühnerbaronin ihr erklärt hatte, Horst brauche eine Bescheinigung von Opfern, um unbehelligt zu bleiben und einem Strafprozess vielleicht zu entgehen.

Sie nahm die Dokumente in die Hand und wendete sie hin und her, rieb sie zwischen Zeigefinger und Daumen, als würde sie die Echtheit prüfen. Gleichzeitig spürte sie den Druck hinter der Stirn. Nur keinen Faden verlieren, dranbleiben, Gedanken verweben, Schlusspunkt setzen. »Sie bauen Särge und keine Klaviere. Wie kommt das, Frau Bechstein?«

Zuerst sah die Bechstein überheblich aus. Eine Köchin solle am Herd stehen und nicht über Geschäfte nachdenken, mit dieser Haltung sei sie gut gefahren, zischte sie. Jeder gehöre an seinen Platz, und Ellys sei die Küche, nicht das Verhandlungszimmer. Mitten in ihrem Redefluss aber hielt die Bechstein inne, drehte sich um. Mit weinerlicher Stimme fuhr sie fort, ohne Elly anzusehen: Ja, man versuche, sie zu verurteilen. Man versuche, ihr Unternehmen zu zerstören, Patente seien mitgenommen, das kostbare Holz zweckentfremdet worden. Eine Schande sei das für die Kultur in Deutschland.

»Sara selbst spielte auf einem Bechstein-Flügel. Sara liebte die Klangfülle.«

Elly verschränkte die Arme.

Die Bechstein sprach weiter. »Das müssen wir erhalten. Dafür hat mein seliger Schwiegervater geschuftet. Mein Edwin hat sein ganzes Leben dem Klavierbau gewidmet. Und ich tue das auch.«

Elly blieb bewegungslos.

»Du weißt, dass ich eine Retterin war. Er lebt. Unser Junge. Er ist da, oder?«

»Das nennt man wohl Persilschein«, sagte Elly.

Da ging die Bechstein mit zögerlichen Schritten durch den Raum. Den Kopf gesenkt, die Hände im Rücken ineinandergelegt. Vor den gestapelten Holzplatten an der Wand blieb sie stehen. »Aus Rumänien. Beste Qualität.« Sie fuhr nun vorsichtig darüber, als könnten die dicken Bretter unter ihren Händen zerbrechen. »Die Hölzer müssen mindestens noch vier Jahre hier lagern, bis sie wirklich trocken sind. Sieh mal die dichte Maserung. So was findest du selten, ist aber essenziell für den Klang.« Mehr an sich selbst als an Elly gerichtet flüsterte sie: »Ich kann nichts rückgängig machen. Wem nutzt es denn noch, wenn man mich verurteilt? Wird Hanns davon wieder lebendig? Ich wusste nicht, was damals da draußen vor sich ging, außerhalb vom Berghof.« Sie drehte sich wieder um, musterte Elly von Kopf bis Fuß. Dann streckte sie den Rücken, nahm Haltung an und fragte: »Würdest du das für mich tun?«

Elly zeigte auf den Totenschein. »Was ist mit Sara?«

»Ich weiß es nicht. Wie vom Erdboden verschluckt. Keine Nachricht vom Roten Kreuz, keine einzige Reaktion. Meine Freundin Sara. Ich habe sie bekannt gemacht in meinem Salon in Charlottenburg. Der ist auch zerstört. Alles weg. Verkaufsräume, Haus, nur Obersalzberg und das hier ist mir geblieben …«

Elly hörte nicht mehr hin, was die Bechstein von sich gab, welche belanglosen Worte aus ihrem Mund kamen, war ihr egal. Sie dachte an Hanns. Dieser feine Mann nun bei Gott. Wie sollte sie das Leon erklären?

»Sie bekommen den Persilschein von mir«, entschied sie.

»Du Gute. Das ist anständig von dir. Das besiegeln wir an Ort und Stelle.« Die Bechstein eilte nun durch den Raum, holte eine Liste aus dem Wandschrank hervor und erklärte: »Guck mal. Nach diesen Kriterien hier stufen die mich ein. Wer Juden gerettet hat, kommt höchstens in Stufe vier, ist also ein Mitläufer. Vielleicht sogar in Stufe fünf, ein Entlasteter! Dann hat man keine Probleme mehr.« Sie berührte wieder Ellys Mantel. »Schön, dass du da bist.«

Elly unterdrückte ihre Abscheu und bestimmte: »Das hat natürlich seinen Preis. Drei Dinge verlange ich, und zwar sofort. Erstens, Sie gehen mit mir und diesen Unterlagen zum Amt und bestätigen, dass mein Junge ein geborener Sternberg ist, dass er jetzt Bauer heißt. Das muss im Grundbuchauszug geändert werden. Zweitens melden Sie Leon auf einer vornehmen Berliner Schule an. Sie werden ihm eine Ausbildung bezahlen, bis er ein Akademiker ist. Was immer mit Ihnen geschieht, Sie bezahlen, und sollten Sie sterben, endet diese Verpflichtung nicht. Hinterlegen Sie das Geld auf einem Konto, zu dem nur ich Zugriff habe. Drittens, Sie geben danach die Patenschaft zurück. Sie werden nie wieder Kontakt zu ihm haben. Sagen Sie ihm nie, dass Sie die Gönnerin sind! Ich bin seine Mutter, und Sie haben in meiner Familie nichts zu suchen.« Ellys Stimme flatterte bei dem letzten Satz. Vom eigenen Mut überrannt, so fühlte sie sich.

»Aha. Du forderst?« Die Bechstein fasste sich an den Hals. »Hast du auch an mich gedacht? Was wird aus meinen Kindern? Edwin, mein geliebter Mann, ist nicht mehr unter uns!« Sie ging zurück zum Tisch, legte die Dokumente in die Mappe. Dann öffnete sie eine Schublade und holte Papier und Tintenstift heraus. Beides schob sie zu Elly hin.

»Setz dich und schreib. Du wirst bestätigen, dass Leon nur überleben konnte, weil ich so mutig war. Wenn das erledigt ist, steht unsere Vereinbarung in allen Punkten.« Sie streckte Elly die Hand entgegen.

»Schriftlich! Ein Handschlag von Ihnen reicht mir nicht«, forderte Elly. In ihrem Inneren mahnte die Stimme von Hanns, nie gegen Recht und Gewissen zu entscheiden, sich nicht zu verbiegen für einen Vorteil, der auf einer Lüge gedeiht. Elly aber schrieb, was die Bechstein diktierte. Sie setzte den Namen darunter: Elisabeth Bauer und das Datum ihrer Unterschrift. Dann nahm sie ein neues Blatt und listete ihre Bedingungen auf. Die Bechstein signierte.

19

Hey, hey, what's going on?« Eine Männerstimme drang ihr entgegen, kaum hatte sie den all die Jahre verwahrten Schlüssel aus der Manteltasche genommen, ins Schloss gesteckt, umgedreht und die Tür langsam aufgeschoben. Elly blieb im Türrahmen stehen, für eine Sekunde sammelte sie sich, damit der Moment sie nicht überwältigte. Ihr wurde warm ums Herz. Zu Hause. Der Mann in Uniform sah staunend zu ihr hin. »Hey, Frau, what are you looking for?« Er sprang vom Sofa auf, aber Elly ignorierte ihn und ging entschlossenen Schrittes durch die Diele in den Salon.

Von außen hatte sie einen ersten Blick durch das Vorgartenfenster ins Innere der Villa geworfen – und war entsetzt. Sechs Uniformierte fläzten sich auf den Polstern, Zigaretten zwischen den Fingern und Bierflaschen auf dem Tisch. Die Aschenbecher fehlten. Das teure Porzellan stand nicht mehr in der Vitrine, keine Vase mehr auf dem Vertiko. Wo zuvor Dix und Mueller hingen, schattierten Ränder die Wand. Das hatte Elly gesehen und zu Leon gesagt: »Zum Glück steht unser Haus. Zuerst mal in die Küche. Danach sehen wir, was wird.«

Sie hätte nicht erklären können, woher sie die Chuzpe nahm, an den Männern vorbeizumarschieren und den Amerikanern entgegenzuwerfen, sie alle seien Eindringlinge bei Sternbergs. Vielleicht war es der Übermut, wieder daheim zu sein, vielleicht nur die ruppige Art, die sie sich als Bäuerin antrainiert hatte. Seit Kernberg wusste sie: Wo ein Wille, da ein Weg. Und sie wollte hierbleiben, wollte dieses Haus für Leon zurück, und zwar frei von Fremden.

Der Uniformierte blieb stehen, verwundert starrte er erst

Elly an, dann seine Kumpane. »She's like a tornado. Habe ich noch nie erlebt.« Mit wenigen Schritten überholte er die Kinder, fasste Elly am Ärmel und drehte sie zu sich herum. »Stop!« Seine Stimme klang tief und entschieden. Sie empfand seinen Griff als zu hart. Mochte es ihr erbärmliches Aussehen sein oder ihre eigensinnige Ausstrahlung ihn verwirrt haben – als er in ihr Gesicht sah, ließ er von ihr. Und tatsächlich kämpfte Elly mit den Tränen. Sie drückte wieder die Knie durch wie bei der Bechstein, krallte die Zehen in die Sohlen der Lederstiefel und hoffte, sie würde nicht zittern, keine Angst vor der eigenen Courage zeigen. Sie wollte nicht wie eine Gestrauchelte sein.

»Pässe!«, verlangte der Soldat und fixierte sie, als würde er einen Angriff erwarten. Den breiten Oberkörper hatte er leicht nach vorne geschoben wie einer, der sie wieder packen würde, sollte sie eine falsche Bewegung machen. Doch in seinem Gesicht erkannte sie auch ein Zögern, und fast bildete sie sich ein, ein leichtes Zittern im Mundwinkel wahrzunehmen. Sie lächelte ihn an, um der Situation die Dramatik zu nehmen.

»You've a key.« Er zeigte auf den Schlüssel in ihrer Hand, und sie verstand.

Ja, natürlich. Sie habe mehr als fünfzehn Jahre hier gewohnt, es sei ihr Zuhause. Man habe es ausgeraubt. Sie wies auf die Ränder der Bilderrahmen an der Wand, trat vor, steuerte auf das Vertiko zu und strich mit der Hand über die Fläche, auf der früher die Vase gestanden hatte. Ob er KPM kenne? »Nichts mehr da, wirklich gar nichts von den Kostbarkeiten.« Überhaupt sei das Haus in einem vernachlässigten Zustand, bemerkte sie, während sie wieder auf ihn zuging. »Schuhe gehören nicht auf den Stuhl, Füße kommen unter den Tisch«, erklärte sie mit einer Kopfbewegung zu seinen Kameraden. »Und durch diese Tür geht es in meine Küche, wenn ich bitten darf …«

»Not one step further!«, befahl der Soldat und fügte hinzu: »Das behaupten alle von der Straße. Die wollen hier rein. But there is no chance. Auch nicht im Keller. Die arbeiten mit Tricks, die Deutschen. Sind frech. Wie meine Oma aus Heidelberg.« Er lachte auf und wurde im selben Moment wieder ernst: »Pässe!« Für dieses eine Wort öffnete sich sein Mund zu weit und die perfekten Zähne wirkten aufdringlich.

Elly fragte, ob er von seiner Oma die Sprache gelernt habe, das sei bemerkenswert. Sie zeigte durch die Küchentür mit der einen Hand und mit der anderen kramte sie in der Tasche herum, hielt ihm als Erstes das Grundbuchdokument unter die Nase.

»Hier, sehen Sie. Seine Geburtsurkunde, sein Name. Meinem Jungen gehört das Haus. Er ist Leon Sternberg.«

»Sternberg? Der Sohn vom Toten?«, fragte der amerikanische Soldat und dehnte die Wörter, als hätte er den Mund voller Watte. Das tue ihm leid. Er stellte sich als Jim McCain vor und nannte die anderen Männer beim Vornamen. »God save the soul«, fügte er hinzu und blickte einen Moment auf den Boden.

Elly versuchte, durch Grimassen den Mann zum Schweigen zu bringen, deutete auf Leon und zwinkerte unentwegt mit den Augen. Aber der Soldat, der sich Jim nannte, erzählte von seiner Kindheit in Heidelberg. Ein amerikanischer Akzent lag darüber, so, wie Luise es oft parodiert hatte. Mit weiten Armbewegungen unterstrich er die Worte, griff in die Luft, deutete in die Ferne. Man ziehe aus, sobald die Kasernen fertiggestellt seien. Man schütze die Stadt. Eine große Aufgabe. Er sei kein Feind, sondern ein Freund. Er schlug Leon auf die Schulter. »Again: Pässe!«

Elly zeigte ihren eigenen und den von Mathilda.

»Für Leon Sternberg reicht wohl die Geburtsurkunde? Er hat seinen Pass verloren. Wir beantragen ihn neu.« Sie sah ihm direkt in die Augen. Kein Wimpernschlag. Kein weiteres Wort. Und sein Gesicht wurde weicher, und sein Blick wanderte von Elly zu Leon und zurück, und dann nickte er, als wüsste er Bescheid.

Elly war klar: Wenn sie sich jetzt nicht richtig benahm, würde sie rausfliegen, dann setzte der GI sie vor die Tür, ihr Plan würde platzen. Deshalb ließ sie den Schlüssel in ihre Manteltasche gleiten und streckte den Rücken, der von der langen Reise, vom Gespräch mit der Bechstein, überhaupt von der Anstrengung der letzten Tage hart geworden war. Sie hob die geöffneten Handflächen nach oben, erklärte, dass sie die Vormundschaft für den Jungen übernommen habe, bis seine Mutter aus der Gefangenschaft zurückkehre. Es sei eine schwere Zeit gewesen. Er könne ihr vertrauen, es habe alles seine Richtigkeit.

»Ich verstehe. Tut mir sehr leid«, sagte Jim. »Okay. Ich muss das prüfen.« Der fast zwei Meter große GI ging in die Hocke und flüsterte in Leons Ohr: »Poor boy, take care.«

Elly hörte, was er sagte, verstand ihn aber nicht. Ihr Blick ruhte weiterhin auf Leon, der noch immer keine Gefühlsregung zeigte. Wie hinter eine Felswand schien sich ihr Junge zurückzuziehen, zu verschwinden aus der Gegenwart. Da ergriff sie Panik. Sie ließ Mathilda stehen und auch den amerikanischen Soldaten. Sie schob Leon durch den Salon, hinein ins Studierzimmer von Hanns. *Ein Kind ohne Blut,* dachte sie und schloss die Tür.

Allein im leeren Studierzimmer. Die Bücher waren verschwunden. Es gab keine in Essig eingelegte Gehirne mehr, keine Leuchtwand für Röntgenbilder. Die Nazis hatten dem Zimmer das Innerste genommen. Elly setzte sich auf den Boden. Wie willenlos tat das auch Leon. Sie legte den Arm um ihren Jungen, lange saßen sie auf dem kalten Stein. Nach einer Weile begann sie zu beten, laut tat sie das, fast sang sie die

Zeilen: *Gepriesen seist du, Ewiger, unser Gott; du regierst die Welt. Du hast die Früchte des Erdbodens geschaffen …* Leon betete nicht, weinte nicht. Er legte den Kopf gegen ihre Schulter, und sie drückte ihn an sich und hoffte, er spüre ihren Wunsch, ihm den heftigsten Schmerz zu nehmen.

»Diese Mörder. Es ist nichts von Papa da«, sagte Leon.

»Doch, da ist noch was«, widersprach Elly sanft. »Da ist sein Geruch. Riech mal! Sandelholz und Tabak. Das konnten die nicht nehmen. Eine sehr lange Zeit wird sein Studierzimmer nach ihm riechen.«

»Meinst du?« Er schnupperte und barg den Kopf noch tiefer an Ellys Schulter. »Was würde dein Vater jetzt vorschlagen? Er würde meinen: *Nichts vergelten. Annehmen und weiterleben.*«

»Ich will zu Papa.« Endlich weinte er.

Sie fühlte die Tränen durch den groben Stoff des Kleides und nahm ihren Jungen nun in beide Arme, wiegte ihn hin und her, wie sie es in den vergangenen Jahren oft getan hatte. Und plötzlich spannte sich sein Rücken. »Vater würde sagen: *Sucht Sara.*«

* * *

Während Mathilda in den nächsten Wochen zunehmend fröhlicher wurde, kein Heimweh nach Kernberg kannte, blieb Leon still. Er verbrachte die Tage größtenteils auf seinem Zimmer, wenn Elly kochte, putzte, Behördengänge erledigte. Selbst die Gegenüberstellung mit der Bechstein in der Passbehörde berührte ihn nicht, vielmehr irritierte er dort durch verlangsamte Bewegungen, die eher zu einem Schlafwandler gehörten als zu dem aufgeweckten Kind, das er einst gewesen war. *Den Verlauf einer Traurigkeit,* dachte Elly, *kann niemand diktieren.* So nahm sie ihren Jungen an, wie er war.

Ohne ihn aufzumuntern, ohne ihn mit Versprechungen zu belasten, die sich vielleicht nicht erfüllen würden. Sie beobachtete ihn, und wenn er in seinem Zimmer verschwand, lauschte sie auf Geräusche, auf ein Weinen oder Toben, was immer ein Signal von Schmerz wäre, sie würde da sein, würde versuchen, ihn aufzufangen. Und fast kam es ihr wie ein Verrat vor, dass sie begann, mit den GIs zu lachen. Elly amüsierte sich über die amerikanische Sprache, über das Reden mit Armen und Beinen und vor allem über die Art, wie die Männer versuchten, deutsche Worte in die Sätze zu schieben, damit Elly besser verstand. Die Gespräche mit Jim über Amerika im Großen und über die Organisation des Alltags im Kleinen lenkten sie ab, nicht zuletzt von ihrem schlechten Gewissen, den Bauern verlassen zu haben. Jim erzählte ihr von den Ferien, die er als Kind bei den Großeltern in Deutschland verbracht hatte. *Pittoresk* nannte er die Landschaft am Neckar, und Elly erkannte sein unterdrücktes Schwärmen für die Kindertage. Bald wurde es zum Ritual, abends gemeinsam im Salon zu essen. Sie war oft der Mittelpunkt dieser Runden bei Tisch. Sie trank echten Bohnenkaffee, ein Glas Whisky und zündete sich zum Nachtisch eine Zigarette an. Auch gab es keinen Hunger mehr, denn Jim brachte Carepakete mit Köstlichkeiten aus Amerika mit, die er gut gelaunt in ihrer Küche auspackte und ins Vorratsregal einräumte. Elly ging mit vollem Magen ins Bett. Nicht um sieben wie auf dem Bauernhof, sondern um Mitternacht, wenn die Kinder längst schliefen.

Ihr altes Zimmer hatte sie für Mathilda und sich eingerichtet, das Eisenbett stand noch an der Wand und auch der Waschtisch, auf dem sie das Zuckerwasser anrührte. Sie hatte darauf bestanden, dass Leon sein Kinderzimmer erhielt – Jim hatte das unterstützt. Und wenn sie dort an seinem Bettrand saß, für den Frieden von Hanns' Seele betete und um Saras

Rückkehr bat, dann fragte er ungeduldig, wann sie endlich mit der Suche beginnen würden. »Bald«, antwortete sie und küsste ihn auf die Stirn, »bald legen wir los«, um sich dann hektisch aus dem Zimmer zurückzuziehen.

Es vergingen die Wochen, der Frühling kam. Im Garten legte Elly Gemüsebeete an, jede Ecke nutzte sie, jedes Kraut kam in den Kochtopf. In den seltenen Pausen, die sie sich auf der Eckbank in der Küche gönnte, spürte sie so etwas wie Zufriedenheit – und schalt sich dafür, denn Sara war nicht zurückgekehrt. Durfte sie in einer Zeit zufrieden sein, in der nahezu jeder in Berlin litt und die Sternberg-Villa voller Trauer um Hanns und in Sorge um Sara war? *Nein, darf ich nicht,* sagte sie sich. *Ich muss endlich aufbrechen, um Sara zu suchen.* Aber noch hatten die Berliner Behörden Leons Pass nicht ausgestellt, ihre Vormundschaft nicht bestätigt. Noch hatte sie kein Recht, in seinem Namen zu handeln. Berlin war nicht Kernberg, in Berlin prüfte man gewissenhaft. Gut so. Immerhin ging es um ein Erbe, ein Haus in bester Lage. Jeder wusste, wie viel Schindluder mit gestohlenen Pässen und falschen Identitäten getrieben wurde. Überhaupt hatte sie beide Hände voll zu tun, um die Truppe satt und sauber zu halten. Das war der stumme Vertrag zwischen Jim und ihr, die Basis, aufgrund der sie hier wohnte, obwohl die Papiere nicht komplett waren. Außerdem, und diesen Gedanken ließ sie nur selten zu: Sie brauchte noch etwas Zeit, um in diesem anderen Leben jenseits von Kernberg anzukommen. Deshalb vertröstete sie Leon von Woche zu Woche. Aber der wurde fordernder: Er wisse nicht, wo das Grab seines Vaters sei, und nicht, ob seine Mutter überhaupt noch lebe. Er wolle sie endlich suchen gehen! Mit diesen oder ähnlichen Worten verlangte er, dass Elly tätig wurde. »Hör auf zu drängen«, schalt sie ihn. »Warum vertraust du mir nicht?« Ihr war nicht wohl, denn sie wusste: Sie hätte sich zusammennehmen müssen, Zettel an Wände pappen, Anzeigen schalten, mit Leuten reden, tätig werden müssen, aber ihr hatte die Kraft gefehlt und auch ein Plan für die Suche durch Berlin, vielleicht durch Deutschland. Sie hatte sich zu müde gefühlt, um aufzubrechen. Und sie hatte Angst davor, Schlimmstes zu erfahren.

»Sobald die Papiere abgestempelt sind, legen wir los. Das kann nicht mehr lange dauern.« Sie wusste nicht, wohin mit ihren Händen, fuchtelte in der Luft herum. »Oder habe ich dich jemals enttäuscht?«, fragte sie ihren Jungen.

Er sah sie an und schüttelte langsam den Kopf.

* * *

Im April war es endlich so weit, zeitgleich kamen zwei Briefe an. Der erste verkündete die Aufnahme Leons in ein nahe gelegenes Landschulheim, das im September 1946 den Betrieb aufnehmen sollte. Man begrüßte den kleinen Bauer und bedankte sich für die großzügige Spende, die bereits auf dem Schulkonto eingegangen war. Die Bechstein hatte Wort gehalten. Der zweite Brief bestätigte Ellys Vormundschaft. Nun durfte sie offiziell in Leons Namen auftreten.

Von da an gab es für sie nur noch eine Aufgabe: die Suche nach Sara und damit das Versprechen einzulösen, das Elly ihrem Jungen gegeben hatte. Und mit dieser Nachricht wurde Leon wieder munter. Bereits vor dem Frühstück, das aus echtem Weizenbrot, Rindfleisch aus der Dose oder selbst gekochten Würsten mit einer Kohl-Kartoffel-Füllung bestand, wartete er im Salon. »Wenn wir Mama finden, dann müssen die Männer sofort ihr Zimmer räumen«, verlangte er. Leon war von Beginn an skeptisch geblieben, was die amerikanischen Soldaten betraf. Für ihn waren sie Eindringlinge in seinem Haus, egal wie oft Elly betonte, die GIs hätten die Macht, sein Haus für ein Kino oder ein Casino herzurichten. Er solle dankbar sein für einen Ofen, für ein Zimmer, überhaupt für ein Dach über dem Kopf.

»Dankbar? Ist das dein Ernst? Ich habe alles verloren, ich habe keine Eltern mehr!«

Und Elly antwortete leise: »Du hast doch mich.«

Ihr erster Kontakt war der Suchdienst des Deutschen Roten Kreuzes. Hier gaben sie nach langem Warten in der Menschenschlange die Vermisstenanzeige auf, durchforsteten die Zettelwände, die neben einer Baracke aufgestellt waren. Mit angehaltenem Atem drängten sie sich mit Hunderten anderen vor die provisorisch gezimmerten Holzwände, um die Namen zu lesen, die Namen der Vermissten und der Toten. Sie hörten das Schluchzen oder die erleichterten Seufzer der anderen. Sie stießen ihre eigenen Gebete zum Himmel, dass Saras Name nicht unter den Toten wäre. Täglich wurden die Zettel mehr und auch das Leid um sie herum. Meist waren es Frauen und Kinder, die weinend zusammenbrachen. Trotzdem hielt Leon an seiner Hoffnung fest.

»Es wird ein Wunder geben«, sagte er, und seine Augen schimmerten wieder, fast wie früher.

»Ja, mein Junge, der Glaube an das Gute macht stark«, stimmte Elly zu und versuchte ein Lächeln. Dabei wusste sie, dass die Zeit gegen sie arbeitete und dass diese Suche auf der einen Seite Leon wieder lebhaft machte, auf der anderen Seite aber vernachlässigte sie Mathilda. Ihr Mädchen streunte mit ihren knapp sieben Jahren unbeaufsichtigt durch die Straßen von Zehlendorf, spielte mit den Katzen in Kellerlöchern, stromerte durch die Parks – und freute sich, wenn Jim sie auf die Schultern nahm oder mit Schokolade für ein gemaltes Bild belohnte. Die Kleine hat einen Schutzengel, beruhigte Elly sich. Schon auf dem Bauernhof war sie eher ein Anhängsel als ein Mittelpunkt. *Warum etwas ändern?*, dachte Elly und widmete alle Aufmerksamkeit der Suche nach Sara.

Fünf Monate vergingen. Das Lesen der Zettel an den Holzwänden, die Befragungen der Helferinnen des Roten Kreuzes, die Gespräche mit den Zurückgekehrten aus den Konzentrationslagern oder den Kriegsversehrten erbrachten keinen Hinweis auf Sara. Sie machten dennoch weiter. Nachts bereitete Elly das Essen für den folgenden Tag vor oder wusch und stärkte die Wäsche, putzte das Haus. Schlaf gönnte sie sich kaum mehr als vier Stunden. Sie ignorierte die Bedenken, die Jim äußerte, wenn er bat, sie solle eine Pause einlegen. Dann lächelte sie und antwortete: »Wo kein Einsatz, da kein Ergebnis.« Es gab einen Eifer in ihr, der sie hellwach hielt. Er rauschte in ihren Ohren wie ein Windgesang, er drängte sie weiter und weiter. Nur ein einziges Mal in diesem Sommer 1946 zweifelte Elly, weil die Helferinnen in der Baracke den Kopf schüttelten und fragten, ob Elly nichts anderes zu tun hätte, als täglich herzukommen, die Zettel zu lesen und Menschen zu befragen.

Da erklärte sie abends Leon, dass sie vielleicht umsonst suchten. Sie denke an ihr letztes Gespräch mit Sara. Da habe Sara erzählt, sie wolle nach Schweden, noch in jener Nacht habe sie zum Timmendorfer Strand aufbrechen und von Travemünde aus wenige Tage später die Fähre nehmen wollen, aber dann seien die Nazis, verflucht noch mal, ihr zuvorgekommen.

»Sie ist nicht in Schweden. Dann hätte Mama sich doch gemeldet.« Er schüttelte den Kopf über Ellys Fantasie.

»Sie wollte unbedingt da hin.«

»Dann weiten wir den Suchradius aus«, schlug Leon vor.

Sie bastelten ein Schild mit einem Foto von Sara, schrieben

auf Pappe *Sara Sternberg, Pianistin, vermisst seit Dezember 1938, vielleicht ausgewandert nach Schweden* und befestigten es an einem Besenstiel. Damit zogen sie durch Berlin und ins Umland, nutzten die Straßenbahn von Dahlem bis Mitte in die Große Hamburger Straße und zurück in den Grunewald. In Parks, auf Schwarzmärkte, in Läden, vor Krankenhäuser und Kellerwohnungen stellten sie sich hin, warteten auf einen Hinweis.

Der Sommer ging vorüber, und zwischen den Trümmern wucherte Unkraut, blühten wilde Blumen. Cafés öffneten zwischen Ruinen, und abends drang Musik aus Bars. Überall kannte man sie, grüßte sie und winkte ab, lange bevor Elly und Leon zum wiederholten Mal ihre Frage stellten. Und immer wieder liefen sie zum Suchdienst, um Neuigkeiten zu erfahren. »Solange Saras Name nicht auf der Holzwand der Toten steht, so lange dürfen wir hoffen«, tröstete eine Helferin.

Als Leon ab September das Landschulheim besuchte, zog Elly ohne ihren Jungen los. Es gab nun weniger Meldungen, die Menschenschlangen wurden lichter. Viele hatten aufgegeben und hatten sich den Alltag ohne die Vermissten eingerichtet. Nicht so Elly und Leon. Ihr einziges Thema war die Suche, das Wunder, das eintreffen würde.

Fast jährte sich der Tag der Verschleppung zum achten Mal, und an einem der langen Abende in der Küche, sie fühlte sich erschöpft und auch sehr traurig, fragte sich Elly endlich, ob Sara eine so lange Gefangenschaft überstehen könnte oder warum sie, wäre sie gesund und frei, nicht zurückkehre zu ihrem Kind?

»Verrenne ich mich in etwas?«, wendete sich Elly eines Abends an eine der Helferinnen und drückte die Fingerknöchel derartig fest zusammen, dass sie knackten. »Was kann ich tun? Was kann ich sonst noch tun, außer täglich hierherzukommen und die Listen und Zettel zu lesen, die ich fast schon auswendig kenne, oder mit einem Schild durch Berlin zu laufen?«

»Schreiben Sie einen Brief.«

»An wen?«

»An Sara Sternberg.«

Elly lachte auf und fragte, an welche Adresse der ginge? Wüsste sie die, dann führe sie auf der Stelle hin, und wenn es bis ans Ende der Welt wäre, sie würde fahren.

Die Helferin entgegnete, es gehe um etwas anderes, und beugte sich zu Elly vor. Hinter vorgehaltener Hand verriet sie: »Wir wissen, dass manche Vermisste ein neues Leben begonnen haben und dass ein Brief sie zur Antwort bewegen kann.«

Elly horchte auf. »Wohin senden Sie diese Briefe?«

»Erst mal nur an unsere Einrichtungen in Hamburg und München. Wenn Ihre Sara will, kann sie den Brief dort anfordern.«

»Das tun viele?«

»Ja, einen Versuch ist es wert«, meinte die Helferin mit noch immer gesenkter Stimme und fügte nach einer kurzen Pause hinzu: »Bitte, sagen Sie dem Jungen nichts davon. Ich habe schon bittere Tränen gesehen, denn manche, die gefunden werden, melden sich nie bei ihrer Familie. Obwohl sie den Brief abgeholt haben, geben sie kein einziges Zeichen.«

»Das würde Sara nicht tun«, entrüstete sich Elly. »Aber danke, ich werde den Brief schreiben.«

Am selben Abend setzte sie sich auf die Eckbank in der Küche. Sie summte die *Kleine Nachtmusik* und gab all ihre Vorfreude in drei Zeilen hinein:

Liebe Sara, wir suchen Dich, wir warten auf Dich in der Villa in Berlin. Leon geht es gut. Bitte gib ein einziges Zeichen. Melde Dich, in Liebe, Deine Elly

Sie steckte den Brief in ihre Schürzentasche, ging ins Studierzimmer, setzte sich auf den Boden, wie sie es oft tat, wenn sie den Rat von Hanns vermisste.

»Habe ich alles erledigt, was möglich ist?«

Hanns schwieg.

»Was meinst du, Hanns, soll ich den Brief beim Suchdienst abgeben? Will Sara das? Oder werde ich daran kaputtgehen, wenn keine Antwort kommt?«

Keine Stimme war in ihrem Herzen zu hören. Aufmüpfig kratzte sie mit den Fingernägeln über den Holzboden, denn dieses Geräusch mochte Hanns nicht. »Dann eben ohne dich. Dann entscheide ich selbst.«

* * *

Weder mit Leon noch mit Jim sprach sie über den Brief und über ihre Angst vor der Enttäuschung. Sie lenkte sich ab, kochte mit noch mehr Hingabe: Bananenkuchen mit Kokos aus den Carepaketen, Schokoladenpudding mit selbst gezogener Minze, Weizenbrot mit Kräutern statt der geschmacklosen Maislaibe, gebackenen Blumenkohl mit Käsekruste. Jim half ihr abends in der Küche, der lange Kerl mit dem breiten Mund und dem Blitzen in den Augen fand nach wie vor Gefallen daran, in Ellys Nähe zu sein – und Elly mochte seine gute Laune.

Nicht in den Trümmern versinken, sondern auf den Trümmern tanzen, war sein Glaubenssatz.

Und eines Abends kurz vor dem Jahresende und vor dem Auszug der Soldaten aus der Villa kam er, als die Kinder schliefen und seine Kameraden in ihren Zimmern waren.

»Ich habe ein Abschiedsgeschenk für dich«, grinste er.

Er steckte sein Transistorradio in die Steckdose, und tatsächlich gab es Strom. Er drehte am Knopf, bis eine rhythmische Musik zu hören war.

»Jazz«, sagte er und drehte die Lautstärke höher.

Er tippte mit dem Fuß im Takt des Schlagzeugs, lehnte sich beim Schall des Saxofons zurück, und als die Klarinetten dazwischenfunkten, da reichte er Elly die Hand. Die Hüften schwingend, umtanzte er sie.

»Come on, my dear. It's time to dance. Be happy tonight.«

Er schnalzte mit der Zunge, als würde er eins mit der Musik. Auch Elly bewegte sich, sie konnte gar nicht anders. Verlegen stampfte sie im Takt, tastete nach der Eleganz von früher, als sie mit Marçeau getanzt hatte in den Kneipen von Berlin. Der Bass wurde lauter, übertönte die Gedanken an den Brief. Sie ließ sich tragen von der Musik. Es streckten sich die Knochen, die Muskeln wurden geschmeidig mit den Drehungen, federnd die Füße. Ein Hochreißen der Arme, nicht zum Gebet, sondern zum Tanz über das Geröll der vergangenen Jahre, sie sang einen Text, den sie nie zuvor gehört hatte, machte eine fremde Melodie zu ihrer eigenen. Ihre Haare hatten sich gelöst, und der Schweiß rann ihr zwischen den Schulterblättern. Das Alter flog an ihr vorbei. Jazz statt Klassik. Ein Glas fiel zu Boden, zersprang, auch darüber trat sie hinweg und kam wieder in der Küche an.

Sie streichelte Jim über die Wange.

»Du hast nie schöner ausgesehen, ich bin mir sicher«, sagte er.

Zwei Tage später kam ein Brief an. Ein gelber Umschlag mit rotem Kreuz.

20

Sie briet den Speck, verquirlte ein Ei, zur Feier des Tages mit echter Sahne, nicht mit Milch. Pfeffer, Salz, sonst nichts. *Zu viel Gewürz, das ist der häufigste Fehler der Hausfrauen,* fand Elly und schmeckte die Soße ab. Ein echtes deutsches Essen hatte sich Jim zum Abschied gewünscht, bevor er und seine Truppe die Villa verlassen würden; gefüllter Rindsbraten mit sauren Gurken und Zwiebeln, dazu Kartoffelknödel und Rotkohl, hatte sie vorgeschlagen.

Seit zwei Stunden stand sie in der Küche am Eisenherd, und Leon schob Fundholz nach, das sie beide am Abend zuvor in dem kleinen Park in der Nähe zusammengeklaubt hatten. Seit der Kölner Erzbischof predigte, für diese Art von Klau gelte das siebte Gebot nicht, sah die Polizei weg, wenn sie und die Nachbarn den Handkarren mit Ästen füllten. *Gut so,* dachte Elly, *am Ende rechtfertigt sich man nur vor Gott.*

Nun rieb Leon die Kartoffeln. Zwischendurch sah er sie von der Seite an und fragte, ob etwas nicht stimme.

»Warum? Ist alles in Ordnung bis auf dein Tempo.«

»Aber du wischst dir dauernd die Hände an der Schürze ab. Das machst du sonst nie.«

»Fang du lieber an, die Klöße zu formen. Rund müssen die sein, ich will keine Dellen sehen.«

»Suchen wir auch im neuen Jahr weiter?«

»Natürlich, einmal in der Woche gehe ich zur Baracke, das weißt du doch.«

»Was haben die beim letzten Mal gesagt?«

»Nichts, alles wie immer.« Elly drehte ihm den Rücken zu und tastete wieder über die Schürze, ob der Umschlag den

Stoff nicht beulte. Seit gestern, seit sie den Brief erhalten hatte, trug sie ihn am Körper. Sie hatte ihn hin- und hergedreht, hatte ihn gegen das Licht gehalten. Geöffnet hatte sie ihn nicht, weil die Gelegenheit nicht günstig war. Wenn sie eines gelernt hatte als Bäuerin auf dem Hof, dann war es Geduld. Nichts erzwingen, reifen lassen. Entschieden rührte sie die Ei-Sahne-Masse in den Bratensud.

Es wurde ein freundschaftlicher Abschied von den Amerikanern. Im Kamin prasselte das Feuer derart heimelig, dass sogar Elly sich beschützt fühlte. Nur entsprach diese Stimmung nicht der Wahrheit. Ab Morgen würde ihre kleine Familie auf sich selbst gestellt sein. *Sobald Jim die Villa verlässt,* dachte sie, *ist Schluss mit dem Schlaraffenland. Dann heißt es: Anstehen beim Krämer für die rationierten Lebensmittel.* Aber heute war Silvester, heute wollte sie die Sorgen vergessen, stattdessen auf das sehen, was klappte: Leon war auf dem Weg zum Abitur, er hatte Freunde, er lachte, zumindest hin und wieder. Die Suche nach Sara hatte ihm nicht gutgetan, auf Dauer wäre er krank geworden. Genau das war der Grund, warum Elly ihm nichts von dem Brief erzählte. Erst brauchte sie die Gewissheit, dass alles richtig lief, dass Sara kommen würde.

»Wir haben uns zusammengerauft, gut verstanden, ohne viele Worte«, sagte sie, um sich abzulenken, und erhob ihr Glas mit dem kalifornischen Wein. Jims Blick traf sie, und sie spürte, er dachte an ihren gemeinsamen *Tanz auf den Trümmern.* Da schüttelte Elly kaum merklich den Kopf. Nur eine Episode. Vorbei. Und während Mathilda fragte, ob Jim sie besuchen, ob er weiterhin mit ihr Huckepack durch den Garten laufen würde, faltete Leon die Hände, schloss die Augen, murmelte unverständliche Sätze. Elly legte ihre Hand auf seine Schulter, wie sie es oft bei Hanns getan hatte, wenn er einen Halt oder eine Erklärung im Beten gesucht hatte. Da schlug die Kirchturmuhr zwölf Mal. Ein Jubel brach aus in der Villa: Prosit 1947, Jahr zwei nach Hitler.

Jim drückte sie an sich und flüsterte ihr ins Ohr, er wäre ganz in der Nähe, nur wenige Kilometer von der Villa entfernt. Mathilda schmatzte Leon ein Küsschen zu. Irgendwo in der Ferne knallte es. »Wir achten auf dich«, versprach Jim. Elly lächelte. Zu viele Abschiede hatte sie bereits verkraftet, oft genug hatte sie erfahren, dass eine Veränderung sie nicht aus den Stiefeln kippte. Sie konnte loslassen, hinterherwinken ohne Wehmut. War sie hart geworden mit der Zeit? Nein. Das Leben hatte sie vielmehr gelehrt, dass ihr Herz nur wenigen Menschen Platz bot. Es war ein Schutzraum für eine Handvoll, mit denen sie atmete, die sie liebte und für die sie sich verantwortlich fühlte.

* * *

Gegen vier Uhr warf Elly sich den Mantel über. Sie steckte die Haare unter eine Mütze und ging nach draußen in den ersten Morgen des neuen Jahres. Das Vorgartentor stand offen. Ein Fuchs schlich hindurch und blieb mit gespitzten Ohren vor ihr stehen. Räudig sein Fell und nur noch auf drei Beinen, das vierte, lediglich ein Stumpf, mit getrocknetem Blut verschmiert. Sie tat einen Sprung nach vorne, um ihn zu verscheuchen. Allein wollte sie sein, ganz allein an diesem Ort.

Es war überraschend mild, knapp unter null Grad. Elly knöpfte den Mantel wieder auf, legte die Hand auf die Schürze darunter. Dann ging sie hinter einen Busch an der Hauswand, wo kaum Laternenlicht hinfiel. Sie öffnete den Umschlag und dachte, dass mit dem Lesen des Briefs nichts mehr sein würde wie zuvor.

Sehr geehrte Frau Bauer, wir freuen uns, Ihnen mitteilen zu können, dass Ihr Brief am 25. 12. 1946 in der Münchener Zentrale abgeholt wurde. Frau Sara Sternberg hat sich dort ausgewiesen.
Gez. Suchdienst des Roten Kreuzes, Berlin

Elly schlug sich die flache Hand vor den Mund. Denn ihr erster Impuls war, nach Leon zu rufen, ihn zu wecken, die gute Nachricht zu teilen: Sara lebt.

Sie umklammerte den Baum neben sich, weil der Boden schwankte. Las den Brief noch einmal und stellte sich Sara vor, wie sie die Augen zum Himmel gehoben, wie sie einen Jubel dorthin gesendet hatte, überwältigt von der Nachricht. Wie ihre Hände gezittert, ihre dunklen Augen geleuchtet hatten, wie Freudentränen über ihr Gesicht gelaufen waren. Die Jahre des Hoffens wurden belohnt, weil Unmögliches geschehen war: Leon hatte die Kriegsjahre überlebt. Wie Sara von der Suchstelle in München nach Hause gelaufen war, in Windeseile hatte sie das Nötigste gepackt. Nur keine Zeit verlieren, hatte Sara gedacht und eine Fahrkarte gekauft. Für den Tag des Wiedersehens hatte sie den ersten Januar gewählt. Ja, nur so konnte es gewesen sein. Heute würde Sara kommen, sie würde Leon überraschen.

Langsam löste Elly sich von dem Baum und knöpfte ihren Mantel weiter auf, ihr war heiß geworden unter dem dünnen Stoff. In wenigen Stunden würde Sara kommen! Noch einmal las sie die Zeilen. Und noch einmal.

* * *

Mathilda trug ihr dunkelblaues Sonntagskleid, die Haare zu Zöpfen geflochten. Leon fragte, warum er in seiner Schuluniform mit schwarzer Strickjacke und weißem Hemd, sogar mit Krawatte am Tisch sitzen müsse. Die Haare klebten ihm am Kopf, Elly hatte sie mit Öl gekämmt, damit sie glänzten. Sie selbst fühlte sich im hellen Kleid aus Fallschirmseide wie verwandelt, und auch die neuen Wollstrümpfe saßen zu eng. Beides hatte Luise zu Weihnachten geschickt, selbst entworfen und genäht und gestrickt.

Seit drei Stunden hielt sie die Kinder auf den Stühlen. Es gab Butterstreusel und frischen Bohnenkaffee, den Rest der amerikanischen Limonade. Mittlerweile war es draußen wieder dunkel geworden, und eigentlich wäre es Zeit, das Abendessen vorzubereiten.

»Warum brennen so viele Kerzen auf dem Tisch?«, fragte Mathilda und zappelte mit den Beinen. »Darf ich jetzt aufstehen?«

»Wir bleiben alle hier sitzen. Wir warten.«

»Auf wen denn? Was soll das Theater?«, fragte Leon.

»Erzählt mir was. Wie ist es in der Schule? Wann gibt es einen Elternsprechtag?«

»Du sollst da nicht hin«, nörgelte Mathilda.

»Warum, gibt es ein Problem?«

»Nö, aber du siehst viel älter aus als die anderen Mütter. Und bist nicht so schick.«

Leon gab ihr einen Klaps auf den Hinterkopf, belehrte sie, es komme nicht auf äußere Schönheit an, und zwinkerte Elly zu: »Für mich bist du gut.«

Und es war genau diese Bemerkung, die in Elly eine Müdigkeit hervorrief. Aber es galt, durchzuhalten, sitzen zu bleiben. Was wäre das für ein Empfang, wenn alle schliefen und die Villa dunkel wäre?

»Wir bleiben am Tisch und reden miteinander«, bestimmte sie, auch wenn sie sich an die Warnung der Helferin des Roten Kreuzes erinnerte: *Manche, die gefunden werden, melden sich nie bei ihrer Familie. Obwohl sie den Brief abgeholt haben, geben sie kein einziges Zeichen.* Elly wollte daran nicht denken, schlug mit der Hand auf den Tisch und sprach laut: »Halt. Das nicht.« Mathilda tippte sich an die Stirn, woraufhin Elly bemerkte, sie sei ungezogen.

Nach zwei weiteren Stunden blies sie die Kerzen aus. »Schluss, ihr könnt jetzt aufs Zimmer gehen.«

Mathilda meinte, das sei ein langweiliger Nachmittag gewesen, und Leon fragte, ob er ihr helfen könne und warum sie eine einzelne noch brennende Kerze ins Fenster stelle.

»Weil ich es will«, antwortete sie und verschwand in der Küche. Dort wartete sie weiter und lauschte auf ein Geräusch, das anders war als an den übrigen Abenden.

Es blieb ruhig in dieser Nacht und auch in den nächsten gab es keine Überraschung. Die Kerze im Fenster wurde zur Gewohnheit und das Warten auf der Küchenbank immer quälender. Sie suchte in diesen Nächten nach Gründen, warum Sara nicht kam, und sie sagte sich, es sei beruhigend, dass Leon in seinem Zimmer schlief und von dem Brief nichts wusste, dessen Schrift allmählich verblasste, weil Elly wieder und wieder mit dem Zeigefinger über den einen Satz wischte, der ihr bewies, dass Sara lebte. Das war eine Tatsache, daran gab es keinen Zweifel.

Teil IV:
1948 bis 1958

21

Jedes Klingeln an der Tür bereitete Elly Aufregung, zumindest für die kurze Strecke vom Salon zur Diele erhöhte sich ihr Herzschlag. Längst hatte Leon bemerkt, wie sie dann für einige Sekunden aus der Fassung geriet und versuchte, einen gelassenen Eindruck zu machen. Oft stand Jim vor der Tür, brachte Streichwurst, Fischdosen und Obst, sogar Papiertaschentücher mit oder eine Flasche Wein, was Leon mit einem Schnauben kommentierte. Nach wie vor beäugte er den GI kritisch, bemerkte, dass er Männer in Uniform generell nicht mochte. Elly tat solche Sätze als Eifersüchteleien ab und bat ihn, höflicher zu sein, denn Jim sei ein Freund der Familie mit einem Herzen so groß wie Amerika im Erdkundebuch. So vergingen zwei Jahre, geprägt von Warten und Hoffen. Und als es am ersten August 1950, dem Tag seines Abiturs, draußen klopfte, da unterdrückte Elly einen Freudenschrei. *Das ist das perfekte Datum für Saras Rückkehr,* dachte sie, spuckte in die Hände und strich sich über die Haare. Sie zwang sich, nicht zu laufen, sondern zu schreiten, mit Würde die Tür zu öffnen. »Leon, das ist unser Wunder«, sagte sie – und machte einen Sprung zurück, als sie Luise sah.

»Wenn der Junge die Schule beendet, muss doch die Familie hinter ihm stehen«, grüßte Luise und schob sich mit einem Rucksack und einem Holzkäfig ins Haus. »Voll war's im Zug. Mir ist noch ganz schwindelig von der stickigen Luft. Und ständig kontrollieren sie die Pässe. Hat mich Überredungskunst gekostet, vom Bahnhof bis hierher zu kommen.« Sie stellte erst den Käfig ab, dann schüttelte sie den Rucksack von den Schultern. »Grüße von den Eltern und Anna. Lass dich drücken. Wo ist denn unser Ehrenkind?« Dann stutzte sie und fragte: »Hast du jemand anderes erwartet?«

»Nein. Wie schön, dass du da bist«, sagte Elly und verbarg ihre Enttäuschung. Sie atmete durch und redete sich ein, dass es guttat, die Schwester zu sehen, wenngleich deren Umarmung zu flüchtig war für die lange Zeit der Trennung. Auf Ellys Frage, wo sie sich in den vergangenen Jahren versteckt habe, warum sie kein Lebenszeichen von sich gegeben habe, wich Luise aus. Ihr Gesicht wurde erst fleckig und dann gänzlich rot. Hektisch drehte sie sich zu den Kindern um, nannte Leon einen hübschen jungen Mann und Mathilda eine Göre mit zu flusigem Haar.

»Na, das wird schon noch, hat bei mir auch länger gedauert«, scherzte Luise und marschierte in den Salon, bewunderte die Großzügigkeit des Raums, zeigte nach oben und fragte, ob es hinter diesen Türen auch ein Bett für sie gebe, sie wolle erst einmal bleiben, wenn es recht sei.

»Du bringst Hühner mit?«, fragte Leon und deutete auf den Käfig im Eingangsbereich.

»Ach ja, von der Hühnerbaronin. Die meinte, damit könne Elly dreißig Eier in der Woche verkochen und verbacken. Sie soll Petersilie ins Futter mischen, das mache den Hahn jeckisch.«

»Luise, was willst du mir wirklich sagen?«, fragte Elly und sah der Schwester streng ins Gesicht.

»Och, später. Lass uns erst mal zur Feier gehen.« Damit stupste sie Leon an, fand, dass er genau ihr Typ sei, wäre sie jünger, oh, là, là. »Ich schmelze bei schlacksigen jungen Kerlen mit diesem samtenen Blick. Wie geht's weiter mit dir? Nach der Schule. Wirst du Bauer?« Luise lachte über ihren Witz, und Elly fand, das klang gekünstelt.

* * *

Die Abiturfeier fand in der überfüllten Aula statt. Die Eltern der Schüler saßen in Reihen und lauschten der Musik des Schulorchesters und vor allem der Rede des Rektors. Von Leistung sprach er, von Frieden, von einem Wirtschaftsschub, den man noch nicht bemerke, der jedoch mit einer außerordentlichen Geschwindigkeit auf Deutschland zurolle. Er setzte dabei sein Monokel ab und sah gewichtig in den Saal. Elly fragte sich, wie viel Vorstellungskraft dazu gehörte, wo die Berliner doch ohne die Luftbrücke hier verhungern würden? Aber der Direktor schwadronierte weiter und wies auf seine Abiturienten, die die erste Riege nach dem Krieg seien, alles kluge, junge Menschen mit einem Blick nach vorne, mit einem freiheitsliebenden Verstand. Es gehe darum, der Zukunft einen Schein vorauszuwerfen, das Beste, was machbar wäre, vorwegzudenken und dann weiter zu gehen, über die Grenzen hinaus. Ja, darum gehe es. Er persönlich habe das der Jugend vermittelt. Keine Generation sei mit mehr Möglichkeiten im Gepäck aufgebrochen als diese jungen Männer vor ihm. Er zeigte auf die Abiturienten, und Elly bildete sich ein, sein Finger verweile einen Tick länger auf Leon, als er weitersprach und sagte: »Wenn der Frieden bleibt und ein Geist für Technik mächtig wird, dann dürfen wir hoffen.« Da klatschte Elly, sie konnte nicht anders, und Luise fiel ein und dann der ganze Saal, und Elly dachte, dass dieser Applaus Leon galt. Leon drehte sich zu ihr herum – lächelte sie an. *Stolz entsteht zwischen den Schultern,* dachte Elly und streckte die ihren.

Später am Abend saß sie mit Luise in der Küche.

»Danke, dass du da bist. Das war so feierlich in der Aula. Aber nun zu uns: Was ist los mit dir?«

»Elly, lass uns morgen reden.«

»Besser jetzt. Jetzt sind wir ungestört.«

Die Kerze brannte im Küchenfenster. Ein flackernder Schein fiel auf Luises Gesicht. Plötzlich brach es aus ihr heraus: »Du bist einfach weg. Weg von zu Hause, von den Eltern, von Anna. Fragst nie, wie es denen geht. Nämlich schlecht. Mutter will zu Finchen, und wenn sie so weitermacht, klappt das auch. Vater will dich sehen! Schickst seine Briefe einfach zurück. Meine Güte, der Mann ist alt. Denk mal nach! Und du bist weg von Stephan, hast ihn allein gelassen mit den Söhnen. Weg, weg, weg. Das ist doch keine Lösung.«

»Was meinst du?«

»Die sind ohne dich nicht klargekommen.« Luise legte die Hände übereinander, starrte lange darauf. Kleine Hände mit braunen Flecken und einem zu kurzen Nagelbett. *Überhaupt ist alles klein an ihr,* dachte Elly, *die Löckchen, die Nase, der Mund, das Kinn, die Körpergröße. Und rundlich. Und energisch. Die fünfzig überschritten. Nie geheiratet, geteilt, verzichtet, sich nie zurückgenommen für andere. Das Leben war für sie wie ein Karussell, einsteigen, aussteigen, wie sie es will, die Hauptsache lustig und finanziert vom Vater. Und nun Vorwürfe?*

»Diese Kritik steht dir nicht zu, Luise.«

»Der Preis ist zu hoch für deinen Wahn. Versteh endlich: Die Nazis haben sie ins Lager verschleppt. Sie kommt nicht wieder! Du hättest Stephan nie verlassen dürfen.«

Elly sprang auf, was wollte die Schwester? An ihr Gewissen rühren? »Sei endlich still.«

Luise platzte heraus: »Erich ist tot.«

»Was?«

»Erstickt am Essen. Nachts im Schlaf. Er hat jeden Tag nach dir gerufen. Jeden einzelnen verdammten Tag hat er das Essen in den Backen gesammelt, sich geweigert zu schlucken. Stephan ist nach Bonn gekommen, um mich zu holen, weil er verzweifelt war. Ich habe versucht, zu helfen, Erich das Schlucken beizubringen. Er hat nur *Elly* gesagt, nur immer deinen Namen.«

»Warum ist Stephan nicht zu mir gekommen mit dem Erich?«

»Das fragst du im Ernst? Der Mann hat doch Charakter.«

»Erich ist nicht tot.«

»Doch.«

Da ging Elly vor der Kerze auf die Knie. In der Flamme sah sie sein kleines Gesicht, erst blass, dann konturenreich. Erst ein Leichtgewicht, dann ein strammes Kerlchen. Er kräuselte den Mund zum Küsschen, sah glücklich aus. So hatte sie ihn verlassen, keinen Hinweis auf ein Leid in ihm. Hätte sie das gewusst … Sie hielt den Gedanken an, jetzt ehrlich sein!

Sie wäre trotzdem gegangen.

Elly blies die Kerze aus. Der Erich hatte nie eine Zukunft gehabt, nie war er wirklich geliebt, nie gefördert worden. Ein kleines Leben, das wie viele in den Hungerjahren endete. Ein Kind, vom Schicksal durchs Leben gezerrt. Elly betete zu Maria, der einzigen Mutter, die zahllose Kinder lieben konnte. Eine Heilige. Elly war das nicht. Ruckartig drehte sie sich zu Luise um. »Du kannst in meinem Bett schlafen. Ich bleibe hier auf der Küchenbank, denke nach. Morgen sehen wir weiter.«

* * *

Kartoffeln und Äpfel füllten die Regale in der Vorratskammer. Zu wenig, um ein Abschiedsessen für Leon zu kochen. Was nutzten die Freundschafts- und Freiheitsbekundungen des neuen Kanzlers, wenn die Mägen dennoch leer blieben? Zwar quollen die Schaufenster beim Metzger über, Würste, Fleischleiber und Schweineköpfe lockten, aber wer konnte sich das leisten? Und seit Luise vor vier Wochen eingezogen war, gab es einen Esser mehr am Tisch. Sie würde mit ihr reden müssen, sie fragen müssen, wie lange sie bleiben wollte. Nur sparen führte aus der Armut. Dabei sollte sie sich nicht beschweren. Sie wohnte nahezu feudal, auch wenn das Haus in den kalten Monaten bis auf die Küche unbeheizt blieb. Die Nazis hatten zwar Bilder, Silber, Bücher, den Bechstein-Flügel, Teppiche, Kleider und Schmuck geplündert, aber die Möbel standen noch. Elly türmte die Kartoffeln auf dem Küchentisch und begann zu schälen. Bratkartoffeln mit Spiegelei würde es geben. Seit die Hühner im Keller Eier legten, gab es die bis zum Überdruss.

»Kann ich helfen?« Luise stand frisch frisiert in der Küchentür. Adrett sah sie aus in ihrem Kleid in silbrigem Grau. »Was gibt es denn zu essen?«

»Na, was wohl?« Elly deutete auf den Kartoffelberg und schob sich das Tuch aus der Stirn.

»Also wie gestern und vorgestern und davor? Kein Festessen für Leon.«

»Stimmt.«

Luise nahm ihr das Schälmesser aus der Hand. »Wo ist denn dein Ideenreichtum geblieben? Hast du den in Kernberg gelassen? Komm mit, ich zeig dir was.« Dabei legte Luise den Zeigefinger auf die Lippen. »Leise, sonst sind die Kinder schockiert.«

Sie schob Elly durch die Tür, zur Treppe im Salon. Dort vergewisserte sie sich, dass niemand in der Nähe war, und trat vorsichtig auf die Stufen und auf Zehenspitzen weiter bis in Ellys Zimmer, in dem sie seit Wochen schlief, während Elly nachts auf die Straße starrte, oftmals im Sitzen am Fenster einnickte.

Niemandem verriet Elly, dass sie unter einer Schlafstörung litt, dass sie hochschreckte in der Nacht, aufsprang und zum Fenster lief, um in den Vorgarten und von dort die Straße entlangzuspähen. In manchen Nächten sah sie die elegante, zierliche Gestalt, auf hohen Absätzen kam sie dort entlang, kaum berührten ihre Sohlen den Boden. Den Mantel trug sie schmal an die Taille gebunden, und die dichten dunklen Haare reichten bis zur Schulter, wehten im Takt ihrer Tanzschritte. Sie huschte durch den Lichtkegel der Straßenlaterne, ihr Gesicht so blass wie früher und die Augen noch größer, geweitet vor Freude, dass sie Elly dort im Fenster erblickte. Von Weitem winkte sie ihr zu und drehte eine Pirouette. *Wie geht es Leon,* sang sie. *Gut, es geht ihm gut,* sang Elly zurück – und schreckte auf. Wieder nur geträumt. Und dann tröstete sie sich, dass Träume eine verschlüsselte Botschaft seien, denn das hatte Hanns ihr erzählt. Sie stiegen aus einem schwarzen Loch, aus einer Tiefe im Kopf, und fügten sich zu einem Mosaik, bevor sie zur Wahrheit wurden.

»Hey!« Luise stieß ihr in die Rippen. »Bleib mal im Hier und Jetzt.« Sie öffnete das Fenster zum Garten und deutete auf den massiven Baum vor der Mauer, die den Garten umgab.

»Ich sehe was, was du nicht siehst …«, sagte Luise und grinste.

Elly rieb sich über die Stirn »Hast du eine Kopfschmerztablette?«

»… und das sind Tauben«, fuhr Luise fort und klatschte laut in die Hände. Sofort stob eine Vogelschar aus der Baumkrone auf. »Weißt du, was ich meine?«

»Dass die den Garten vollkacken? Ich muss da tatsächlich mal ran. Das sind Bakterienüberträger.«

»Knall die ab«, sagte Luise. »Gebratene Tauben, aber wem sage ich das, sind eine Delikatesse.«

Und sie zeigte Elly, was sie gebastelt hatte: zwei Äste mit einem Einmachgummi umwickelt, in der Mitte ein Kieselstein. Sie streckte die Arme aus, kniff ein Auge zusammen.

Spannte den Stein zwischen dem Einmachgummi. Fixierte mit den Augen eine Taube. Hielt den Atem an, stand unbeweglich da. Der Stein zischte durch die Luft, an den Ästen vorbei, traf eine Taube, die schwer auf den Boden plumpste.

»Da liegt das Abschiedsessen für Leon«, sagte Luise mit ernstem Gesicht. »Der Hunger wiegt schwerer als der Taubendreck.«

Diese Vorstellung riss Elly aus ihrer Lethargie. Mit dem Fallen der Taube vom Baum wachte sie auf und gestand sich ein: Sie hatte verlernt zuzupacken, Lösungen zu finden. Warum war ihr das nicht eingefallen? Warum hatte sie nicht schon früher auf Tauben geschossen? Und obwohl sie die Antwort kannte, weigerte Elly sich zunächst, sie anzunehmen. Erst als Luise ihr mitten ins Gesicht sagte, Elly sei nur noch ein Schatten ihrer selbst, eine vernachlässigte Frau ohne Ausstrahlung und Eigensinn, eine Frau, die sich in der Welt einer vermeintlich Toten eingerichtet habe und keine mehr, die alle diejenigen aufhalte, die ihr ans Bein pinkeln wollten. Sie müsse endlich aufwachen, wieder stark werden wie früher. Elly hörte zu, sagte nichts, denn sie wusste, die Schwester hatte recht.

»Leon ist auf einem guten Weg. Weiß der Teufel, woher du das Geld für seine Ausbildung nimmst. Ich will es gar nicht wissen. Aber vergiss darüber nicht Mathilda. Du hast zwei Kinder, denk daran«, echauffierte sich Luise weiter – und riss wütend einen Teil des Vorhangs vom Fenster. »Der Stoff hängt hier vierfach. Das ist zu viel. Aus diesem Stück nähe ich für Mathilda zwei Kleider. Keine Widerrede. Die Kleine muss mal manierlich aussehen. Läuft rum wie ein Lumpenkind.«

* * *

Drei gebratene Tauben mit Apfelmus und Bratkartoffeln. Das war das Abschiedsmenü für Leon. Lange saßen sie zusammen, ohne Wehmut. Nun also Technik-Student, ihr Junge. Er war Feuer und Flamme und erzählte mit glänzenden Augen, dass bald eine ganze Welt in einem Kasten zu sehen wäre, laufende Bilder nannte er das und erklärte mit Geduld, wie solch ein Meisterwerk entstehen konnte. »Habt ihr das verstanden?«, fragte er dann, und Elly antwortete: »So ungefähr«, und hatte doch keine Ahnung, was er meinte. Er hob das Kinn, wie Sara es oft tat. »Ich werde so einen Kasten bauen. Und dann ab nach Argentinien, ja, da will ich hin.«

»Warum denn so weit weg?«, fragte Elly.

»Da gibt es Techniklabore. Und Krokodile. Ich schieße dir eins, stopfe es aus, und das kannst du an die Wand hängen. Ich meine nur, weil du ja nie reisen willst.« Er strich sich mit beiden Händen die Haare zurück und sah aus wie einer der neuen Kinohelden, Abenteuer im Sinn und Liebe im Blick. Dann beugte er sich nach vorne und gab Elly einen Kuss.

»Angeber«, sagte Mathilda.

Zum Nachtisch gab es einen Schokobiskuit. Braun und luftig gebacken, zwei Fingerbecher Rosenwasser und geraspelte Schokolade und ein Ei mehr als üblich hinzugefügt. Elly würde das Rezept verfeinern mit der Zeit, würde davon profitieren. Sie lächelte hinterlistig, als alle am Tisch diesen Tortenboden lobten. Wenn die wüssten …

Damals, als Elly Hitlers Torte in den Mülleimer gekippt und sich den letzten Rest vom Finger geleckt hatte, war ihr klar geworden: Die drei Tortenböden dieses Rezepts, zwischen Kirschen und Sahne, waren eine Feinschmeckerkreation für verwöhnte Gaumen, um die Nerven mit etwas Süßem und etwas Bitterem zu kitzeln. Sie hatte die Qualität der Ingredienzien herausgeschmeckt, hatte sofort gemerkt, dass die Lockerheit des Teigs durch die Trennung von Eiweiß und Eigelb kam und vor allem durch das Sieben der Zutaten vor dem Rühren. Alles in perfektem Maß. Und nun, zum Abschied von Leon, hatte sie sich getraut, diesen Biskuit zu backen. Nachdem die Hühner im Keller einzogen waren, die ersten Eier legten und der enorme Vorrat an amerikanischer Schokolade mehr als drei Viertel der Vorratsregale einnahm, da war ihr die Idee gekommen, ein Geistesblitz unter trübem Licht.

»Wie schmeckt der Kuchen?«

»Unter der Sahne? Weich wie Marshmallows«, sagte Leon.

Und Mathilda fügte vorlaut hinzu, dass Elly mindestens fünfzig solcher Tortenböden unter dem Bett und auf dem Schrank, überall im Zimmer gesammelt hatte. Leon fragte verdutzt, was sie mit dem Kuchen vorhabe, so viel könne niemand essen, auch Luise nicht.

»Um deine Universität zu bezahlen. Sie braucht doch immer Geld für dich«, warf Mathilda ein, »und ich muss die Torten zum Bäcker bringen. Auch für dich. Hat sie gesagt.«

Elly fuhr Mathilda an, was das Gerede solle. Sie zahle nicht für Leon, weder für die Schule noch für das Studium.

Luise hielt die Gabel in der Luft. »Dann fällt das Geld wohl vom Himmel.«

»So ähnlich und jetzt Themenwechsel«, antwortete Elly in überraschend scharfem Ton.

Aber Mathilda interessierte die Strenge nicht. Sie sprang wütend auf, rief, dass sie nicht auf eine feine Schule dürfe, das sei gemein. »Warum denn der und ich nicht?«

Da rutschte es Elly heraus: »Weil es Leon zusteht.« Im selben Moment wusste sie, dass dieser Satz ein Fehler war, und tatsächlich zerfloss er in alle Richtungen über den festlich gedeckten Tisch. Luise stöhnte auf. Leon tätschelte Mathilda über die Schulter, sagte, das Geld komme ganz sicher von seinem Vater, von einem geheimen Konto. Und genau damit trieb er voran, was Elly verhindern wollte: das Fragen Mathildas nach der Herkunft. Sie war kaum zehn Jahre alt, hatte in ihrem jungen Leben bereits das Kämpfen gelernt, weil sich niemand um sie kümmerte, weil das Großwerden für sie mehr Zufall als Plan war. Mit zusammengekniffenen Augen sah sie Leon an, dann Elly. Dann spuckte sie die Torte aus und erwiderte: »Der ist nicht von uns.«

»Leon gehört zu mir«, sagte Elly. »Seine Eltern wurden vor dem Krieg von den Nazis verschleppt. Sein Vater ist tot. Seine Mutter nie wiederaufgetaucht.«

»Das will ich nicht wissen. Ich will meine Geschichte.«

»Du bist auf dem Bauernhof geboren.«

Luise bestätigte das, überschwänglich erzählte sie von Ellys Schwangerschaft und auch davon, dass Stephan bei Mathildas Geburt fast den Verstand verloren habe, so aufgeregt sei er gewesen.

»Warst du dabei?«, fragte Mathilda, lechzend nach Details.

»Man hat es mir erzählt«, antwortete Luise wahrheitsgetreu, »und noch heute redet Stephan davon, dass deine Geburt das Wunderbarste war, was er je erlebt hat.« Sie wippte wie zur Untermalung mit dem Kopf hin und her. »Du bist sein Augenstern.«

»Warum sind wir dann weggegangen, und warum besucht er uns nie, und warum …? Ich will zurück auf den Kernhof.«

»Der Hof ist verkauft, und Stephan ist erschöpft. Wir bleiben hier. Wir hüten das Haus, denn das Haus ist Leons Heimat.«

»Aber nicht meine.« Mathilda fauchte es in Leons Richtung, und Luise zischte zu Elly hin: »Sag's ihr endlich.« Da lief Mathilda nach oben. Die Zimmertür knallte ins Schloss, und Elly atmete auf. Ohne Mathilda war es einfacher.

Luise faltete die Serviette. Sie werde sich um Mathilda kümmern, man dürfe das Mädchen nicht vernachlässigen, die Wahrheit aber werde sie ihr nicht sagen, das sei nicht ihre Sache. Dann bekreuzigte sie sich und flüsterte: »Gott hab ihn selig, den Karl-Heinz, so viele sind im Krieg umgekommen. Nun wird Mathilda ihren Vater niemals kennenlernen.« Aber Elly drehte sich um, sie habe mit der Bonner Sippe nichts mehr, gar nichts mehr zu tun. Da gebe es nichts dran zu rütteln und auch nichts zu beten.

Und dann war er da, der Abschied von Leon. Abschiede lagen Elly nicht, denn sie hafteten sich klebrig auf die Gedanken und zwangen einen, auf eine Zeit zurückzublicken, die nicht mehr zu ändern war. Sie drückte ihren Jungen, fragte sich, ob sie genug getan hatte, um ihn auf das Leben vorzubereiten, auf diese neue Phase ohne sie. Die Jahre waren an ihnen vorbeigeflogen, und Gelassenheit hatte es nie gegeben. Das bedauerte sie.

Dann gab es da noch die unterschlagene Nachricht von der Suchstelle! Nun wäre die Gelegenheit, Leon vor seiner Abreise zu erzählen, dass Sara in München lebte. Würde er das verkraften? Eine Mutter, die ihr Kind nicht besuchte, sich noch nicht einmal erkundigte nach seinem Leben? Es konnte nur Verlierer geben, würde sie ein Wort darüber erwähnen. Sie sah in sein feines, scharf geschnittenes Gesicht. Die auseinanderstehenden Augen erzählten von Zärtlichkeit. Eine Haarsträhne fiel ihm in die Stirn, er ordnete sie mit einer zögerlichen Bewegung zurück. Dann lachte er sie an, ein offenes, zuversichtliches Lachen war das, Freude auf die Zeit, die vor ihm lag. Sie zog Leon schweigend an sich, recken musste sie sich dabei, um dem langen Jungen einen Kuss zu geben. Ihr fielen keine ergreifenden Sätze ein. Gerne hätte sie ihm Komplimente gemacht, Ratschläge mitgegeben und auch die Gewissheit geschenkt, dass er das Beste war, das ihr in ihrem Leben passieren konnte.

»Du bleibst? Wenn Mama kommt, musst du hier sein.«

»Ja, ich warte. Wo sollte ich auch hin mit Mathilda?«

»Es ist dein Haus, Elly, solange du willst, ist es deine Heimat.«

Leon nahm ihre Hand, streichelte darüber.

»Weißt du, was mein schlimmster und mein schönster Moment in der Kindheit war?«

»Du bist noch immer ein Kind.«

»Na, na, ich bin achtzehn«, lachte er – und wurde dann ernst. »Der schlimmste war, als die Uniformierten Mama zwischen sich eingeklemmt hatten und ihr Blick nur dir galt. Nicht mir. Und ich musste würgen, konnte nicht rufen. Ganz zum Schluss hat sie mich einfach nicht gesehen.«

Elly schluckte schwer, wollte sich nicht vorstellen, was passiert wäre, hätte sie Leons Aufbegehren nicht mit Gewalt verhindert.

»Anders ging es nicht. Sie hat dich geschützt, indem sie dich nicht angesehen hat. Und der schönste Moment?«

»Als der Bauer mir den Schal umgebunden hat. Mir war so verflucht kalt in Kernberg«, zwinkerte Leon ihr zu.

22

Das weiße Holzkreuz stand schräg hinter aufgeschütteter Erde, ohne Blumen und mit erloschenem Licht.

»Elly, Elly!«, rief das Kinderstimmchen zwischen den flirrenden Birkenblättern hindurch. Sie folgte diesem vagen Ruf, sah seine Lippen zum Luftkuss geformt und hörte sein helles Lachen.

Erich Bauer
geboren am 9. Februar 1937
gestorben am 11. Januar 1947

Die Schrift auf dem Kreuz geschwungen, das *E* seines Namens wie ein Ornament und am Ende der Inschrift eine Harfe. Jetzt ein Engel mit Musik, kein Junge mehr mit Schluckhemmung.

Kaum zehn Jahre alt geworden, und sie war nicht dabei gewesen, hatte keine Rose in das Erdloch geworfen oder ein Stück vom Apfelpfannkuchen, den er sogar, ohne zu kauen, verschlungen hatte an den guten Tagen. Sie schloss die Augen, faltete die Hände. Luises Vorwurf hallte in ihr, sie schüttelte den Kopf, heftig schüttelte sie den Vorwurf ab. Dann wurde es still, auch das Kinderstimmchen zwischen den Birken verstummte.

Die Erde wird ihm zu schwer, er will eine leichte Decke ohne Füllung, dachte sie. – Nach einer leichten Decke hatte er an den warmen Sommertagen verlangt, hatte auf den karierten Baumwollbezug getrommelt, bis sie verstand, bis sie die Naht auftrennte, das Karf herausrieseln ließ. Er hatte dabei ihren Namen gerufen und gelacht. Sie schob einen Teil der warmen

Erde über den Rand des Grabes. Eine Handvoll hielt sie an ihre Wange.

Ein ganzes Jahr lang hatte er nach ihr gefragt, nachdem sie den Hof verlassen hatte mit Leon und Mathilda. Niemand hatte es ihr weitergetragen. »Verzeih mir, kleiner Erich. Ich musste das tun, denn vor dir gab es schon Leon. Ihm habe ich meine ganze Liebe versprochen. Mehr kann ich nicht geben.« Elly hätte ihm gerne anderes gesagt, aber die Wahrheit, das wusste sie, würde er begreifen.

Was machte sie so sicher?

Die Sonne schien intensiv auf ihren Rücken, fast wie damals vor dem Tor des Paulushofs. Da hatte sie noch Mut in den Knochen, als sie Erich den Nonnen entrissen hatte, bereit, sich für das Kind zu prügeln. Ja, das hätte sie getan. Heute war ihr Mut nur noch ein Häufchen Gewebe unter der Haut, geschrumpft vom Warten. Warten auf Sara. Aber wer liebte, der tat so was, der vergaß sich selbst und gab andere auf. »Dich, kleiner Erich, hab ich zurückgelassen«, gab sie zu. Und bei dem Gedanken, dass er es war, der in Kernberg auf sie gewartet hatte, schluchzte sie auf und rieb die Erde in ihrer Hand über die Wangen. »Noch einmal schmusen«, flüsterte sie, bevor sie die Erde wieder zurücklegte, glättete, nur mit den Fingerspitzen tat sie das, damit Löcher für Luft blieben, damit Erichs Seele atmen konnte. »Wenn die Sonne zu heiß scheint, ist das ein schlechtes Omen. Dann geht was zu Ende«, sagte sie laut und setzte sich auf die Steinumrandung. Eine lange Weile beobachtete sie das hitzige Flimmern der Blätter. Wenn all die Verheißungen stimmten, die ihr Vater in seiner Kirche gepredigt hatte, dann war Erich nicht mehr auf diesem Friedhof im Grab, sondern auf einer Wolke im Himmel. Sie sah nach oben, durch die Blätter in das tiefe Blau. Ein Ultramarin, der Farbton, den Marçeau sich nie leisten konnte. Hier brannte die Sonne, bis das Blau glänzte wie eine

Keramik, undurchlässig für ihren Blick. Das fand Elly tröstlich. Ein Engel mit strohblondem Haar. Und dicken Backen voller Essen, das er lutschte, nicht schluckte. Keinen juckte das oben hinter der Keramik, vor allem nicht Gott. Sie öffnete die Handtasche und verstreute die mitgebrachten Blütenblätter um das weiße Kreuz und auf die trockene Erde.

Als sie den Kiesweg entlangschlenderte, in Gedanken noch bei Erich im Himmel, da nahm sie die Gestalt auf der Bank im Schatten flüchtig wahr. Ein alter Mann mit Stock und Hut, nach vorne gebeugt und wippend. Vor seinen Füßen stand eine Blechkanne, und deshalb steuerte sie auf ihn zu, fragte ihn, wo es einen Wasserhahn gebe, sie wolle das Grab ihres Kindes gießen – und dann stutzte sie, erkannte ihn, als er hochschreckte und sein Hut auf den Boden fiel.

»Elly, du?« Seine Haut war tiefbraun und unter seinen Augen wölbten sich Tränensäcke, die er früher nie gehabt hatte. In seinem hellen Leinenanzug wirkte er fremd, sogar verkleidet. Sein Aussehen irritierte sie ebenso wie das Gefühl, den Mann auf der Bank nur flüchtig zu kennen, dabei war er ihr Retter gewesen und war noch immer ihr Ehemann. Da blitzten die schneeweißen Zähne hinter seinem Lachen auf, ja, ja, so treffe man sich unerwartet wieder, und er fragte, ob sie Zeit für ihn habe. Sie antwortete, ein wenig Zeit, ja, und setzte sich neben ihn, und ohne Weiteres bemerkte er, es sei gut, dass sie das Grab besuche, er tue das ständig, ständig sitze er hier auf dieser Bank, denn mittags stehe die im Schatten. Den Lauf der Sonne könne er von hier aus gut beobachten, jetzt, um eins, kitzele die Sonne seinen Erich, scheine von höchster Stelle auf ihn herab, ob sie sich erinnere, wie gerne er die Nase in die Sonne gehalten habe, die Augen dabei geschlossen.

Elly stammelte, dass sie nichts gewusst habe, woher denn

auch, wenn niemand ihr es erzählte, aber er hob den Arm. »Lass gut sein. Erich war krank. Verschleppte Hirnhautentzündung als Säugling.«

»Hätte man ihm helfen können?«

Es dauerte Minuten, bis Stephan antwortete: »Wer weiß das schon? Vielleicht du?«

»Du hast Luise gerufen. Nicht mich.«

»Komm, ich zeig dir was.« Er stützte sich auf den Spazierstock, hielt ihr den Arm hin.

Erst zögerte Elly, dann hängte sie sich ein, ihre Hand berührte die Härchen auf seinem Unterarm. Seltsam, die waren ihr nie aufgefallen in Kernberg, als sie mit ihm lebte.

»Einverstanden. Nur eine Bitte: Zünde die rote Kerze auf dem Grab an, die muss dauernd brennen, ein ewiges Licht.«

Der Asphalt vor ihr verschwamm in der Hitze, und sie bemühte sich, im Schatten der Häuserwände zu gehen. Sie schwitzte, und es war ihr unangenehm, dass ihr Schweiß in den Achselhöhlen roch. Es lag wohl am Schwarz, am dichten dunklen Stoff des Kleides, das nicht zum Sommer passte, aber Stephan schien das nicht zu stören, er erzählte von Erich, als hätte er nur den einen Sohn. Elly unterbrach ihn nicht, sie folgte dem Weg, den er vorgab.

Das Städtchen hatte sich erholt, nirgendwo mehr Trümmer, sondern reihenweise Hausfassaden, nur selten klaffte noch eine Lücke, bereit zur Bebauung. Sie schlenderten als Ehepaar durch die Straßen, hin und wieder grüßte ein Passant, auf dem Marktplatz plätscherte ein Brunnen, in Bottichen blühten Geranien. Kinder in kurzen Lederhosen oder weiten Kleidchen warfen den Enten Brotkrumen zu, als gäbe es an Brot einen Überfluss. An der Kirche bog Stephan ab, blieb vor einem schmalen, noch rußverschmierten Haus stehen. »Meins. Unten wohnen Ewald und Franz-Josef. Beide sind Schaffner geworden. Oben habe ich es mir gemütlich gemacht.« Er streckte den Rücken. »Hier gefällt es mir.«

»Ach, nicht mehr auf dem Kernhof in der Mansarde? Das hat Luise gar nicht erwähnt.«

»Du weißt es, oder?«, fragte Stephan und machte ein verschmitztes Gesicht, dabei sah er wieder jung aus hinter seiner gegerbten Haut.

»Luise und ich, wir sind ein Paar. Kein richtiges. Nur für den Sonntagsspaziergang. Sie will zu den Zitronen reisen.« Er löste ihren Arm aus seinem, gestikulierte mit den Händen. »Wo das wohl ist, das Land mit den Zitronen? Klingt nach Licht. Ich muss das nicht, mir sind drei Zimmer genug. Habe das Haus von dem Polen-Geld gekauft. Für die Mansarde haben die noch was draufgelegt. Die Währungsreform kam passend.« Er grinste, als hätte er das eingefädelt. Sie solle sich nicht sorgen, auch ihre Rente sei sicher. »Läuft alles. Für dich ist gesorgt. Reicht dir doch, oder?« Sie bestätigte, ja, ja, sie komme über die Runden. Sie backe jetzt zusätzlich mit Mathilda und verkaufe Tortenböden an die Bäcker in der Nähe. Die Hühner im Keller seien der Grundstock gewesen. Stephan stierte durch sie hindurch. Sein Rücken krümmte sich wieder. Eine Pause entstand, und Elly dachte, sie sollte nun gehen, die Rückreise nach Berlin antreten. Da räusperte er sich, bündelte den Blick wieder auf sie. »Mathilda ist nicht von mir, ich habe nichts damit zu tun. Besuchst du deine Eltern? Luise meint, dein Vater baut ab. Aber wer tut das nicht? Anna hat jetzt ihre Praxis im Pfarrhaus. Die ist nicht wie Luise, die ist ernst.«

Nein, sie gehe nicht nach Bonn. Sie brauche noch mehr Abstand.

Stephan entgegnete, er verstehe das nicht. Die eigene Familie brauche man doch. Es sei ein Fehler, was sie tue. Und nach einer Pause stellte er fest: »Wir waren nicht wie Mann und Frau. Eher Knecht und Magd. Du warst gar nicht hübsch in diesem schwarzen Lappen. Hättest dich mal netter anziehen können.«

Er streifte den Ring von seinem Finger, legte ihn in ihre Hand. Er brauche den nicht mehr, nicht mit dem Namen von Edith, nicht mit ihrem. »Beide habt ihr mich verlassen.« In seiner Wohnung gebe es übrigens einen Kühlschrank mit Strom und innen Licht.

Und Elly dachte, dass sie den goldenen Ring versetzen könne, und steckte ihn an den Mittelfinger.

23

Ohne Leon fühlte sie sich heimatlos. Seit er zum Studium nach München aufgebrochen war, teilte Elly die Zeit in Etappen. Von einem Besuch bis zum nächsten galt es, sich an tägliche Abläufe zu klammern, ohne Ordnung im Tag würde sie ihr Gleichgewicht nicht halten können. Das war der Grund, warum sie ständig wusch, kochte, aufräumte, das Haus wienerte, obwohl niemand den Boden beschmutzte. Nur Mathilda und sie selbst wohnten noch in der Villa, und kein anderer hinterließ auch nur einen Fingerabdruck. Eigentlich könnte sie es sich abends mal bequem machen, doch stattdessen grübelte sie, ob sie zu früh aufgegeben hatte, Sara zu finden. Vielleicht hätte sie sich Jahre des Wartens ersparen können, wäre sie bissiger gewesen, wäre sie drangeblieben, statt sich von den wenigen Zeilen in der Nachricht aufhalten zu lassen. Sie hätte nach den Eltern von Hanns forschen können, ob sie überlebt hatten, ob sie in Deutschland geblieben waren, ob sie Freunde nennen konnten. Saras Eltern waren schon lange tot. Aber dann dachte Elly an ihre und Leons Suche 1946. Mehr war nicht möglich gewesen, mehr Kraft hatte sie nicht gehabt. Jeden Morgen gehofft und abends enttäuscht. Sie schlug mit der Hand auf den Tisch, um die Gedankenkaskaden aufzuhalten: *Sara will keinen Kontakt. Sie will es nicht.* Nur nicht weiterdenken, keine anderen Gründe finden, befahl sich Elly, sich nicht vorstellen, dass Sara krank sein könnte, nicht, dass sie nach Jahren in einem Konzentrationslager, gedemütigt, gequält, nur noch die Einsamkeit ertrug. Elly hatte die Bilder aus den Lagern im Kopf. Sie hatte nicht wie viele andere die Augen verschlossen. Genau hingesehen hatte sie. Die Männer, die Sara verschleppt hatten, mussten bestraft werden! Ersticken sollten sie an ihrer Schuld!

Elly atmete, wie Hanns es ihr beigebracht hatte: drei Takte lang ein, sechs Takte lang aus. Sie trommelte auf den Tisch. Schlechte Energie aus dem Körper drücken, bis das Denken wieder schwerelos wurde. *Gedanken im Zorn verhärten die Muskeln, und das macht hässlich,* so hatte Hanns es erklärt. *Besser ist es, du wendest dich davon ab. Stell dir was Schönes vor, Elly. Frag dich, wann du glücklich warst. Ein kleines bisschen Glück ist wie Puderzucker für die Seele, merk dir das.* Niemand sagte solche Sätze zu ihr, seit Hanns fort war, und ihr selbst fiel so etwas nicht ein. Sie wandte den Kopf zum Fenster. Draußen dichte Dunkelheit, innen das Licht. Die Scheibe spiegelte Ellys Umrisse wie eine Zeichnung. Grobe Striche, mit lieblosen Handbewegungen dahingehuscht. Eine kleine Gestalt, nicht mehr dünn, eher füllig, die Schultern hängend unter langen Haaren, runde Kopfform, große Augen, das Kinn zurückgenommen. Schattige Linien quer und längs. Was die grobe Zeichnung nicht verriet, waren die Farben: blassblaue Augen, hellbraune Sommersprossen, Rot in den Haaren. Und auch die feine Ziselierung, geritzt von den Ereignissen, ein Muster aus Zeit verriet das Fensterglas nicht, sondern machte aus Elly eine gewöhnliche Frau. Früher hatte sie sich gewünscht, schön zu sein, wollte sie strahlen wie Finchen. Für eine kurze Phase war es ihr gelungen, weil Marçeau sie malte, wie sie sich sehen wollte. Vorbei. Das mit der Schönheit. Und mit der Liebe auch. Sie pustete die Kerze aus, das grobe Spiegelbild verschwand.

Wo war ihr Puderzucker im Alltag? Das florierende Tortengeschäft? Auf jeden Fall. Nicht nur die Bäcker im Süden von Berlin bestellten die Böden, auch kleinere Pensionen fragten danach. Dort verfeinerte man ihre Böden mit Obst und Sahne oder Buttercreme, lobte den schokoladigen Geschmack, flockig seien die Böden, ein wenig so, als beiße man in weiche Wolle. Elly lächelte dann, tat verlegen und verriet das Geheimnis nicht. Es bestand aus Hingabe und vor allem aus Eiern mit festen Dottern, wie ihre Hühner im Keller sie noch immer legten. Die Butter musste lauwarm sein, nie geflockt und aus dem Kühlschrank. Und seit einigen Wochen rührte sie zum Schluss einige wenige Vanillesamen hinein. Die Samen hatte sie kürzlich erst in einem Feinkostgeschäft in Kreuzberg entdeckt. Da hatte sie sich auf die Suche nach Marçeau begeben. Aber weder das Künstleratelier hatte noch gestanden, noch hatte jemand den Mann mit dem Band im langen Haar und der Farbe an den Händen gekannt. Da hatte sie gewusst, dass es kein Wiedersehen geben würde. Vielleicht war es besser so? Für die Nacktmalerei eignete sie sich nicht mehr, und nach erotischen Erinnerungen stand ihr nicht der Sinn. Elly drehte dem Fenster den Rücken zu. Das musste aufhören, das mit dem Warten und das mit dem Zweifeln auch. Sie sortierte die Backformen ins Regal, goss die Minze auf. Das Schönste übersah sie ständig: Mathilda.

Mathilda fühlte sich zurückgesetzt, obwohl Leon nicht mehr im Haushalt lebte, sondern nur noch selten in die Villa zurückkehrte. Morgen würde sie sich mal mit ihr unterhalten. Von Frau zu Frau bei einem Becher Hagebuttentee und einem Keks. Sie würde ihre Tochter nach den Wünschen fragen. Hatte sie lange nicht, eigentlich noch nie getan, obwohl sie an den Nachmittagen gemeinsam am Backofen arbeiteten. Wenn sie Schulter an Schulter in der Küche standen und Teig rührten, kannten sie die Handreichungen, wie zwei Zahnräder griffen sie dann ineinander, schweigend taten sie das, jede in ihrem kleinen Universum.

Elly schlich in ihr Zimmer, es war spät geworden. Sie zog den Kittel aus, tastete in der Tasche nach dem alten Brief des Suchdienstes. Sie trug ihn stets am Körper, wie eine Uhr legte sie ihn nur nachts ab, und zwar unter das Kopfkissen. Tagsüber steckte sie ihn in den Wollstrumpf, wenn sie aus dem Haus eilte, oder in die Kitteltasche, wenn sie arbeitete. Die vielen Schürzen hatte sie vor Jahren in den Schrank einsortiert, seit Leon in München wohnte. Da konnte sie sich das Waschen, Stärken und Bügeln ersparen, warum sich eitel zeigen, wenn keiner da war, für den sich der Aufwand lohnte? Ein geblümter Kittel tat es auch. Im Sommer trug sie Unterwäsche aus Baumwolle darunter, im Winter zwei Paar aus warmer Wolle.

Sie tastete noch einmal nach dem Brief. Sie schüttelte den Kittel aus. Nichts. In Unterwäsche hastete sie zurück in die Küche, suchte unter der Eckbank, neben der gelöschten Kerze, sah im Mülleimer nach, im Vorratsraum. Sie stürzte in den Keller, wo die Hühner pickten, suchte am Boden nach Schnipseln, von dort lief sie wieder in den ersten Stock in ihr Zimmer, ahnte, dass sie den Brief am Morgen unter dem Kopfkissen vergessen hatte. Das war noch nie passiert. Hektisch warf sie das Kissen auf den Boden, riss das Betttuch herunter.

Es war ein unruhiger Schlaf in dieser Nacht, unterbrochen von dem schlechten Gefühl, das Verschwinden des Briefes könnte mit den Launen Mathildas zusammenhängen.

* * *

»Ich gehe nach Argentinien. Die werden mich in die Nachrichtentechnik übernehmen. Das wird was, mit dem Krokodil an der Wand, Elly! Wusstet ihr, dass es dort ein riesiges Sumpfgebiet gibt? Eine Million Hektar groß. Wahnsinn!« Leon legte die Stirn in Falten, wie sein Vater es getan hatte, wenn er etwas Außergewöhnliches erklärte. »Fünf Praktikanten haben die bei Siemens ausgesucht. Ich bin dabei.

Nach dem letzten Semester beginnt die Reisevorbereitung.« Er riss die Augen auf, breitete die Arme aus. »Komm, gratulier mir, Elly, und schau nicht so sauertöpfisch aus. Oder möchtest du lieber ein Flussschwein, kann ich auch für dich erledigen. Alles ist möglich.« Übermütig kam er auf sie zu, drückte sie an sich. Sie reichte ihm bis zur Brust, und er bückte sich zu ihr hinunter. »Bist du ein bisschen stolz auf mich?«

Ja, ja, natürlich sei sie das. Sie krempelte den Ärmel ihres Kleides hoch, über dem sie zur Feier des Tages doch eine weiße Schürze trug. Sie hielt ihm den Unterarm hin, ob er die Gänsehaut sehe? »Vor lauter Stolz auf dich.«

»Blödsinn!«, rief Mathilda dazwischen. Sie saß auf dem Küchentisch und ließ die Beine baumeln. »Wetten, Leon geht nicht nach Argentinien?« Ihre Augen blitzten auf. Aus dem Ausschnitt ihres Kleides fingerte sie, ohne den Blick von Elly abzuwenden, den gelben Brief hervor. Sie hielt ihn hoch und bemerkte: »Manchmal platzt ein Traum.«

Erst stockte Elly, dann versuchte sie geistesgegenwärtig, nach dem Brief zu greifen, dachte, dass es nun ein Unglück gäbe. Aber Mathilda sprang auf den Tisch, die Arme über dem Kopf und mit dem Brief wedelnd, zitierte sie:

»›Sehr geehrte Frau Bauer, wir freuen uns, Ihnen mitteilen zu können, dass Ihr Brief am 25. 12. 1946 in der Münchener Zentrale abgeholt wurde. Frau Sara Sternberg hat sich dort ausgewiesen. Gezeichnet Suchdienst des Roten Kreuzes, Berlin.‹«

Wie ein Racheengel stand sie dort oben, ihre roten Haare ungekämmt, das Kleid weit ausgeschnitten, zu eng geschnürt und ihr Ausdruck im Gesicht ohne jegliche Kindlichkeit. *Frühreif*, kam es Elly in den Sinn.

»Sara lebt. Mama weiß es schon lange, und ich weiß es seit vorgestern«, verkündete Mathilda zu laut.

In Ellys Ohren piepte das Hörgerät. Sie tastete danach, drehte am Rädchen, senkte den Kopf zu Boden, starrte auf ihre Holzklumpen, die sie noch immer trug, das Piepen in den Ohren wurde lauter, sie fühlte erst den Schwindel, dann die Enge in der Brust. Mit beiden Händen stützte sie sich auf den Tisch, dann machte sie einige Schritte hin zur Fensterbank, weg von Mathilda, und wusste, dass ihr Zittern sie verriet. Und wieder hob sie den Kopf, sah ihren Jungen an, sah, wie sein perfektes Gesicht auseinanderfiel. »Mama lebt?«

Mathilda sprang vom Tisch, hielt ihm den Brief hin. »Das war's wohl. Tut mir leid.«

Leon nahm den Brief nicht, sondern sah Elly an. Noch immer war seine Haut weiß, fast durchsichtig, die feinen Adern an der Schläfe traten hervor.

»Seit wann weißt du es?«

»Seit Silvester 1946.«

»Warum hast es mir nicht gesagt?«

»Sie will nicht.«

Leon nahm nun doch den Brief, faltete ihn auseinander und las. Las ihn wieder und wieder, bis seine Augen feucht wurden. »Das kann gar nicht sein. Sie wäre doch gekommen!«

»Habe ich auch gedacht und gewartet, jahrelang.«

Und dann schlug Elly die Hände vors Gesicht. Sie schämte sich und wusste doch, es war richtig, was sie getan hatte, aber es war nicht zu erklären. »Ich wollte geduldig sein.«

»Geduldig sein? Das klingt abgedroschen, Elly! Man kann nicht immer hinnehmen, was ist! Manchmal muss man kämpfen.« Er zerknüllte den Brief, fragte: »Und wenn der eine Fälschung ist?« An Mathilda gewandt zischte er, sie solle aufhören mit ihrem Gezappel auf dem Stuhl, es sei traurig, sehr traurig alles.

»Vielleicht hätte ich in München weitersuchen sollen,

Leon. Aber irgendwas hielt mich ab.« Elly sprach leise und setzte die Worte mit Vorsicht. Sie hatte Angst, ein Ton zu viel, und Leon könnte aus dem Haus laufen und nie wiederkommen. »Vielleicht die Arbeit, es waren doch Hungerjahre! Oder einfach nur ein Gefühl, es könnte falsch sein, weiterzusuchen. Sara ist eine kluge Frau, sie weiß, was gut für dich ist. Sie ist deine Mama. Aber eines ist sicher: Eine Fälschung ist das nicht. Sara lebt, sie hat sich ausgewiesen.«

»Vielleicht war es eine Fremde mit ihrem Pass, wer weiß das schon? Ist doch alles passiert.«

»Warum sollte sich eine mit geklautem Pass bei der Suchstelle melden? Wär doch dämlich«, warf Mathilda verächtlich ein, was Leon mit einer Warnung kommentierte, sie solle endlich still sein, sie habe schon genug angerichtet mit ihrer vorlauten Klappe.

»Es war nur die Wahrheit«, bemerkte Mathilda, und Elly fand, dass ihre Tochter störte. »Geh auf dein Zimmer!«, befahl sie, aber Mathilda gehorchte nicht.

Deshalb bat Elly den Jungen, ihr zu folgen. Und zu ihrer Erleichterung nickte er kaum sichtbar. Gemeinsam verließen sie die Küche, erhöhten das Tempo der Schritte durch den Salon, die Treppe hinauf in ihr Zimmer. Ihr Junge nah bei ihr, zu zweit, auch wenn es schwierig wurde, sie würden sich nicht verlassen. Sie schloss die Fenster, schob die Vorhänge vor. Sie ließ die Augusthitze, das Gurren der Tauben, das Rauschen der Blätter draußen.

»Ich wollte dich schonen.«

»Ich weiß, aber das muss ich erst mal verdauen«, sagte er und wich ihrem Blick aus.

»Als ich dir damals das Zuckerwasser in den Hals kippte, hättest du daran ersticken können. Aber größer war die Hoffnung, dass du nach dem Husten wieder atmest. Es gab keine Wahl. Nur diese Überwindung, und glaub mir, es hat mich

Überwindung gekostet, hat uns gerettet. Die Nazis hätten dich sonst verschleppt. Ich will nicht daran denken, was dann passiert wäre.«

»Ich weiß.«

»Genauso wollte ich dich vor einem zermürbenden Warten schützen. Je mehr Zeit verging, desto mehr wurde der Brief zu einem verbotenen Brief. Meinst du, ich habe nicht gemerkt, wie du in Kernberg die Tage, die Jahre gezählt hast? Ich wollte nicht, dass sich das Warten in deinem Leben wiederholt. Ich wollte, dass du frei bist. Eigene Pläne verfolgst. Wieder unbekümmert wirst. Weißt du, ich gehe nicht kaputt, ich bin wie Unkraut. Das ist mir mitgegeben. Ich halte das aus.« Sie schloss die Lippen, sprach kein Wort mehr, es war alles gesagt.

Sie hatte Lust, die Vorhänge wieder zurückzuschieben, das Fenster aufzureißen, frische Luft ins Zimmer zu lassen. Der ganze Mief sollte raus. Sie tat es nicht und blieb sitzen.

Leon hockte sich vor Elly hin. Er legte seinen Kopf in ihren Schoß, wie er es als kleiner Junge getan hatte, auf der Suche nach Trost. Hätte er von der Nachricht früher erfahren, er hätte gesucht – manisch, und er hätte keinen Sinn fürs Studium gehabt, keine Stelle bei Siemens in Aussicht. Der Traum von Argentinien wäre tatsächlich geplatzt. Alles richtig. Aber jetzt fühle er sich unendlich traurig, sagte er.

Elly schluckte. Ja, eine Traurigkeit ohne Schlusspunkt sei das Warten.

Einige Minuten lang blickte Leon auf einen imaginären Punkt auf dem Boden. Dann fragte er: »Du hast nach diesem Brief nie wieder etwas unternommen?«

»Einmal noch, ja. Ich bin zur Suchstelle gegangen, habe mich entrüstet und nach ihrer Adresse gefragt. Sie haben sehr streng reagiert. Den Wortlaut weiß ich noch heute: *Lassen Sie los. Sie schaden sich und dem Jungen sonst. Die Frau will nicht.* Da habe ich aufgehört zu suchen – und habe gewartet.«

»Für den Vater kein Grab, für die Mutter keine Adresse. Verrückt.« Er stand wieder auf, drückte die Hände in die Taille, als hätte er Seitenstechen. »Weißt du, wie lange ich ihre Rubine nicht mehr in die Hand genommen habe? Ich meide sie. Ich will tatsächlich nach vorne sehen. Bin ich deshalb ein schlechter Mensch, Elly?« Leon rieb sich mit den Handflächen zuerst durch das Gesicht, dann strich er sich die Locken aus der Stirn. Er redete weiter, unentwegt redete er, als wäre eine Schleuse geöffnet worden, durch die Sätze über Sara fluten durften. »Es ist genug. So viel Zeit vergangen. Ich wünsche mir, dass du hierbleibst, damit das Haus nicht leer ist, wenn sie klingelt. Mehr können wir nicht tun. Und ich will weg aus Deutschland.« Er machte eine Pause, nahm ihre Hand. »Und noch was: Würde Sara heute, nach achtzehn Jahren plötzlich vor mir stehen, ich wüsste nicht, ob ich *Mama* sagen könnte. Sie war nicht da, als ich groß geworden bin. Du warst das. Danke.«

Elly zog ihre Hand aus seiner, sagte, was sie getan habe, war normal.

Er lächelte plötzlich und fragte: »Was ist übrigens aus Jim geworden?«

»Es ist gut, dass du nach vorne siehst«, stammelte sie verlegen.

»Tu du das auch, Elly.« Er steckte die Hände in die Taschen. Lässig sah er aus. Die cremefarbene Hose mit hohem Bund und das weiße Hemd locker hängend, zwei Knöpfe am Kragen geöffnet. »Ich will mehr als Berlin, ich will die Welt, die ganze Welt der Technik will ich begreifen. Bitte versteh das. Ich muss frei sein, wenn ich nächstes Jahr nach Argentinien gehe. Das bin ich nicht, wenn du traurig zurückbleibst.«

Übermütig redete er weiter: »Viel passiert in Deutschland.

Wir können uns Fernseher und Waschmaschinen leisten, wo wir vor wenigen Jahren trockene Kartoffeln noch als Weihnachtsessen aufgetischt haben. Erinnerst du dich? Das ist gerade mal sechs Jahre her, und das klingt wie eine Entfernung vom Mond bis zur Erde. Wir denken gar nicht mehr an Hunger. Wir essen Torten. Es gibt neue Musik, neue Helden. Ich mag die, und Mathilda mag die auch. Sie schwärmt übrigens für Elvis. Und ich schwärme für den Fortschritt. Weißt du, dass Mediziner ein Herz öffnen können? Vater wäre vor Ehrfurcht auf die Knie gegangen. Sie pumpen Blut da raus, flicken Muskelwände. Wahnsinn. Ich will auch was leisten. Und manchmal habe ich mich dafür schlecht gefühlt. Nun nicht mehr. Ich weiß, dass Sara lebt. Das ist es, was zählt. Und das nimmt mir, verdammt noch mal, eine Menge Last ab.« Er warf den Kopf in den Nacken und lachte laut auf. »Und jetzt entführe ich Mathilda in die Milchbar in Mitte. Dort gibt es vorzügliche Shakes und eine Tanzfläche für Rock 'n' Roll. Findest du das egoistisch?«

24

Der Fahrtwind schob ihr das Kopftuch nach hinten, zauste in den Haaren, seit acht Stunden brannte ihr die Sonne im Gesicht. Und trotz des *Tiroler Nussöls* spannte die Haut, sodass Elly dachte, es wäre besser, sich auf die Rückbank zu legen, und zwar mit dem Kopf in die Polster gedrückt, bis sie das Hotel rechts der Isar erreichten. Nur verbot das ihr Anstand. Denn Leon und Mathilda unterhielten sich angeregt auf den Vordersitzen, offensichtlich genossen sie die Fahrt. Mehr noch, Mathilda wirkte aufgekratzt, riss die Arme hoch und rief: »Lass uns bis zum Mond fliegen!« Für Ellys Geschmack klang das übertrieben. Eine Göre, der man eine Tüte Bonbons unter die Nase hielt und die dafür tanzte. Nichts Damenhaftes an ihr. Leon hingegen schien es zu gefallen, er drückte aufs Gaspedal – und Elly tränten die Augen. Hin und wieder hatte sie versucht, ihre Tochter zu beruhigen, ihr zu sagen, sie solle mal eine Weile den Mund halten und sich die Landschaft ansehen, aber der Wind hatte die Worte in eine andere Richtung getragen. So lehnte sie sich zurück und hielt das Kopftuch am Knoten fest. Sie lächelte, wenn Leon in den Rückspiegel sah und sich erkundigte, ob ihr die Spritztour gefalle.

Cabriolet nannte Leon das geliehene Auto, dessen Dach er gefaltet hatte. »Rasen wir offen durch die Natur.« Dabei hatte er ihr die Tür aufgehalten wie ein Gentleman. Sie war nach hinten geklettert, wollte der Jugend die Vorderplätze lassen. Allerdings hatte sie nicht gewusst, dass Autofahren sie derart anstrengte, ihr sogar die Freude an den Bergen vermieste, die sich erst hügelig und tannenreich, dann karg und schneebedeckt zeigten. Sie fuhren geradewegs auf die Alpen zu, hatte

Leon erklärt. Noch nie war sie denen nahe gewesen, hatte nur auf Ansichtskarten bewundert, wie massiv die Spitzen in den Himmel ragten, viel imposanter als das Siebengebirge am Rhein, das sie als junges Mädchen vollständig durchwandert hatte.

Unter anderen Umständen hätte sie jetzt Abenteuerlust empfunden. Sie hätte Leon gebeten, mit dem Auto auf einer der schlängelnden Nebenstraßen sehr langsam zu fahren, auf einem der Aussichtsparkplätze zu halten. Sie wäre ausgestiegen, bis an den Rand der Absperrung herangegangen, hätte die reine Bergluft geatmet, die Arme ausgebreitet und sich vorgestellt, der Boden unter ihren Füßen gäbe nach und ein Fall in die Tiefe wäre wie Schweben. Aber nach solchen Albernheiten stand ihr nicht der Sinn.

»Du bist knallrot im Gesicht«, stellte Mathilda fest. »Sollen wir anhalten und das Verdeck schließen?«

Elly winkte ab, sagte, nein, nein, kein Problem, sie wolle zügig im Hotel ankommen.

»Hast du was dagegen, wenn wir dann ohne dich zum Starnberger See fahren?« Mathilda drehte sich noch weiter herum, klopfte gegen Ellys Schienbein. »Schalt du einfach mal ab und leg dich ein Stündchen hin.«

Zwar fand sie die Vorstellung, sich in einem frisch bezogenen Bett auszuruhen, durchaus verführerisch, aber das hier klang nach Abschieben, und das gefiel ihr gar nicht. »Ich war noch nie am Starnberger See. Ich komme mit«, entschied sie.

»Mathilda meint es nett. Da sind um diese Zeit nur junge Leute. Entspann dich lieber, damit du fit für die Siemens-Feier bist«, schlug auch Leon vor und beobachtete sie wieder im Rückspiegel. »Die Veranstaltung ist was Besonderes, die wird dir gefallen.«

»Sieh du auf die Straße, sonst passiert noch was«, entgegnete Elly und drehte den Kopf zum Seitenfenster. Aus den

Augenwinkeln erhaschte sie, wie Mathilda seinen Arm wie zufällig berührte. Elly kam der Gedanke, dass es Absicht war.

* * *

Sie hörte ein Tapsen. Es kam näher auf sie zu. Um sie herum war es schwarz. Eine fremde Dunkelheit, in der sie sich nicht zurechtfand. Sie fragte, ob jemand da sei, etwas passiert sei, aber keine Antwort kam, plötzlich Regungslosigkeit. Elly tastete nach rechts, drehte sich um, tastete nach links, auf beiden Seiten ein Abgrund. *Nicht bewegen, nicht fallen, es wird sich klären,* dachte sie und rief lauter. Aber die Regungslosigkeit blieb und die Schwärze auch, und nun ein Atmen vor ihrem Bett. Ihr Kopf schmerzte, ihre Haut brannte und zusätzlich schlotterten ihr die Beine. Wo sie sich befand, wusste sie nicht, und warum es kein Licht gab, nicht ein einziger Schein durch das Fenster fiel, konnte sie sich nicht erklären. Da wurde es hell.

Es dauerte einen Augenblick, bis Elly wahrnahm, dass sie nicht in ihrem Bett zu Hause lag, sondern im Hotel rechts der Isar, und dass Mathilda mit aufgerissenen Augen vor ihr stand, eine Hand am Lichtschalter, die andere quer über die Brust gelegt. Die Unterwäsche, die sie trug, war anders als üblich. Keine Baumwolle, kein Schlüpfer mit Bein, sondern eine Garnitur aus rosa Büstenhalter ohne Träger und mit einem rosa Höschen aus Spitze bis zur Taille gezogen, gewebt aus diesem glatten Material, das man nicht kochen und schleudern durfte, das sich fast auflöste beim Wringen.

»Wie siehst du aus?«, staunte Elly und blinzelte ins Licht. »Wo hast du die Wäsche her?«

»Wieso? Was geht dich das an?«

»Ich habe gefragt, wo du die Wäsche herhast?«

»Mama, du hast einen Sonnenstich, du glühst.« Mathilda streckte die Hand vor und berührte Elly an der Wange. »Ich hole dir ein Glas Wasser.«

Elly leerte es wie eine Verdurstende. Sie musste eingeschlafen sein. Die alte Reisetasche stand noch unausgepackt auf dem Tisch, und das Kleid, das vornehme blaue, würde knittern. Deshalb bat sie Mathilda, es auf einen Kleiderbügel zu hängen und den Hut auf den Schrank zu legen. Dass Mathilda ohne Murren tat, was sie sagte, irritierte sie, und kurz kam ihr in den Sinn, dass ihre Verträglichkeit mit der Wäsche zusammenhing, und deshalb bemerkte sie, die Garnitur stehe ihr gut, sie sehe aus wie eine dieser Schaufensterpuppen bei Hertie, ob sie noch ein Glas Wasser haben könne.

»Hab ich mir gekauft. Vom Trinkgeld, das die Bäcker geben, wenn ich die Tortenböden bringe, darf ich doch, oder?« Hektisch griff Mathilda nach ihrem Schlafanzug und streifte ihn über.

Elly sah auf die Uhr: kurz nach eins – und ihre Kinder lümmelten nachts herum. Was waren das eigentlich für Sitten?

»Du bist spät. Ist Leon in seinem Zimmer?«

Mathilda winkte ab. Ja, ja, er schlafe schon. Nichts Besonderes, alles sei normal. Sie erzählte mit flirriger Stimme vom Schwimmen im See und von einem Essen auf einer Caféterrasse, von einer warmen Sommernacht, wie es sie in Berlin nicht gebe, drehte sich um sich selbst und war begeistert von all den schick gekleideten Männern und Frauen ihres Alters.

»Stell dir vor, wir sind in München über den Viktualienmarkt getanzt. Walzer, nicht Rock 'n' Roll.« Als sei nun alles geklärt, legte sich Mathilda ins Bett.

»Hast du Wein getrunken?«, fragte Elly mit einer Schärfe in der Stimme, über die sie selbst erschrak.

»Nein, keinen Wein, kein Bier. Ich habe einfach Spaß gehabt.« Damit kuschelte sie sich neben Elly unter die Bettdecke. Das Leben sei schön, und überhaupt wolle sie keinen Streit. Sie freue sich auf die Feier bei Siemens.

Später in der Nacht schlich Elly durchs Zimmer, suchte die Tasche, um den nassen Badeanzug aufzuhängen. Sie fand ihn zwischen Lippenstift und Notizheft. Der Badeanzug war trocken. Er roch nach *Fewa*. Immer schüttete Elly eine zusätzliche Portion *Fewa* in die Maschine, weil gut riechende Wäsche ein Zeichen von Wohlstand war.

25

Sie vernahm die hohl anmutenden Oktaven. Töne, die durch die Hitze im Saal aufstiegen und grollten wie ein Donnerschlag. Die aufbarsten, zu Wasserperlen wurden, spritzig, plätschernd, leiser wurden – und zur Stille mahnten. Halb war die Pianistin aufgesprungen, ein Tanz im Spiel, mitten hinein in die Fontäne aus Tönen, hatte mit dem ganzen Körper Akzente gesetzt, um im Ausklang die Tasten zärtlich zu streicheln …

Elly hörte das Stück von Franz Liszt und wusste nicht, woher die Klaviermusik in ihrem Kopf kam. Undeutlich erinnerte sie sich daran, dass sie mit Mathilda in diesem Saal bei Siemens gesessen hatte, um sie herum Männer in Grau. Die Luft dort war stickig gewesen, und ein Mann auf der Bühne hatte *Viva Argentina* gejubelt. Mehr kam ihr nicht in den Sinn. Doch, da war noch etwas: Es hatte nach Maiglöckchen gerochen …

»Mama, die haben dir eine Spritze zur Beruhigung gegeben«, hörte sie Mathildas Stimme. »Bleib liegen, bleib bloß liegen«, sagte sie und faltete ihr einen kühlen nassen Waschlappen auf die Stirn. Die Sommersprossen in Mathildas Gesicht begannen zu tanzen, überhaupt bewegte sich alles im Raum, der Schreibtisch gegenüber und auch der Blechschrank. Elly schloss die Augen, in ihrem Kopf hämmerte es, noch nie hatte sie sich müder gefühlt.

Als sie wieder aufwachte, saß Mathilda noch immer vor ihr, sie schürzte die Lippen, auch die mit hellbraunen Punkten betupft. Der Ausschnitt des gelben Seidenkleides fiel über ihre Schulter. Wie hübsch sie aussah und wie jung. *Unberührt,* dachte Elly, *da hat das Leben noch nicht dran gerüttelt.*

»Helligkeit braucht die Welt«, murmelte Elly und auch, dass sie aufstehen müsse, um Leon zu suchen, sie müsse es ihm sofort erzählen, nur habe sie vergessen, was genau, aber es würde ihr wieder einfallen, wenn sie sehr streng nachdenken würde.

»Du bist auf der Feier umgekippt. Auf den Boden geknallt. Ich habe mich so erschrocken! Dann hast du gefaselt: *Ein Wunder, es ist das Wunder*. Erinnerst du dich?«

Elly sah zur Decke. Sie mochte die Neonröhren nicht. Auch fand sie die Liege zu schmal und zu hart, aber was sollte sie erwarten von einer Firma, die ihr den Jungen nahm und die die Gäste stundenlang im Saal ohne Sauerstoff auf Plastikstühle setzte? Sie stützte sich auf die Ellbogen. Eher ein Kabuff als ein Zimmer. Auf der Glastür las sie *Erste Hilfe*, darunter ein rotes Kreuz.

»Wo ist er?«

»Leon? Er ist bei den anderen im Foyer, nehme ich an. Erst Häppchen, dann Ehrung der Jungs, die ins Ausland gehen. Hat er dir doch erzählt. Vergessen?«

Elly fasste sich an die Stirn und ertastete eine Beule. Sie versuchte, sich zu konzentrieren. Für den Sturz hatte es einen Anlass gegeben, das war kein Schwächeanfall gewesen! Etwas war geschehen, nur was, was hatte sie vom Stuhl gehauen? Sie blickte wieder auf das rote Kreuz an der Tür. Da kamen die Bilder: Es hing mit der eleganten Frau zusammen, die mit den dunklen Haaren, im Nacken zum Knoten gebunden, den Schwanenhals zu den Tasten gebogen. Die Klavierspielerin! Abrupt setzte Elly sich auf. »Ich habe sie gesehen, sie ist es, ich bin mir sicher, es ist Sara Sternberg.«

»Leg dich hin, Mama. Nicht das alte Thema.« Aber Elly schüttelte die Hände ab, kurz schwankte sie im Sitzen. »Keine spielt wie sie, keine fühlt Staubkörner in der Luft. Wie früher hat sie gespielt. Und sie hat sich nicht verneigt. Richtig so! Mein Gott, ich hätte rufen müssen.«

Mathilda tätschelte Elly am Arm und bat sie, noch etwas Ruhe zu halten. Man könne doch später darüber reden. Es gebe viele Frauen, die Klavier spielten in München. Man sehe oft, was man sehen wolle, das nenne man Tagträumerei.

»Sei nicht altklug, das steht dir nicht zu«, fuhr Elly sie an und stellte sich auf die Füße. »Schluss mit dem Theater. Jeder muss sich seinem Schicksal stellen. Auch sie!« Elly warf den nassen Waschlappen auf die Liege, griff nach der Handtasche. »Zu viel Rücksicht ist schädlich. Merk dir das! Geh du zurück ins Hotel und lass mich mal machen.«

Leon stand im Foyer inmitten einer Gruppe junger Männer. In einer Hand hielt er ein Glas Sekt, mit der anderen gestikulierte er, als wäre er es gewohnt, Reden zu schwingen und Lacher auf seine Seite zu ziehen.

Als er Elly sah, winkte er sie zu sich. »Ah, da bist du. Hat's dir gefallen?« Die übrigen Männer sahen zu ihr hin, das Gespräch verstummte.

»Hast du die Klavierspielerin gehört, Leon?«

Er verneinte. Die Reise habe man besprochen im Nebenraum, endlich die Details erfahren, nächste Woche um diese Zeit tanze er Tango in einer Bar in Buenos Aires. Ein verhaltenes Lachen der anderen. Dann erst schob Leon den Kopf nach vorne, verengte die Augen, fragte, warum sie schwanke, ob etwas passiert sei. »Fehlt dir was?«, rief er aus und kam nicht auf sie zu, sondern starrte sie weiter an, wie eingefroren stand er da, mit einem Glas Sekt in der einen Hand und die andere tief in der Hosentasche vergraben. Er beugte nun den Oberkörper zur Seite, wie er es tat, wenn er unsicher wurde. »Elly, was ist mit dir?«

»Sie ist es, sie ist Sara.«

»Du meinst die Klavierspielerin ... die namenlose im Programm?«

26

Auf einem gewellten Papierschnipsel stand ihr Name. Die Tür zum Hausflur war angelehnt, und ein Geruch nach Bratkartoffeln und Kohl schwoll ihnen entgegen. Unwillkürlich griff Elly nach Leons Hand, bevor sie auf die Klingel drückte. Hatte sie seine Hand, die Kinder-, Jugend-, Männerhand, bislang mit einem beherzten Griff wahrgenommen, so lag sie nun schlaff in ihrer, und Elly fuhr mit dem Daumen darüber, wie sie es damals auf der Flucht getan hatte, um ihren Jungen aufzumuntern, wenn er schwächelte. Es öffnete sich ein Fenster, eine Frauenstimme fragte, wer da sei. Da trat Elly unter dem blinden Glasdach hervor, Leons Hand glitt aus ihrer. Und sie sah nach oben, hin zu der Frau, die Sara war.

Elly wollte sagen, dass Leon hier stehe, dass sie beide gekommen seien, endlich ein Wiedersehen! Sie wollte winken, die Tür aufstoßen und ihr entgegenlaufen, wollte rufen, sie habe ihr Versprechen gehalten, den Jungen gerettet, er sei nicht erstickt am Zuckerwasser, er habe gehustet, geatmet und dann geheult um seine Mama. Sie wollte erklären, sie habe gesucht, gewartet, jahrelang in der großen Villa in Dahlem habe sie Vorbereitungen getroffen und nie aufgehört, daran zu glauben, Sara komme wieder. Nun habe sie wie durch Gottes Fügung dieses Klavierstück gehört, von Liszt, habe gewusst, Sara sei es, habe es an der Künstlerart und Haltung erkannt. Endlich das Wunder! Sie wollte ihren Jungen unter dem Glasdach hervorbitten, wollte zeigen, wie groß er geworden war, ein junger Mann und kein Kind mehr von sechs Jahren. Sie wollte fragen: *Sara, bist du gesund?*, oder: *Sara, wo hast du denn gesteckt?* Ach so viele

Fragen lagen ihr auf der Zunge, und so viel Gefühl verschlug ihr die Sprache.

Elly stand nur reglos da, ihre Arme eng am Körper, ihr Kopf im Nacken, ihr Mund halb offen. Die Augen auf die Frau im Fenster gerichtet, die keinen weiteren Ton von sich gab, sondern nickte und mit einem Knall das Fenster zuschlug. Leon zuckte zusammen, und Elly bemerkte: »Siehst du, alles wird gut.«

In diesem Moment knarrte die Haustür, langsam trat Sara aus dem schattigen Flur. Ihre Haut wirkte matt und gelblich, Falten durchzogen das Gesicht, es waren zu viele, und sie waren zu tief für eine Frau von fünfundvierzig Jahren.

Sara setzte einen Schritt über die Türschwelle, hielt inne, atmete schwer, dann hob sie ihre Arme. Erst schien es, sie würde abwehren, bevor sie mit den Händen ihren Mund, ihre Augen bedeckte und ein dumpfer Ton zwischen ihren Fingern hindurchdrang. Elly erschrak über diesen fast stillen Schrei. Und sie befürchtete, Sara könnte wieder verschwinden, ein Schritt zurück würde ausreichen, um die Tür zu schließen und Leon draußen stehen zu lassen wie einen verstoßenen Sohn. Deshalb hielt Elly sie am Ellbogen fest. »Ich bringe dir deinen Jungen wieder.« Da nahm Sara die Hände aus dem Gesicht, achtete nicht auf Elly, sah Leon lange an. Sie machte keinen einzigen Wimpernschlag. Und Elly dachte, dass dieser Blick wie eine Wiedergutmachung war für damals, als Sara gehen musste, ohne ihren Jungen noch einmal anzusehen. So verharrten die beiden, Mutter und Sohn, im schmuddeligen Eingang eines Münchener Mietblocks nach neunzehn Jahren Trennung – und fielen sich nicht in die Arme. Während Elly überlegte, wie sie die Ungeheuerlichkeit unterbrechen könnte, bemerkte Leon: »Ich hätte dich auf der Straße nicht erkannt.«

Da endlich schluchzte Sara auf und fiel ihm hart gegen die

Brust. Leon zögerte, seine Hände fuhren hilflos hoch und runter in der Luft, bevor er ihren Rücken berührte. Für wenige Sekunden schloss er die Augen, dann beugte er sich tiefer bis zu ihrem Scheitel hin, er küsste sie flüchtig auf die Haare und sagte: »Elly ist auch da.«

Da hätte Elly ihn fast gemaßregelt, es gehe nicht um sie, sondern nur um ihn und Sara, und hätte sich am liebsten umgedreht, um abseits zu warten, um das Wiedersehen der beiden nicht zu stören. Aber gleichzeitig fühlte sie sich richtig an diesem Platz und in diesem Augenblick und dachte sich auch, ihr Junge brauche sie. Sara löste sich und kam auf Elly zu, drückte sie, nicht herzlich, eher mechanisch mit der knappen Aufforderung, ihr nach oben zu folgen. Sie drehte sich kantig um und schritt an den Kinderwagen im Hausflur vorbei, die steinerne Treppe hinauf in den ersten Stock.

* * *

Elly putzte die Schuhe auf der Matte ab, bevor sie eintrat. Es roch nach Seifenreiniger und Maiglöckchen, es herrschte eine karge Ordnung in Diele und Wohnzimmer wie in einem gepflegten provisorischen Unterschlupf. Nur die nötigsten Möbel, keine Verzierung aus edlem Porzellan, Silber, keine Bilder an der weiß gepinselten Wand. Auf dem flachen Kacheltisch ein dicker Strauß roter Rosen. Wie ein Schandfleck wirkte der, weil die Stiele abgebrochen und nachlässig in der Vase steckten. Elly zögerte erst, dann sortierte sie den Strauß mit wenigen Griffen und entschuldigte sich gleichzeitig dafür.

»Blumen von denen!«, schnaubte Sara und riss einige Stiele aus der Vase. Sie bat Leon, er möge neben sie aufs Sofa kommen, dabei klopfte sie auf die Samtfläche. Aber Leon antwortete, er würde gerne auf dem Stuhl am Esstisch sitzen, neben Elly. Gereizt glättete Sara ihren Rock, schlug die Beine übereinander. Sie streckte den Oberkörper vor, als erwarte sie eine Erklärung. Die lautlose Frage hing im Zimmer: *Wie geht es weiter?* Und dies machte Elly klar, dass ihr Besuch ein planloses Unterfangen war, und bei aller Freude über das Wunder kam sie mit Leon vielleicht zu forsch daher, denn wer konnte schon wissen, ob Sara sich für das Wiedersehen bereit fühlte? Aber nun gab es kein Zurück. Deshalb zupfte sie aufmunternd an Leons hochgekrempeltem Hemdsärmel, und er lächelte sie unsicher an, drückte dabei ihre Hand. Sara beobachtete diese Geste und wendete das Gesicht ab.

Durch die geschlossene Scheibe drang das Geräusch eines vorbeibrausenden Zuges. Dann kam die Stille zurück, und Elly wusste nicht, wohin mit ihren Händen, wohin mit ihrem Blick, wusste nicht, was sie denken und sagen sollte, und insgeheim bewunderte sie die stolze Körperhaltung der Frau auf dem Sofa, ihrer Sara, die ihr fremd erschien. *Wie eine Königin in einem falschen Königreich,* dachte sie und dass Sara eigentlich in der Villa wohnen müsse und Elly in dieser Wohnung. Weil Leon schwieg, weil Sara nun aus dem Fenster sah, über die Gleise, die Straßen, die grauen Häuser, eines wie das andere, ergriff Elly das Wort:

»Wir sind noch in derselben Nacht nach Bonn geflüchtet, dann haben wir fast sieben Jahre auf einem Bauernhof in der Eifel gewohnt, seit Winter 1946 sind wir wieder zu Hause in Berlin.« Es hämmerte ihr Herz, als sie hinzufügte: »Endlich haben wir dich gefunden.«

Sara entgegnete nichts, als hätte sie nicht zugehört, verlor sie sich noch immer in der Tristesse da draußen. Allmählich dämmerte es, und das Schweigen wurde zu schwer. Elly fuhr mit dem Zeigefinger über den Tisch, malte einen Kreis, dachte an Hitlers Torte, an die Bechstein, die Verräterin. Die Zeit wurde damals in zwei Teile gerissen, in eine Vergangenheit und eine Zukunft, die Gegenwart fehlte. Nur nach hinten gedacht oder nach vorne gehofft, dazwischen das Warten: auf das Ende des Krieges, auf ein Ende des Hungerns, auf das Großwerden der Kinder, auf die Rückkehr von Sara. Und nun erklärte Sara sich nicht.

»Erzähl mal, Leon, wie's war«, bat sie noch einmal, nur um diese Fremdheit zu überwinden. Da sprang Leon auf, lief um den Esstisch, stieß einen Seufzer aus, der wütend war, mehr Vorwurf als Frage. »Wieso, wieso bist du hier in München? Wieso bist du nicht zu mir gekommen?«

Elly beobachtete genau, wie Sara sich die Haare raufte, wie sie die Finger zu Fäusten bog und die Fäuste erst zwischen den Beinen im Rock versteckte, dann wieder öffnete und die Finger sichtbar ineinanderlegte. Für eine kurze Weile ließ sie den Kopf hängen, die Schultern sackten nach vorne. *Da fehlt nicht viel, und sie kippt um,* fand Elly und machte zwei Schritte zum Sofa, fragte, ob sie sich setzen dürfe, und deutete auf Saras Hände, was damit passiert sei, warum die Fingerknöchel dick und bläulich seien, und Sara antwortete mit fester Stimme, dass seien Erfrierungen von der Arbeit auf dem Acker. Wenn Kälte zu Kälte komme, kein Aufwärmen dazwischen, werde nichts durchblutet.

Ob das schmerze beim Klavierspiel, wollte Elly wissen. »Heute nicht, heute bei denen war es gut.« Und als Leon zu ihr kam, sich neben sie setzte, um die Frostbeulen zu berühren, richtete Sara ihren Blick zur niedrigen Zimmerdecke und begann zu reden.

»Dein Vater ist tot. Dein Vater hat sich geweigert, vor dem Aufseher in die Knie zu gehen, da hat der Mörder ihm ins Genick geschossen. So haben es mir die anderen Männer erzählt.« Sie stockte. »Du ähnelst ihm. So sah Hanns aus, als ich ihn kennenlernte, hier in München, in einem Café, das es nicht mehr gibt. Er war dreißig, ich achtzehn.« Sie griff sich wieder in die Haare, riss daran. Ihre Augen wurden noch schwärzer als sonst. Hanns sei einsam gestorben, denn sie sei nicht bei ihm gewesen. Auf ihrer gelblichen Haut bildete sich ein unruhige, faltige Maserung. Elly dachte, unter der Haut sei Sara gebrochen.

»Soll ich Wasser holen?«, fragte sie und sprang auf. »Es ist warm hier drin.«

»Bleib sitzen«, entgegnete Sara. Dann öffnete sie das Fenster einen Spalt und ging in die Küche, dort blieb sie viele Minuten, ohne das kleinste Geräusch zu verursachen, bis sie den Hahn weit aufdrehte und das Wasser lange laufen ließ. Sie kam mit einer Karaffe und drei Gläsern zurück, die dunklen Schatten unter ihren Augen waren gerötet. Sie goss ein, bückte sich vor dem Kacheltisch, schob die sauber gestapelten Notenblätter auseinander und zog einen gelben Umschlag hervor. Ein rotes Kreuz darauf. Sie reichte den Brief über den Tisch.

»Für euch.«

Mit einem Seitenblick auf Leon nahm Elly den zerknitterten Umschlag an. Sie las die mit einer Maschine getippte Adresse darauf:

DRK-Suchdienst, Standort München, zu Händen Frau Sara Sternberg, per Hauspost

Eine Weile lag der Brief in Ellys Händen, und sie rief sich den Moment zurück, als sie ihn geschrieben hatte: Mozarts *Kleine Nachtmusik* wechselte laut und leise im Hintergrund und flötete ihr zu, ihre Zeilen auf die Seite zu schwingen, ja mit Schwung hatte Elly die Buchstaben gemalt, in die Höhe gedreht, groß sollten die sein und damit ihrem Wunsch, Sara möge kommen, eine Bedeutsamkeit geben. Wie viel Hoffnung hatte sie mitgesendet!

Dass Sara den Brief verwahrt hatte, kam ihr natürlich vor. Immerhin enthielt er die erlösenden Zeilen, dass Leon lebte! Sachte drehte Elly den abgegriffenen Umschlag um – und stutzte.

»Du hast ihn nicht geöffnet!«, staunte Leon.

»Ich habe ihn täglich berührt, gelesen habe ich ihn nie«, erwiderte Sara und rückte einen Stuhl vom Esstisch heran, setzte sich Leon gegenüber. »Wir warteten zwei Tage in einem unbeheizten Haus in der Rosenstraße. Auf dem blanken Boden, ohne Mäntel. Da waren noch andere, Frauen und Männer, auch Kinder, dicht gedrängt, kein Licht. Die Fenster mit Decken verhängt. Nachts haben wir uns Rücken an Rücken gestützt. Einige husteten, Kinder heulten. Der Scheißkerl ging mit dem Stock dazwischen. Weihnachten wurden wir abtransportiert. Nach Buchenwald. Männer und Frauen in unterschiedlichen Baracken. Alles hätte ich für eine letzte Umarmung getan. Sogar den Ehering haben die mir genommen.«

Sie sah wieder durch das Fenster in die Ferne, und Elly traute sich nicht, ihrem Blick zu folgen.

»Die Haare haben die mir zuerst abrasiert. In groben Büscheln fielen die. Ich wache nachts auf, taste, ob die Haare da sind, reiße daran, ob sie halten.« Sara ruckte den Kopf zu ihrem Jungen herum. »An die Vorstellung, bei dir zu sein, habe ich mich geklammert.«

Leon erhob sich, wollte zu ihr hin. Er schob den Kacheltisch zur Seite, der wie eine Kluft zwischen ihnen stand. Sara bat, er solle zuhören, sie habe nie darüber gesprochen und könne es kein zweites Mal tun.

»Erst die Feldarbeit. Dann Ravensbrück. Von 43 bis 44 Textil, später Spulenwickeln, auch für Siemens. Meine Finger sind flink, obwohl sie fast erfroren sind. Wenig Essen, kaum Schlaf. Himmlers Kommando lautet draufprügeln, totprügeln. Zwangsarbeit. Wer schuftet, überlebt, denke ich und sonst denke ich nichts. Denken ist Gift. Erinnern ist besser. Erinnern an zu Hause, an meinen Leon, an meinen Hanns, an meine Musik, klein ziehen den Kreis. Auch daran, wie Kuchen riecht, wie Badesalz in warmem Wasser schmilzt. In mir diese Liste grausamer Wörter. Die ist lang, verfluchtes Deutsch. Ich will vergessen, kann es nicht. Zwang. Zwang zu schweigen, zu erfrieren, zu hungern, Zwang Flöhe zu zerdrücken, zu stinken, zu bluten, sich nachts um einen Zentimeter Platz zu streiten. Zwang zu sterben, zu leben. Zwang zu hoffen, es hofft nur der, der es anders will. Ich strenge mich an, unauffällig zu sein, durchzuhalten, für dich, für uns, Leon. Wofür sonst? Singe stumm, irgendwann geht es zu Ende, alles geht doch zu Ende. Singen ist nicht wehren, nicht krümmen, wenn sie peitschen. Elly, hast du die Rubine noch?«

Leon griff in seine Hosentasche, hielt sie Sara hin, seine Hand, sein Körper bebte.

Elly sprang auf. Sie könne jetzt Abendbrot zubereiten. Leon habe den ganzen Tag nichts gegessen und sie auch nicht, am Nachmittag sei sie umgekippt, von der Hitze im Saal sei ihr schlecht geworden oder aus Schwäche. Leon sah sie entgeistert an, aber Sara nickte ihr zu, als würde sie verstehen, und sie erhob sich vom Stuhl, öffnete das Fenster weit, endlich strömte kühle Luft in das enge Wohnzimmer. *Ausruhen,* dachte Elly und setzte sich wieder, lehnte sich auf dem Sofa zurück. Was wäre, würde sie jetzt zu Mathilda ins Hotel gehen und die beiden sich selbst überlassen? Ihr Kopf tat weh, unter der Beule pochte es. Deshalb entschuldigte sie sich, um im Bad die Beule mit einem Schwall kaltem Wasser zu kühlen und mit *Klosterfrau Melissengeist* aus ihrer Handtasche zu betäuben. Als sie in den Spiegel sah, fand sie sich grau und alt mit tief geritzten Linien zwischen Nase und Mund. Sie fühlte Traurigkeit und hatte keine Ahnung, was angebracht war. Auf Zehenspitzen schlich sie zurück ins Wohnzimmer, um die beiden nicht zu stören.

Ihr Junge echauffierte sich, es sei keine Zeit, um zu essen! Er wolle hören, was war, er wolle verstehen. Er suche Antworten, fast sein ganzes Leben lang habe er sich gefragt, was die Nazis an seinen Eltern verbrochen hatten, bis in den Schlaf hatten die Gedanken ihn verfolgt, und wäre Elly nicht gewesen mit all ihrer Liebe und ihrem Biss, er wäre zugrunde gegangen an seiner Sehnsucht.

»Und nun bist du da, und ich soll mir ein Butterbrot schmieren?«

Elly hatte ihren Jungen noch nie derart aufgebracht erlebt.

»Ich ahne, was Elly für dich getan hat«, flüsterte Sara.

»Und dann? Als es zu Ende war«, er rieb sich durchs Gesicht, rieb mit Druck gegen die Tränen, »hast du uns gesucht?«, drängte er und setzte sich auf einen Stuhl neben Sara, die ihn mit den Fingerspitzen am Hemd berührte. Das erste Mal seit Stunden lächelte sie ihren Jungen an, ein sanftes Lächeln war das und dahinter die Scham.

»Ich war krank, sehr krank. Die rechte Niere abgestorben, die Leber entzündet. Im Krankenhaus, eher ein Lazarett, hat man mich aufgepäppelt, mir Papiere gegeben. Dann bin ich nach Berlin zurückgekehrt. Als Erstes zur Villa. Die war besetzt von amerikanischen Soldaten, ich wollte da nicht rein, wollte nichts erklären. Ich konnte nicht. Ein paar Monate lang habe ich in einer Kellerruine in Wilmersdorf mit anderen gewohnt. Wie versteckt. Ich war schwach, ein Knochengestell. Bis Ende 45 habe ich nach euch geforscht. Meist im Dunkeln. Niemand konnte mir was über Leon Sternberg oder Elly Berger sagen. Niemand.«

»Wir hießen Bauer, Mama, ich hatte da einen anderen Namen«, warf Leon ein.

Sara nickte zerstreut. »Ich habe auch nach den Schwiegereltern gesucht, sie wurden 41 getötet. Da wollte ich raus aus Berlin, raus aus dieser hundsmiserablen Stadt, zurück nach München, wo meine Liebe zu Hanns begonnen hatte. Ein Jahr später, Weihnachten 46, kam der Brief.«

Leon saß regungslos da. »Du hattest Angst, da könnte drinstehen, ich wäre tot.«

»Ich hätte das nicht ertragen, nicht das.«

All die Jahre versäumt, dachte Elly.

»Du bist nicht zurückgekommen …«, insistierte Leon.

»Bin ich nicht.« Sie legte die Hände auf seine Schultern und ihre Stimme wurde lauter. »Du bist ein hübscher, gesunder, intelligenter junger Mann geworden mit einem klaren Verstand.« Sie drückte die Fingerspitzen gegen ihren Kopf, lachte einen dunklen Ton hinaus und dann bewegte sie sich durch das Zimmer, redete vor sich hin, sah Leon nicht an, ging schneller um den Tisch, schlug die Fäuste im Takt, gegen die Luft, gegen die eigenen Worte, immer kräftiger, als sie sagte, sie hätte ihm nichts geben können, keine Sprache, keine Liebe, keine Zukunft, gar nichts hätte sie in sich gehabt! Sie hätte es gewollt, bei Hanns, das hätte sie! Sie sah zu Elly hin, in ihren Augen ein schwarzes Feuer.

»Auch darum habe ich den Brief nicht gelesen.«

* * *

»Warum spielst du für Siemens? Für die Saubande! Warum gehst du da auf die Bühne?«, fragte Leon spät in der Nacht, bevor er sich von Sara verabschiedete.

»Ich klage an. Mit Musik. Wie heute Mittag in diesem Saal halte ich denen die Hölle vor. Mit dem Spiel auf dem Flügel sende ich Schreie überallhin, ich bin nicht stumm geworden. Ich spiele namenlos und damit für alle, die gelitten haben. Ich spiele sogar für Siemens, weil das Klagen auch dort ankommen muss. Das Stück von Franz Liszt hat die Wucht dazu.«

Leon trank ein letztes Glas Wasser in einem Zug leer.

»Auf keinen Fall arbeite ich länger dort, für die gehe ich nicht nach Argentinien!« Seine Adern traten an der Schläfe hervor. Draußen raste wieder ein Zug vorbei.

Sara hielt ihn auf Armeslänge von sich. Wartete, bis das Dröhnen vorüber war. Ihr Gesicht wurde mild, aber ihr Ton blieb fordernd.

»Lass dir deine Zukunft nicht nehmen! Tu das nicht! Es ist 57 und nicht 44. Sieh du nach vorne. Ich kann es nicht. Ich habe keine Hoffnung mehr.«

EPILOG

BERLIN, MAI 1958

Ich will nicht, dass sie mich Oma nennt. Dann fühle ich mich alt.«

»Du bist alt, seit ich denken kann, bist du das«, entgegnete Mathilda und warf einen abschätzenden Blick auf Elly, wenigstens habe sie den schwarzen Lumpen in den Müll geworfen und trage die Kleider, die Luise nähe. Ob das mit Jim zu tun habe, der jeden Sonntag zum Kaffee komme und sogar über Nacht geblieben sei. »Die Nachbarn zerreißen sich das Maul über uns«, grinste sie und streichelte sich über den Bauch. Elly wollte etwas einwenden, irgendetwas von Gästecouch oder von Autopanne, da stöhnte Mathilda auf und beugte sich über den Küchentisch. Und als sie sich wieder aufrichtete, erschrak Elly: Ihre Tochter kniff das Gesicht zusammen, erst die Brauen, die Augen, den Mund, und dann wurde das Gesicht zur regungslosen Maske. »Ist die Tasche gepackt? Es geht los«, presste sie hervor.

»Ich bring's hinter mich. Hat auch lange genug gedauert.«

Obwohl Elly dachte, es sei zu früh für den Geburtstermin, erinnerte sie sich daran, wie sehr sie damals darunter gelitten hatte, als Stephan ihre Wehen mit einem Tätscheln und den beiläufigen Worten abgetan hatte, er kenne sich aus. Nie zuvor hatte sie sich hilfloser gefühlt. Deshalb sprang Elly auf, massierte ihrer Tochter den Rücken. »Ich rufe ein Taxi. Wir fahren in die Klinik.« Sie zögerte. »Mathilda, wer ist der Vater? Er hat ein Recht, es zu erfahren. Ich versteh deine Geheimniskrämerei nicht.«

Mathildas Gesicht blieb unbeweglich, als sie fauchte: »Ich muss mein Kind allein ansehen.«

Elly dachte, das sei ein Fehler.

Ellys Enkelin machte am 1. Juni 1958 im Martin-Luther-Krankenhaus zu Berlin-Wilmersdorf ihren ersten beeindruckenden Schrei. Mathilda warf sich zurück aufs Federkissen, in das sie während der Geburt gebissen und dabei keinen Mucks von sich gegeben hatte. Elly hatte an ihrer Stelle gebrüllt, hatte das Kommando der Hühnerbaronin von damals übernommen: »Atme, du musst atmen.« Dabei hatte sie Mathilda vorgehechelt. Ob der Rhythmus richtig war, hätte sie nicht sagen können, nur wusste sie, ihre Tochter musste atmen, um am Schmerz nicht zu ersticken. Und nun lag sie da, kalkig im Gesicht und gar nicht zufrieden, wollte das Kind nicht sehen, wiederholte nur den einen Satz: »Das hast du jetzt davon.«

Elly fühlte ihre Stirn, dachte, dass Mathilda vor Erschöpfung überdreht sei.

»Das mit der Freude kommt«, versprach Elly und nahm der Hebamme das Neugeborene aus dem Arm. »Sieh doch mal, ein Mädchen. Hast du schon einen Namen?«

»Rosa.«

»Schmus mal mit ihr!«

Da zog Mathilda die Mundwinkel nach unten und heulte zum Gotterbarmen.

»Das sind die Hormone«, bemerkte die Hebamme, »die rücken sich im Körper wieder gerade.« Allerdings sei es in dieser Heftigkeit selten.

»Mach dir keine Sorgen«, versuchte Elly zu trösten, es gebe nirgendwo eine Regel, wie Hormone sich verhalten mussten. Damit legte sie Rosa ins Gitterbettchen, starrte das Kind eindringlich an – hatte kein Déjà-vu. Rosa sah nicht rosig und schwitzig aus und in ihrem Nacken blätterte kein Schorf wie in Kernberg bei Mathilda. Auch hatte Rosa keinen wässrigen Blick. Rosa war eine kompakte Puppe mit einer Haut wie trockenes Porzellan. Unwillkürlich krabbelte Elly mit den Fingerspitzen über Rosas Haare und suchte nach einem Vergleich für solche Haare, und dann war die Szene auf dem Bonner Bahnhof präsent, eine Schaffnerin, die Leon betrachtet und bemerkt hatte: *So dunkle Augen und Haare wie schwarzes Moos. Das ist doch nicht normal!* Dabei hatte sie das Revers der Bahnuniform gezupft, um die Hakenkreuznadel zu verstecken.

Rosa. Ein wenig Leon und noch mehr Sara. Elly dachte auch an die Nacht im Hotel rechts der Isar, an die rosa Unterwäsche, Spitze bis zur Taille.

Nur mit den Fingerkuppen berührte Elly ihr Enkelkind im Gitterbettchen, und es schien ihr, als würde die Kleine mit einem verhaltenen Strampeln antworten. »Sieh genau hin«, schien sie zu flüstern, »sieh genau hin, wer ich bin.« Sie öffnete die Fäustchen, schneeweiße Fingerchen mit zarten Linien spielten in der Luft, suchten nach Ellys Lächeln. Und Elly lächelte zu der Kleinen hin. Ein Schweben für eine intensive Minute: Rosa senkte und hob die Augenlider, sehr langsam tat sie das, und Elly erkannte ein Bitten in einem einzigen Wimpernschlag, *hab mich lieb.* Wie im Traum wandelnd hob Elly das kleine Mädchen hoch, es sollte sich willkommen fühlen in einer Welt, die zunehmend lichter wurde.

»Solange ich da bin«, flüsterte Elly und summte das Lied, mit dem sie bereits Leon besänftigt hatte: *Ein Stern ist aufgegangen, aus Jakob hell und klar, am Himmel hoch zu prangen, er leuchtet wunderbar.* Rosas Augen schimmerten, und an den Schläfen zeichneten sich Äderchen in blauem Pastell.

So sollte es sein.

Es durchströmte sie das Glück, von dem sie dachte, sie hätte es verloren. Dieses Glück kam leicht daher, es umwehte die Sinne, als wäre es möglich, wieder zu jenen Tagen zu gelangen, die einst jäh geendet hatten. Ja, das Glück in Elly übersprang die dunklen Jahre – hob sie endlich in die Gegenwart. Mit Rosa im Arm drehte sie sich zu Mathilda. »Das kriegen wir hin, wir drei.«

Bei diesem Werk handelt es sich um einen Roman. Alle Personen und Handlungen sind zwar an die Realität angelehnt, beziehen sich aber nicht auf konkrete Begebenheiten. Alle Ähnlichkeiten sind rein zufällig.